U0675280

21世纪文学之星丛书

2021年卷

评论集

穿越云层的光亮

刘小波⊙著

作家出版社

作者简介：

刘小波，博士，博士后，研究员。在《光明日报》《人民日报》《人民日报（海外版）》《文艺报》《文学报》等报刊媒体发表文章多篇。有文章被人大复印报刊资料、《长篇小说选刊》《作家通讯》《中国文学年鉴》、中国作家网等转载。曾获国家奖学金、四川省优秀毕业大学生、马识途文学奖、四川省社会科学学术期刊优秀编辑、“啄木鸟杯”年度推优、四川省年度精品文艺奖励、第十届四川省巴蜀文艺奖特别荣誉奖等荣誉，入围第十一届（2021年度）唐弢青年文学研究奖。

目录

第二辑 作家素描

第三辑 小说小评

第四辑　文学跨界

总 序

袁 鹰

中国现代文学发轫于本世纪初叶，同我们多灾多难的民族共命运，在内忧外患，雷电风霜，刀兵血火中写下完全不同于过去的崭新篇章。现代文学继承了具有五千年文明的民族悠长丰厚的文学遗产，顺乎20世纪的历史潮流和时代需要，以全新的生命，全新的内涵和全新的文体（无论是小说、散文、诗歌、剧本以至评论）建立起全新的文学。将近一百年来，经由几代作家挥洒心血，胼手胝足，前赴后继，披荆斩棘，以艰难的实践辛勤浇灌、耕耘、开拓、奉献，文学的万里苍穹中繁星熠熠，云蒸霞蔚，名家辈出，佳作如潮，构成前所未有的世纪辉煌，并且跻身于世界文学之林。80年代以来，以改革开放为主要标志的历史新时期，推动文学又一次春潮汹涌，骏马奔腾。一大批中青年作家以自己色彩斑斓的新作，为20世纪的中国文学画廊最后增添了浓笔重彩的画卷。当此即将告别本世纪跨入新世纪之时，回首百年，不免五味杂陈，万感交集，却也从内心涌起一阵阵欣喜和自豪。我们的文学事业在历经风雨坎坷之后，终于进入呈露无限生机、无穷希望的天地，尽管它的前途未必全是铺满鲜花的康庄大道。

绿茵茵的新苗破土而出，带着满身朝露的新人崭露头角，自然是我们希冀而且高兴的景象。然而，我们也看到，由于种种未曾预料而且主要并非来自作者本身的因由，还有为数不少的年轻作者不一定都有顺利地脱颖而出的机缘。其中一个重要的原因，乃是为出书艰难所阻滞。出版渠道不顺，文化市场不善，使他们失去许多机遇。尽管他们发表过引人注目的作品，有的还获了奖，显示了自己的文学才能和创作潜力，却仍然无缘出第一本书。也许这是市场经济发展和体制转换期中不可避免的暂时缺陷，却也不能不对文学事业的健康发展产生一定程度的消极影响，因而也不能不使许多关怀文学的有志之士为之扼腕叹息，焦虑不安。固然，出第一本书时间的迟早，对一位青年作家的成长不会也不应该成为关键的或决定性的一步，大器晚成的现象也屡见不鲜，但是我们为什么不在力所能及的范围内尽力及早地跨过这一步呢？

于是，遂有这套“21世纪文学之星丛书”的设想和举措。

中华文学基金会有志于发展文学事业、为青年作者服务，已有多时。如今幸有热心人士赞助，得以圆了这个梦。瞻望21世纪，漫漫长途，上下求索，路还得一步一步地走。“21世纪文学之星丛书”，也许可以看作是文学上的“希望工程”。但它与教育方面的“希望工程”有所不同，它不是扶贫济困，也并非照顾“老少边穷”地区，而是着眼于为取得优异成绩的青年文学作者搭桥铺路，有助于他们顺利前行，在未来的岁月中写出更多的好作品，我们想起本世纪20年代和30年代期间，鲁迅先生先后编印《未名丛刊》和“奴隶丛书”，扶携一些青年小说家和翻译家登上文坛；巴金先生主持的《文学丛刊》，更是不间断地连续出了一百余本，其中相当一部分是当时青年作家的处女作，而他们在其后数十年中都成为文学大军中的中坚人物；茅盾、叶圣陶等先生，都曾为青年作者的出现和成长花费心血，不遗余力。前辈们关怀培育文坛新人为促进现代文学的繁荣所作出的业绩，是永远不能抹煞的。当年得到过他们雨露恩泽的后辈作家，直到鬓发苍苍，还深深铭记着难忘的隆情厚谊。六十年后，我们今天依然以他们为光辉的楷模，努力遵循他们的脚印往前走去。

开始为丛书定名的时候，我们再三斟酌过。我们明确地认识到这项文学事业的“希望工程”是属于未来世纪的。它也许还显稚嫩，却是前程无限。但是不是称之为“文学之星”，且是“21世纪文学之星”？不免有些踌躇。近些年来，明星太多太滥，影星、歌星、舞星、球星、棋星……无一不可称星。星光闪烁，五彩缤纷，变幻莫测，目不暇接。星空中自然不乏真星，任凭风翻云卷，光芒依旧；但也有为时不久，便黯然失色，一闪即逝，或许原本就不是星，硬是被捧起来、炒出来的。在人们心目中，明星渐渐跌价，以至成为嘲讽调侃的对象。我们这项严肃认真的事业是否还要挤进繁杂的星空去占一席之地？或者，这一批青年作家，他们真能成为名副其实的星吗？

当我们陆续读完一大批由各地作协及其他方面推荐的新人作品，反复阅读、酝酿、评议、争论，最后从中慎重遴选出丛书入选作品之后，忐忑的心终于为欣喜慰藉之情所取代，油然浮起轻快愉悦之感。“他们真能成为名副其实的星吗？”能的！我们可以肯定地、并不夸张地回答：这些作者，尽管有的目前还处在走向成熟的阶段，但他们完全可以接受文学之星的称号而无愧色。他们有的来自市井，有的来自乡村，有的来自边陲山野，有的来自城市底层。他们的笔下，荡漾着多姿多彩、云谲波诡的现实浪潮，涌动着新时期芸芸众生的喜怒哀伤，也流淌着作者自己的心灵悸动、幻梦、烦恼和憧憬。他们都不曾出过书，但是他们的生活底蕴、文学才华和写作功力，可以媲美当年“奴隶丛书”的年轻小说家和《文学丛刊》的不少青年作者，更未必在当今某些已经出书成名甚至出了不止一本两本的作者以下。

是的，他们是文学之星。这一批青年作家，同当代不少杰出的青年作家一样，都可能成为21世纪文学的启明星，升起在世纪之初。启明星，也就是金星，黎明之前在东方天空出现时，人们称它为启明星，黄昏时候在西方天空出现时，人们称它为长庚星。两者都是好名字。世人对遥远的天体赋予美好的传说，寄托绮思遐想，但对现实中的星，却是完全可以预期洞见的。本丛书将一年一套地出下去，十年二十年三十年五十年之后，一批又一批、一代又一代作家如长江潮涌，奔流不息。其中出现赶上并且超过前人的文学巨星，不也是必然的吗？

岁月悠悠，银河灿灿。仰望星空，心绪难平！

1994年初秋

序

穿越与超越

——序刘小波的《穿越云层的光亮》

梁鸿鹰

刘小波的理论评论文章在报章上经常能够看到，系统阅读他近些年来的文论，则是在收到评论集《穿越云层的光亮》之后。在我看来，理论批评需要具备一定的穿越与超越能力，这既来源于扎实的功底、开阔的视野，也来源于追求批评的独异性的自觉意识，这很难能可贵。

超越的根底在于理论支撑。文学批评所具有的专业性、当下性、针对性，只有在理论引领之下才能得到体现，作为一位活跃于当下文学批评领域的青年才俊，刘小波有很好的理论思维习惯，善于接受理论滋养，注重学理分析，其批评在理论牵引轨道上的运行，有助于克服实践中的被动，避免人云亦云。他认为，以代际划分和规范对作家的评论，是有问题的，比方所谓的“90后”作家，很可能是被迅速收编的一代，他们作为青春一代人写作周期较短，尚未体现出一种代际特征，更没有描写出特定年龄段的生活，亦步亦趋地模仿，无法实现自我的超越，这便是有理论支撑的分析。事实上，在“90后”作家的创作中，恣意的想象，错位的代际书写，同质化、失真的生活想象，科班出身自带的匠气，以及以个人主义叙事为荣耀，反复撰写关于“内在性”

的童话故事，或无限放大身份危机等，使得不少作品陷入一种独唱，无法引起更多共鸣，对青年当下“90后”创作来说，无疑是善意的提醒，表现出较为自觉的理论意识。

穿越也好，超越也罢，独特的洞见和发现必不可少。刘小波相信，批评自身是一种原创，批评要有灼见，好的文学批评并非被动的阐释，而是一种勇于探索之后的发现。在刘小波看来，无论什么样的作品，文本呈现出来的意味只是冰山的一角，还有大量的东西深埋于水下，需要批评家发扬探险精神去进行求索。借助理论武器对文学作品进行学理性分析、学术性讨论，并不只是陷入一种“强制阐释”，才是文本“水下探险”的题中之意。比如他在《“经典冲动”与当前长篇小说书写》一文中认为，“经典冲动”有时候会成为一种创作束缚，甚至会扰乱经典形成的正常生态，使得长篇小说书写与评价陷入一种无序状态，无益于催生真正的经典。再如，他在《增强战争书写的硬本领》一文中指出，世界文坛上有一股战争书写的力量提倡“战壕派”真实，认为只有亲历战争才有资格书写战争，作品来自于战壕里的亲历。“实际上，绝对真实不可能完全实现，叙述本身就是一种介入，面对战争这同一个底本，不同的叙述者会有不同的述本。”于是，他进而指出，文学发展到今天，不应简单地将虚构等同于作为叙事范畴或体裁的“虚构作品”，它其实是一种在许多非虚构叙事作品中也较常见的写作策略。“战争书写在这一区分中表现得更为重要，因为在不背离基本历史事实的基础上，正是虚构实现升华，让文本更具震慑心灵的力量。”

批评也可以是一种带有人文关怀意味的实践。刘小波作为批评者另外一个可贵之处是，他对“不知名者”的关注。他回忆起刚到四川大学求学的时候，有老师上文学课时多次提及当下文学的泛化，其大意是人人皆可当作家，作者甚至比读者还要多，说不定川大旁边的九眼桥也成立了作家协会，而搞理论的、搞批评的人，应当具有一定的精英意识，不要做“桥洞”批评家。但刘小波对此不以为然，他自称在自己的批评中，多次做了“桥洞”批评家，并且还乐此不疲。在他看来，即便是文学“泛化”了，写作仍是神圣的，每一位写作者都值得尊重，如果愿意在自己的批评中关注到不同类型的写作者，是一件幸事，而不是以“身价”“名望”和资历等论创作的短长。这些观点同样非常中肯。那些普通而平凡的写作者很难以个体身份进入文学史视野，但作为群体的他们不容忽视，文学批评者、文学教育者对他们不必怀有偏见。在他的文学批评中，对不少“非著名”作家他都投去了关注的目光，相反，对一些文坛大家，他倒还未着一字，这不是说他不尊重名家大家，而是觉得关注他们的人太多太多。很多普通而平凡的写作者尚没有被关注到。在他的文学批评中，对青年写作比较侧重，虽很多文字都直指问题，但出发点是善意的，因为对一个处于写作初始时期的作者来说，往往能见度不高，而且寂寂无名，无论从何种角度而言，善意的批评与提醒，都是有益的。

刘小波所具有的大文学视野意识也很值得关注。在他看来，文学诚然在当前遭遇到了一定的危机，但能够说明人们都不需要文学了吗？显然不是，文学的功能在延伸，文学力量的削弱不仅没有，反而影响力逐步扩大，文学的力量无孔不入，只不过文学阵地发生了转移，电影、电视剧、综艺节目、流行音乐、网络游戏这些新兴的娱乐形式都在分担文学的功能，它们和文学的关联没就此彻底割裂，一个明显的趋势是，文学担当起了更为重要的职责，作为这些新兴娱乐产品艺术性的根基出现。影视剧的改编立足文学，借助文学能够获得最大程度的“出圈”，《平凡的世界》《一九四二》《白鹿原》《人世间》这些影视剧所产生的巨大影响，离不开文学。鲍勃·迪伦的音乐作品获得诺奖，五条人乐队从一个县城走向全国，其背后都有文学的功劳。他发现，近年来文学的怀抱越发敞开，仅从诺奖看，非虚构、戏剧、歌词都被囊括。动漫、“剧本杀”等，都彰显着文学的力量，这种开阔文学视野，对批评事业很有助益。

刘小波作为当下文坛一位勤奋、热情的观察者和记录者，朝气蓬勃，充满活力。这本文学评论集是他对自我成长之路的一次集中检阅，涵盖了文学评论研究从宏观到微观的多个维度和层次，对文学创作及批评发展过程中的诸多现象、典型的作家作品，他善于从纷繁复杂的文坛现象中抓住那些有价值、有意义的问题进行剖析，如近年文学创作中的“代际书写”“经典冲动”“城市”“同质化”“博物书写”“地方性”等，一些非常值得探讨的话题，他都发表了自己的见解，对当下文学创作不无裨益。他曾在文艺学专业进行过多年研读，对符号学、音乐艺术等有过较深入研究，其文学评论在文学跨界研究中有着得天独厚的优势，他对所关注的文学与音乐、文学与影视，以及文学与其他艺术的跨界融合等，阐释每每有独到发现，体现了一个青年学者的良好学养和敏锐眼光。我愿借这篇小文，祝他百尺竿头更进一步，在未来事业发展中取得更多新收获。

是为序。

2022 年 10 月 28 日

第一辑

现象寻踪

增强战争书写的硬本领

在文学深度面临消解的今天，战争这样的宏大题材无疑具有历史与文学的双重价值，既为历史讲述、历史表达提供了丰富的可能性，也让文学重新介入历史现实，重拾广度与深度。

战争留给人类的记忆是痛苦的，又是深刻的。这记忆需要铭记，更需要反思，而文学无疑是铭记与反思战争的重要载体。近两年当代文坛接连出现了好几部长篇巨著都是关于战争的书写，将这些作品放置在一起比较阅读，饶有意味。它们所表现出来的共性，对我们今天理解战争书写的意义及可能性颇有启示。

其一，战争书写不约而同地从正面描写战场转向对战争中人与情的描摹。范稳的《吾血吾土》书写一位老兵七十年的命运流离；严歌苓的《芳华》中战争像影子一样存在，于无声无息中改变许多人的命运；郑洪的《南京不哭》，正如作者所言，“很多人知道我的小说以南京大屠杀为背景，心里就浮起许多血淋淋的场面。事实上贯彻全书，无非人间一个‘情’字”；张翎的《劳燕》打捞起的是二战中一个女性与三个男人的情感纠葛；范稳的《重庆之眼》也通过爱情叙事把重庆大轰炸与对日索赔等情节进行了巧妙关联。

从“情”的角度切入战争，从根本上来说是一种文学优势的体现。情感越是真实，历史的苦难越是悲痛；人生越是有情，战争的无情就越显可悲。战争年代无论是战友情、爱情、亲情还是普通人之间的感情，都弥足珍贵，而反观非战争年代的人情冷暖，叙述张力也就显现出来。只是，面对民族灾难，这种情感书写极易成为一种无节制喷涌，控诉过多，甚至流于表面说教。这里需要处理的是作者的发声问题，作者的发声不能僭越作品中人物的自然流露，也不能代替读者的由衷体悟，战争书写越是真实越是急切的时候，越需要作者慢下来，给人物行动一点时间，给场景铺陈一点时间，给读者的情感发展一点时间。

其二，战争书写投向历史的眼光不避现实的情境，串起历史与现实的往往是对人性的反思。罗伟章的《太阳底下》围绕着“重庆大轰炸”，重点写的却是二战史专家黄晓洋对曾祖母死因之谜的探究，以及这场漫长的探究给他的生活带来的变化，揭示了战争刻写在人们心上的秘密之深之重。《劳燕》中，现实不会因历史而改变前行的轨迹，战争结束，生活依旧前行，只是这现实生活的惊心动魄让那些参加过战争的人都感到震动。此外，如叶炜讲述鲁南抗日根据地革命历史的《福地》、常芳的《第五战区》和赵本夫的《天漏邑》，也都在血与火的时代背景下展开了复杂人性的探索。

人性是文学作品始终在探讨的一个主题，而战争环境的极端性容易让人性恶的一面暴露出来，更能凸显人性闪光之处的可贵，由此不难理解作家们为什么抱着战争这块人性的试金石不放。而且，对人性的反思成为写作时往返历史与现实的有效手段，保证了一种延续性和审视性的历史眼光。但需要避免的是为写人性而写人性，别让人性探索止步于阅读的快感，也别让人性书写沦为迎合猎奇心的一个伎俩。

其三，当下的战争书写，纪实与虚构暧昧含混，互相交织，持续逼问着历史真实与文学真实的问题。很多作家以真实为追求，如《南京不哭》就是亲历者的历史见证，而更多的作品试图通过一手史料的介入来增强真实感，如《吾血吾土》实地采访了二十余位抗战老兵，《第五战区》建立在作家田野调查的基础上，《劳燕》中插入大量的文献档案，等等。但与此同时，这些作品都存在着想象基础上的对史实的加工，都是作家建构的独一无二的战争时空。很明显的，既不违背基本史学常识，又能将历史的丰富性与复杂性表现出来，已经成为决定战争书写成败的生死线。

世界文坛上有一股战争书写的力量提倡“战壕派”真实，认为只有亲历战争才有资格书写战争，作品来自于战壕。实际上，绝对真实不可能完全实现，叙述本身就是一种介入，面对战争这同一个底本，不同的叙述者会有不同的述本。虚构与非虚构的界限是当代叙事学关注的焦点之一，文学发展到今天，不应简单地将虚构等同于作为叙事范畴或体裁的“虚构作品”，它其实是一种在许多非虚构叙事作品中也较常见的写作策略。战争书写的这一区分更为重要，因为在不背离基本历史事实的基础上，正是虚构实现升华，让文本更具震慑心灵的力量。

当下，受消费主义、娱乐主义以及历史虚无主义诸方面的影响，文学的创作与阅读正面临被削平深度的危险，在此背景下，战争这样的宏大题材无疑具有历史与文学的双重价值，既为历史讲述、历史表达提供了丰富的可能性，也让文学重新介入历史现实，重拾广度与深度。上述这些战争书写文本在人与情、人性与现实、纪实与虚构方向上的努力，正是路径探索的表现。当然，它们同时也面临着如何选择更恰当的切口、合理裁切史实、把握叙事节奏、适度控制情感的问题。在国际形势日益复杂的今天，重写民族苦难史，对激发民族情感、凝聚民族精神具有重要的现实意义，从这个角度来说，战争书写不仅没有过时，而且更需要拿出文学的“硬本领”来，拿出真正有深度的禁得起历史检验的作品来。

发表于《人民日报》2017 年 7 月 4 日

文学就是介入

现实主义传统曾一度在新潮小说的冲击下式微，这不可避免地导致文学与现实生活的疏远。这种弊病引起不少作家的警觉，近年来的长篇小说创作呈现出深度介入生活与现实主义复兴的态势，拉近了文学与生活的距离。当下的长篇小说创作总体特征是以现实书写为主，作家深入生活，深度介入现实，对人类面临的现实处境有着细微深刻的描摹，这种书写态度显现出现实主义的磅礴力量，这也正是作家对普遍被诟病的当代文学创作脱离现实的有力回应。具体表现为以下几个方面：一是战争书写有了新的动向，出现了很多新的篇章，战争历史题材书写既缅怀历史，更回应当下；二是批判现实主义依旧流行，作家们不光介入现实，还对现实进行批判，具有新的力度；三是对城乡空间进行深入挖掘，城乡书写有了新的思路；四是除了对现实物质世界的关注，作家们对心灵世界的探幽进行了新的尝试，出现了很多探讨灵魂世界的作品，通过对心灵世界的观察，写出人性的多样和复杂；五是主旋律书写有了新面貌，对重大现实事件都有文学的表达；六是一些反现实的现实书写也通过作家创造的现实对时代予以表达。总之，2017 年的长篇小说创作题材纷呈，但都深深扎根土地，处处介入生活，全面围绕现实展开，反映了时代发展的新问题、新出路、新面貌。在现实描摹中体现了人性书写的丰富性与多样性。

一、战争历史书写有新的切入点和视角。2017 年战争书写集中爆发，以战争为主题和以战争为背景的作品集中呈现。战争书写一直是文学创作的大宗，2017 年的战争小说在延续之前的书写模式基础上有所突破，很多作品写出了战争小说的新篇章和新高度，与一般作品单纯的仇恨情感抒发和平铺直叙的描写有了很大差异。战争书写融进爱情、人性、历史、文化等多重元素，内容更多，叙述线更密，韵味也更丰富。赵本夫的《天漏邑》中的主要线索是民间的抗日战争和解放战争，以及由此引发的个体爱恨情仇；张翎的《劳燕》以战争为切口书写女性命运，探寻人性的复杂性；范稳的《重庆之眼》则在直接书写“重庆大轰炸”的大背景中，展现普通人的爱恨情仇以及当下对待历史的态度。王雨的《碑》、李明忠的《安居古城》与之相仿。严歌苓的《芳华》从侧面写到了战争，战争书写与人性反思结合在一起。战争书写还出现了新的切入点和新的视角。叶兆言的《刻骨铭心》、陈正荣的《紫金草》、陶纯的《浪漫沧桑》都是如此。除了战争书写，很多历史题材的写作也有新的突破，这些作品大多是透过历史回应当下。张新科的《苍茫大地》、刘庆的《唇典》、宗璞的《北归记》、修白的《金川河》、肖克凡的《旧租界》等都将历史经验予以重写，对当代生活有警示作用。总体来看，这些战争历史题材的书写较之以前的书写达到新的高度，尤其是宏大叙事中的小情致等细节描写十分精致。

二、现实批判体现作家对社会的关切。深度介入现实仍然少不了批判，现实批判书写是 2017 年度长篇小说的特征之一。介入现实并不仅仅是呈现，很多作者表明了自己的立场，对现实进行了批判。2017 年的长篇小说对官场腐败、高校怪象、社会乱象都进行了深度书写，对现实有一定的警示作用。周梅森的《人民的名义》将反腐小说提高到新的阶段，随着同名电视剧的播出，关于反腐题材的作品也火起来了，从高官到底层官员腐败落马都有所展现，进行了人性的深度开掘；李佩甫的《平原客》、杨少衡的《风口浪尖》、钱佐扬的《昙花》涉及高官腐败；马笑泉的《迷城》、李骏虎的《浮云》、红日的《驻村笔记》则涉及基层腐败；红柯的《太阳深处的火焰》将笔触伸向高校，揭示高校的腐败现象。马原的《黄棠一家》、刘震云的《吃瓜时代的儿女们》都用文学的方式对时代进行了严肃的批评。这些批判现实主义的长篇小说的写作无论是采用现实的直接描摹，还是用荒诞、反现实、非自然等艺术笔法，抑或是使用黑色幽默、非虚构等技法，骨子里都是立足于现实，深度介入现世生活的。小说不可能是绝对的零度风格，而是具有叙事伦理，无法摆脱道德说教的一面。对现实问题的关切实际上也显示出作家们的一种叙事伦理，批判也好、启蒙也罢，都是对生活美好一面的期许和向往。

三、城乡书写探寻统筹协调发展之道。一直以来，中国城乡二元结构都是作家笔下关注的对象，城乡空间变奏成为 21 世纪以来文学表达的重要母体之一。这种对城乡二元结构的书写既有矛盾展现，更有和解之道。近期的城乡书写提供了一种新的思路，那就是并非呈现二元对立，而是描绘各自的优劣，探寻城乡统筹协调发展之道。城乡空间书写既有乡村风俗的生动画卷，也有大都市的纸醉金迷带给乡村的冲击，既有日常生活的描摹，也有人性深处的反思。2017 年的长篇小说中有多部作品涉及这一书写。《平原客》既是反腐小说，也是一部探寻城乡关系的作品。梁鸿的《梁光正的光》塑造了梁光正这一中国普通农民形象，通过他的寻亲之路，回顾中国农村的变迁史，也书写了农村面临的现状，特别是对中国式父子（女）关系的书写极具典型性。陈仓的《后土寺》延续其农民进城的书写。赵献涛的《村官》反映农村历史变迁。晓航的《游戏是不能忘记的》以乌托邦的形式书写了一个虚拟城市的种种故事。城乡生态环境是城乡空间的基本立足点，城市化进程中对乡村生态的破坏是显而易见的，小说对生态环境恶化带给人类的伤害也有所体现，钟正林的《水要说话》、关仁山的《金谷银山》对此有所表现。

底层写作是城乡书写的另一选题。底层是城乡一个重要的空间场域，关于底层的书写也是关于城乡空间的探讨。贺享雍的《盛世小民》、李亚的《花好月圆》、任晓雯的《好人宋没用》、李师江的《中文系 2：非比寻常》、陈彦的《主角》、姚鄂梅的《贴地飞行》、麦子杨的《可口与可乐》、贺享雍的《大城小城》等作品，既是关于底层的书写，也是关于城乡空间的书写。许多新作品聚焦到这一点上，通过书写婚姻关系来透析整个社会经济文化以及精神层面的变迁。王旭东的《复调婚姻》、张五毛的《春困》、鲁敏的《奔月》、陈庆予的《我是你的谁》、马拉的《思南》、乔叶的《藏珠记》等都是这样的文本。此外，还有很多文本不是以此为主题，但也涉及婚姻关系的思索。城乡空间书写细致描摹了一幅幅众生生存百态图，既有生存空间、生存环境、生存状态的描写，也有情感、伦理、精神的书写。芸芸众生的生存空间、奋斗打拼、情爱婚恋、精神面貌在这些作品中得到了有力的表现，这也正是文学拉近与现实的距离、深度介入生活的最好例证。

四、心灵探幽探询个体心灵密码。除了对物质层面的现实关注，很多作品关注人的精神层面，探询灵魂深处的秘密，很多作家对心灵世界的探寻关注进行了新的尝试。不少作品从形而下走向形而上，探询个体心灵密码。上文提到的城市小说《游戏是不能忘记的》里很多内容涉及心灵救赎与忏悔。石一枫的《心灵外史》在这一领域的书写较为典型。陆天明的《幸存者》讲述了一代人在时代浮沉下的追求与探索，更是一部关乎心灵世界的小说，李陀的《无名指》探询人的心灵问题。徐兆寿的《鸠摩罗什》则将笔触伸向佛法。默音的《甲马》是一部关于历史的小说，更是一部心灵史。在交叉叙述的三段时空中，谢晔一路找寻，既是找寻逝去的时间，也是寻求当下的心灵慰藉。很多心灵探幽的作品走向人性探询的纵深处。几乎所有题材的小说最终都将笔触伸向人性深处，还有很多小说直接立意于此。安昌河的《羞耻帖》最重要的主题是对人性的忧患和呼唤。庞余亮的《有的人》有多条故事线，最终复归到人性这里。作者用多种手法多种人称以及多种身份的交叉叙述还原了一个活生生的父亲，充满了人性的悲凉，也丰盈了人生的光华。须一瓜的《双眼台风》用精致的细节构筑起精彩绝妙的故事，同时也不断伸向人性的深处，将人性探询纵深化。

五、主旋律书写呈现新态势。宏大题材的主旋律书写在 2017 年也出现了较多作品。对“一带一路”“香港回归”“精准扶贫”等重大现实事件都有文学表达，主旋律书写呈现出了新的态势。巴陇锋的《丝路情缘》是中国丝路题材长篇小说的先声之作。朱秀海的《乔家大院》（第二部）描绘了一个风云际会的大时代，深刻发掘了中国商道诚信经营、以商救国、以商富民的文化精神。张强、李康的《我的 1997》反映香港回归后二十年的岁月变迁。精准扶贫书写是 2017 年主旋律书写的一大亮点。红日的《驻村笔记》将笔触伸向具体的精准扶贫场面。小说以日记的形式讲述毛志平一行人驻村扶贫的日程，反映了如火如荼的扶贫面貌。小说有矛盾，有冲突，有思索，更有千方百计解决问题的决心与努力。周荣池的《李光荣下乡记》讲述了青年干部李光荣下乡进行文化扶贫的故事。关仁山的《金谷银山》既是生态主题的小说，也是一部扶贫题材作品，描写了白羊峪人民通过辛勤劳动脱贫致富的生动画面。后现代社会削平深度，文学仍在坚守，具有时代感的宏大书写是最具深度的表现，弘扬主旋律，讴歌正能量的作品不断涌现。

六、反现实书写体现作家的艺术探索。现实主义的源流是对现实生活的一种关注和焦虑。秉持现实主义精神也会有“反现实”的书写，这是因为作家、艺术家可以创造出艺术层面的现实。2017 年的很多作品是现实主义题材书写，但也都呈现出了反现实的一面。《劳燕》的叙述者是亡灵；《藏珠记》的女主人公从唐朝活到现在；王旭东的《复调婚姻》出现了刘光华现世的一家三代婚姻爱情故事和他死去后在阴间的“一生”这两条线索；《太阳深处的火焰》仍有红河一贯的神性书写。

反现实的书写往往以寓言的形式呈现。赵本夫的《天漏邑》情节奇谲，人物生动。整个故事悬疑丛生，充满了非自然叙事与反现实书写，创建了一个关于自然与文明的寓言式作品。卢一萍的《白山》是一部关于历史的寓言式书写。非自然叙述虽然有反现实的一面，但仍是立足于现实的书写，是艺术创造的另一现实。

无论是战争历史、城乡空间、现实批判，还是心灵探幽、反现实的现实主义题材书写，都指向现实，指向人性，是人性探询的多样化、纵深化书写。这些书写都是深度介入的姿态，将文学从虚无缥缈的空中楼阁渐渐拉回现实。对现实的描摹自然是作家们最主要的功课，这是希望文学履行它的介入功能。当然，并不是说只要深度介入现实的就是成功的作品，文学不是社会学文本，很多作品成为了社会学文本，失去了美学性和艺术性。部分作品踏上主题先行的老路，人物类型化、脸谱化，社会性盖过了文学本身的属性。现实书写并非对生活的原样复制，而是提炼出生活性。所有伟大的现实主义者，同时都是伟大的形式主义者。这种生活性，让作家超越生活，成为生活自由的仆人。一大批作家进行文体实验、技法创新、模仿西方之后，开始了自我更新与完善。后现代小说远离生活，陷入自娱自乐、虚无缥缈的怪圈，现实主义正是对此有力的反驳。2017年的小说全面介入生活，现实主义并非只是一个文学术语、一个理论概念或者一种文化思潮，而是对现实、对生活、对社会，包括对精神层面的深度介入与直接打量。无论如何，这些作家们已经意识到这些问题，开始切入生活，进行具有本土意识的创作，呈现出一种接地气的写作态势。现实书写渐趋常态化，对现实的深度介入与关切让现实主义文学渐渐走上正途，发挥出越来越大的影响力。

发表于《文学报》2018年1月4日

恣意的生活想象与错位的代际书写

对作家依据年龄段划分进行代际考察成为一种常见模式，“60后”“70后”“80后”作家群体研究屡见不鲜。最近几年，“90后”作家集束式步入文坛，引发关注。尤其是2016年以来各大文学期刊相继推出了“90后”作家专栏，不断发现新面孔，为文坛注入了新鲜血液。如《人民文学》的“90后”栏目、《创作与评论》的“发现”栏目，由著名作家推荐文学新人，大多是“90后”作家。《青年文学》的“出发”专栏也意在通过相对过硬的作品树立“90后”写作的风向标，让他们尽快接续到纯文学的传统中来，真正成为未来文坛的中坚力量。其他刊物如《西部》《天涯》《大家》《上海文学》《星火》《十月》《文艺报》等都较早持续开设“90后”专栏，刊发他们的作品。

“90后”在写什么、怎么写、为谁写，成了一个问题。目前来看，“90后”作家是被迅速收编的一代，是作为青春一代人写作周期较短的，没有体现出一种代际特征，没有描写出特定年龄段的生活，亦步亦趋地模仿，却无法超越。和前辈作家相比，历史厚重感缺失，与前几代青春作家相比，又少了些活力。相对而言，“90后”作家物质环境更优越，教育程度更高，知识面更开阔，但社会接触面较窄，历史感较弱。作家们恣意的想象与错位的代际书写，使得作品陷入一种独唱而无法引起更多共鸣的情状。这正是当前“90后”作家普遍存在的问题。

一、同质化的故事与主题

“90后”作家的书写往往缺乏开阔的视野，故事与主题极为重复单调，他们所遭遇的代际冲突、校园生活、初恋经历等等被反复书写。国生的《温室效应》中，生意失败的母亲将儿子当作生意来经营，儿子一直生活在母亲的控制之中。畸形恋情（同性恋、姐弟恋、形婚）与父母感情不和有着丝丝缕缕的关联。重木的《无人之地》主要讲述的就是主人公和母亲的冲突。范墩子的《我从未见过麻雀》书写的是家庭暴力与父辈冲突，对外界的向往，具有和《十八岁出门远行》相似的格调，是作者盲目的想象，麻雀会说话，能与人沟通，将一个叫“山羊”的孩子带到另外的世界，梦境中当然可以肆意挥洒。

郑在欢的《外面有什么》也将父子两代人的生活进行并置，父亲从事非法的勾当，母亲与人私奔，儿子在车祸中失去双腿。年轻一代的日常生活作者明显把握得要有度一些，如学生之间的械斗描写，而父辈的生活以想象成分居多。虽立意较为深刻，总有代际冲突以及代沟问题，反思年轻一代在父辈的阴影中长大，但不可避免有所残缺，失去双腿正是这种残缺的隐喻，当然更多的还是心灵的残缺。李唐的小说集《我们终将被遗忘》收录的篇什内容大同小异，主人公几乎全是社会底层人物，并充满了厌世情绪，且不断有女性人物出现，就连与父辈的矛盾冲突每篇小说中都或多或少会提到。国生的《呼·吸》主要讲述的也是校园故事，高考、师生关系、早恋、文青、风云人物等，既有一般现实的描绘，更多的是一种臆想。心理问题，仍然是老一套的父母缺位造成的心理创伤。他已经不太能记起母亲的长相，也不知道妈妈去哪儿了。

张皓宸的中短篇故事集《后来时间都与你有关》收录的大多如此。如《此去经年》是追忆校园生活，父亲出轨，家庭破裂，在技法上使用多个时间线性叙事，过去、现在、未来平行交织，刻意为之的痕迹很明显；故事极为单薄，并不见高明之处；语言极尽雕饰，却更显矫情造作。单一重复的故事使得这些作品单调空洞无深度。比如于则于的《莲花》仅仅书写了沈余的几段感情故事就草草收场，别无他叙，显得单薄空洞。同期崔君的《世界时钟》讲述的也是蒋闪闪的爱情故事，一起阅读更显得单薄。长篇作品也是一样，张闻昕的《问青春》从题目到内容都是一个简单的校园故事。

除了故事的重复，作品主题的重复度也很高，比如失败书写。作家普遍贩卖苦难，文学创作成了“痛苦比赛”，无边的痛苦是近十年文学理想叙述着意塑造和传达的情绪。展现了文学叙述的价值认同分裂以至于偏激，“90 后”作家陷入了此种境地。何向的《预告南方有雨》讲述的也是子辈与父辈的代际冲突。父亲的不辞而别与从天而降并没有为故事增添多少新意，反而落入俗套。何向同样是文学院研究生，这些高才生“观千剑而后识器”，但还是不会武功。在浸润了大量的名家名作之后开始模仿，但只学得皮毛，无法真正进入骨髓深处。《预告南方有雨》仍旧是“痛苦比赛”，将小人物在大都市的辛酸继续进行复写。李唐的《我们终将被遗忘》中所书写的故事几乎都是苦难的生活，爱情不顺，工作不顺，家庭不幸，将底层人物的悲惨命运夸大书写，充满着厌世、消极、无所适从的态度。父母的缺失主题司空见惯。湿漉漉、黏糊糊的，阴雨密布，终日不见阳光。成熟作家也写苦难，写悲剧，但失败感里生成的苍凉诗意，无路的苦楚中残留着的人性光泽，照亮了灰暗之途。而“90 后”作家的苦难书写反而弄巧成拙，尤其是一窝蜂去书写的时候，明显有了“强说愁”的嫌疑。在悲剧情怀之下，人生除了虚无，无路可退。“90后”作家王占黑在一次访谈中直言“我不想卖惨”（袁欢：《王占黑：与“街道英雄”共同成长》，《文学报》2018 年 4 月 5 日），其实也从一个侧面反映出卖惨的作家不少。

李唐的长篇小说《身外之海》也是如此。小说描述了一大群年轻人，描写他们的日常，描写他们的爱情，描写他们与父辈的关系，描写他们对人生的态度，总之，绝大部分是这一代人的真实生存境遇。故事的引子是作为镇上警察的“我”破获镇上出现一只会说话的狼的案件，以及由此牵出镇上的一系列人和事件。小说虚实相间，想象诡谲，既展现了青春写作的肆意张扬，也明显流露出了这一群体创作的不足。作者采用了一种典型的碎片化呈现方式，这或与碎片化的时代有关，人物不断闪现，故事枝蔓繁多，节奏跳跃，情节闪烁，主题芜杂，故事的连贯性与整体性不强，但是每一个人和每一个故事似乎都是为作者个性化的世界观服务。小说的故事内核依旧是青春叙事，失败的暗恋、三角恋、决斗、破裂的父子关系、出门远行、在路上的漂泊等。从叙述者角度来看，父亲的影子一直都存在。这些都是青年写作的固有模式和套路。

“90 后”写作是一种符号的标出，标出项一旦成功翻转，就不可能不失去对非标出项的吸引力。大众趣味是极为短暂和无常的，因此流行音乐必须日日翻新。很多边缘体裁的叙述性达到一定程度，可以把它们当作叙述文本来理解。所有符号只要可以表意，就都可以用来叙述。思维的同质化才是症结的根本所在。当读者面对的永远是大同小异甚至是雷同的叙述时，审美疲劳产生，由此也会远离这些作家。

只有情节、细节、故事、语言、结构等深入到社会逻辑深处，才能发现个体乃至群体不同层次但可能多少带有牵一发而动全局的价值诉求。总的来说，“90后”作家们由于年龄的局限，普遍缺失真实生活的历练，作品所摹写的是他们想象的生活，大部分时候却仅是一种臆想。

二、失真的生活想象

“90后”作家们普遍表现出生活经验的匮乏，缺乏生活经验就只能进行盲目的想象，臆想的结果是文学成了失真的生活想象，不具有现实价值，沦为语言的游戏。

王棘的《驾鹤》本是讲述韩老三的悲惨命运，儿女不孝，反映的是极为现实的问题，后半部分却文风突转，让韩老三陷入迷狂，进入奇幻叙事，尤其是韩老三最后的消失更为突兀，留下叙述空缺，这是典型的反规约叙事。琪官的《谁能带我去东京？》也是如此，故事的悬疑性十分过火，时间极为混乱，虽然作者试图用心理疾病来解释这样的现象，但是通观全文这样的解释也极为牵强，只能证明作者还是试图用先锋的手法来讲述一段普通的异国出行经历。庞羽的《操场》所涉之事极为丰富，既有胡太太的女性悲剧，也有曹老头所代表的知识分子的命运悲歌，更影射了诸多历史问题，这是“90后”写作的另一极端，即庞大的叙事野心，这是一种与年龄极不相称的书写模式，可谓错位的代际书写。

很多年轻作家另辟蹊径，以猎奇取胜，以不为大众熟知的生活甚至“亚生活”作为书写题材。朱雀的《夜间飞行》以并不被大家所熟悉的飞艇玩手为对象，讲述了少年对飞艇驾驶执照的向往，严格来说是很小众的生活书写，一般读者会云里雾里不知所云。梁豪的《我想要一条尾巴》几乎是对学生时代日常生活的浮现，而核心要素也无外乎早恋、学霸学渣之间的争斗、毕业之后的现状等，作品也是年轻一代的宣言书，正如题记所言，无论是名牌大学、中专学校还是售货员，都是光明的前途。

阿米的长篇小说《消失的村庄》以类似《盗墓笔记》的写法讲述一群年轻人的探险经历，诸多的见闻是凭空想象的。凯奇是唐贝村一位猎人的后代，他十六岁那年，唐贝村突然从原有世界的大地上消失了，之后的两年里，村子一直处在一个未知世界，村民们却安于现状。在此之后，凯奇决定走出村庄。他与四个伙伴一同开启探险之旅，一路上遇到了许多不可想象的艰难险阻，贝利奇和杰夫先后死去，余下的三个少年最终走出了未知世界，获得了救赎。

“90 后”作家们涉世较浅，对生活缺少直接的体验与把握，生活经验的匮乏导致文学经验的匮乏，很多经验来自转述，来自大量的外界知识，如传闻、新闻报道、影视作品、国内作家的创作，甚至是其他文学作品。这种互文书写在庞羽的作品中十分明显，歌词、诗经、现代诗歌等现成的文学资源在她的作品中经常出现，如《龙卷风》《我不是尹丽川》等。仅以 2017 年第 6 期《天涯》杂志推出的几篇作品就可以看出这样的情况很明显。梁豪的《面具》假托“画皮”的神幻故事，隐喻当下主体面具化、空洞化、虚实暧昧不辨的现状。他的《都市人》通过对“无意义有限公司的人”“打伞的人”“戴耳机的人”三个小品描摹来展示浮世众生。夏麦的《父母天命时》和夏周的《戴王冠的白鹦鹉》通过对父母辈平凡生活和琐碎遭遇的审视，不仅加深了对上代人的理解，自身也获得了对生命、生活更加温厚从容的姿态。丁颜的《内心摆渡》关乎个体的精神成长，不同的是主人公更多地从西北辽阔的大地、朴素敦厚的人情风俗中汲取力量，濡染生命。修新羽的作品《明月之子》关注的是另一种“90 后”群体——城市打工者及其残酷粗粝的生活现实。

这些年轻作家们特别擅长对国内外既有文学资源的模仿，“还未年轻就已经老了”，以此来形容当下某些“90后”作者并不为过，重重阅读经验加诸其身，语言与技巧的游戏套路谙熟于心，一出手俱已“成熟”。“90后”作家纷纷推出长篇小说，很明显，这些作品无论是文学经验还是生活经验都明显不足。作品大多建立在失真的想象之上而非现实经验的累积。

三、科班出身自带的匠气

“90后”作家的出场方式有很大的不同，写作学科班出身的较多。陈小手沉浸在自己的封闭世界里想象，文学技巧的专业学习使得他字句雕琢，但是思想未能跟上技巧的脚步，其《铁盒里的花瓣》用意识流的笔触讲述了他眼中的乡村世界，但是故事简单，情节俗套，硬设悬念，导致人物刻画不够充分。王陌书的《重叠》成为遣词造句的文字游戏，肆意组合拼贴的意向，毫无内涵。然而年轻就是资本，“90后”作家作为文坛新军，有着无限的可能性，值得关注与期待。年龄与代际划分并不是真正的症结所在，当“00后”作家们开始崭露头角的时候，“90后”作家们并不只是年轻的代名词，根本问题在于所有年龄段的作家都需要潜心创作，积累更多更丰富的生活阅历，创作出符合更多人审美品位的作品。先锋无罪，创意没错，但是不能全部陷入文体实验而不能自拔。

甄明哲的《京城大蛾》从现实向神话靠拢，借鉴《变形记》，将人物向大蛾转化，但是又深受先锋派的影响，并没有交代最后是否转化成功，故事戛然而止。这是典型的炫技式的非自然叙事。非自然叙事理论建立在模仿叙事的基础上（即这些叙事都受到外部世界可能或确实存在的事物的限制），它们所持的“模仿偏见”限制了理论自身的阐释力，当代叙事学发展的新动向则是一种反模仿的极端叙事，即非自然叙事。亡灵叙事是一种典型的非自然叙事。

创意写作由西方传入中国，近年来十分火爆，高校开设文学创作专业，很多知名作家成为驻校作家，同时肩负培育年轻作家的使命。学院派的教育产品出场方式与“80后”作家明显不同，“80后”作家出场时因为青春写作成为文学现象而不得不引起重视，而“90后”作家似乎直接被主流文学接纳，直接就是主流文学界推出的。文学是生活阅历的积淀，技巧可以培养，思想、主题、艺术性是无法速成的。

“90后”作家们的少年老成，甚或可言老气横秋，与年龄并不相符。庞羽的《一只胳膊的拳击》书写了祁茂成与祁露露两代人的生活境况，对父亲祁茂成失败的人生用了大量的篇幅描写，而这不过是祁露露童年阴影的一种主观投射，尤其是父辈中的“曼江赫本”以“曼江五毛钱”的身份出现时，作者完全将对父辈的反抗或者对上一代人生活的否定表达出来。也许是一句传闻，或者是偶然事件，成为小说的全部。而且这些情节段落几乎是其他文本中司空见惯的描写，这是一种再度的移植、模仿与沿袭。很多高校开设培养专业作家的相关专业，聘请活跃在文坛的老一辈作家当导师。科班出身的学院派写作，使得“90后”作家的文学天分被扼杀，作家被工匠化。工匠化的后果之一就是作品普遍呈现出炫技的一面，比如姚十一的《变脸》围绕四姥爷的死展开叙述，不同的人分别叙述一段，但所有的叙述都欲言又止，隐藏了很多细节，语言上颇具革新性和实验性，呈现出一种陌生化的效果，手法极为纯熟，却不免有无病呻吟之态，这几乎成了“90后”作家书写的通病。

当前小说创作存在两个误区，一是独尊个人私密化经验，并以个人主义叙事为荣耀，反复撰写关于“内在性”的童话故事；另一个是无限放大身份危机，乃至于不断分解分化宏观视野，在“民族”“地方”“偏僻”“仪式”等话语范围讲述关于文化自觉自信的“中国经验”（牛学智：《当前小说流行叙事批判》，《文学自由谈》2018 年第 2 期）。这在“90 后”作家的创作中表现得十分明显。作家们具有庞大的叙事野心，试图融进多种主旨。人类的精神病态、生态环境的破坏、人与动物的对立等宏大主题都被塞进文本内，可塞得越多，反而显得主旨不明，不知所云。此外，叙述手法过分追求形式感，很多作品都有意识流的感觉。总之，太多的生活幻想往往造成情节的失真感，也造成了当前“90 后”创作主体单一、故事重复、题材单一等诸多现象。

当然，对“90 后”作品的创作不能一味苛责，既然存在中年写作、晚年风格，也必然存在青春书写和青年写作，只不过年轻的作家们需要认清现状，瞄准未来，才能在文学之路上越走越远。“90 后”作家为文坛注入了新鲜血液，也为文学发展提供了多种可能性。年轻人有自己的世界观和独特的想象力，值得鼓励，尤其是每个时代有每个时代的阅读模式和书写方式。当论者们将十九世纪小说和二十世纪小说作为概念对举的时候，也就意味着有面向二十一世纪的小说。青年作家们独特的想象与写作或许可看作是二十一世纪文学的开端。尤其是结合他们所遭遇的电子时代、新媒体时代、人工智能时代等等，整个文化进入一种年轻人指导老年人的“后喻文化”，年轻一代的生活经验与父辈有明显的不同，文学书写完全有可能开创新的天地。

发表于《西部》2019 年第 3 期

“经典冲动”与当前长篇小说书写

近年来，小说的写作和出版都是所有文学体裁中体量最大的文体，无论是文学期刊中所占的版面，还是图书出版所占的份额，抑或是文学奖项、影视改编、文学研究等社会影响力方面，小说都是当之无愧的霸主文体。但是小说遭受的诟病也越来越多，“高产低质”几乎已成共识。新时期的文学随着思想解放运动和改革开放发展起来，随着西方文学的大量引入以及社会风气的空前好转，文学在1980年代迎来了“黄金年代”，随后的1990年代被批评家称之为“白银时代”，这个时代虽不耀眼，却是实实在在的收获期，产生了大量的有分量的作品，1990年代似乎很漫长，一直延续到今天，二十一世纪已经步入第三个十年，文学似乎还是1990年代的余绪，一直是平稳期，没有多少突破，特别是小说，几十年如一日的发展着，除了产量上的转变，其他方面似乎没有多少变化。何以如此，需要理论的辨析。即便对普通读者而言，也需要一种经过系统梳理和分析而形成的阅读参照。

整体打量一番，会明显感觉当下的小说书写呈现出创作上的整体浮躁，受到多种外界因素干扰，笔者将其概括为“经典冲动”，既想获得即时的物质利益，又奢望能经受历史的考验，成为经典。文学中的经典本身是经过历史洗礼之后的沉淀之作，需要时间的酝酿。从作品完成到被冠以经典，往往需要数十年甚至数百年的时间。经典化是一个大浪淘沙的过程，作品完成后本应该交给时间去裁决。而现如今，有一些作家在刚进行创作的时候就怀有一种经典思维和经典意识，或可谓“经典冲动”，也就是说，作家将自己的创作看成是创造经典的行为，作品甫一完成就自诩为经典，一些媒体和批评家也不负责任地进行跟风吹捧，将某某新作品直呼为经典，把本该历史化的行为过程即时化、现实化。这种“经典冲动”有时候会成为一种创作的束缚，甚至会扰乱经典形成的正常生态，使得长篇小说的书写与评价陷入一种无序状态，无益于催生真正的经典。

首先，当前作家们普遍追求一种“大概率”写作，选择容易成为经典的文学体裁，同时，普遍依靠量的堆积来增加成为经典的概率。在这一背景之下，长篇小说成为一种炙手可热的文学体裁，越来越多的作家选择长篇书写，期刊方面长篇小说专号越来越多，出版社出版的长篇小说每年数以千计，加上网络平台，更是不计其数。此外，文学评奖、影视改编、市场发行、学术研究等，都比较青睐长篇这一体裁，而这些行为都与经典的形成密切相关，由此作家们对长篇就越发迷恋。对作家而言，长篇是走向成熟的标志，很多年轻的作家一步入文坛就纷纷推出长篇。正是这些因素合力促使作家对长篇小说产生热衷，长篇小说大有一家独大的野心和趋势。

对长篇这一体裁的迷恋首先就是一种“经典冲动”的结果，因为回溯中西文学史就会发现，堪称经典的作品大部分是长篇小说，随口而出的那些作品，诸如《战争与和平》《百年孤独》《追忆似水年华》《红楼梦》《平凡的世界》等等，不一而足。当下作家们对长篇的热衷很大程度上是源于对概率考量的结果。这其实也暗合了当代文化的剧变，“某些需要深度阅读的体裁，已经濒临灭种命运：需要沉思潜想象外之意的诗歌，已经宣布死亡；需要对言外之意做一番思索的短篇小说，已经临危。这样，经典之争，逐渐变为体裁之争，竞争者靠大众体裁最后胜出。”[①] 而长篇小说，无论从写作还是阅读，似乎正是一种大众体裁。还有一些作家靠量的堆积来追求概率，其逻辑是，写得多，成为经典的概率就会变大，不少作家的作品目录很多页纸都写不完，个人简介长之又长，甚至有的作家达到一年一部长篇小说的速度，并且涉猎诗歌、散文、小说多个体裁。在我有限的阅读中，有经典传世的作家往往都是采取少而精的书写策略，特别是外国不少作家，一般都是几十年磨一剑。而在当下文坛，老一辈作家似乎在和生命赛跑，拼命书写，而年轻一代的作家，一步入文坛便开始以高速状态发表长篇小说。对量的追逐，不但没有提升成为经典的概率，反而还会让自己粗制滥造的作品离经典越来越远。

其次，作家们在进行文本书写的时候，往往刻意瞄准经典文本，以此为准绳。经典的原意是宗教的教义典籍，本身就有“模子”“标准”的意思。经典作品有一些固有的标准和特性，随着研究的深入，不断被发掘出来，作家们就习惯比照着进行创作。比如经典往往是大部头的作品，于是，当下的很多小说从篇幅上与之靠齐，多卷本、多部曲不断涌现，体量巨大，《乡村志》《你在高原》皇皇十卷，《李自成》《机村史诗》《圣天门口》《野葫芦引》《人世间》《应物兄》《敦煌本纪》等小说也都属于长篇巨制。从主题上看，经典之作往往反映人性的深刻与复杂，“所谓经典，皆为渡人。”[②] 于是乎，各种主题的小说都会努力深挖人性，无论是谍战、商战、反腐、女性、现代性主题，还是乡村书写、都市写作、战争历史，都与人性有着深厚的瓜葛，尤其是在批评家

---

① 赵毅衡:《符号学》，南京大学出版社 2012 年版，第 384 页。

② 徐兆寿:《所谓经典，皆为度人》，《文学报》2019 年 6 月 27 日。

那里，不谈人性似乎无法写就一篇像样的批评文章。再者，经典对整个时代有着全面的把握，有一种史诗的笔法，当下的作家们为了对时代有一种全面的把握，深挖历史，小说中历史魅影不断闪现，主题多元、内容庞杂的百科全书小说不断涌现。近年来的很多长篇写作，与过去那种单线叙事明显不同，很多看似无关的细节被写进了小说中，给人一种大杂烩的感觉。细节堆砌的结果是让小说看起来更像是一部百科全书，被塞进大量的知识点。作家们试图在一部作品中融进社会、历史、文化的方方面面。这种复调的写作模式也是当前成熟作家写作普遍存在的现象，越是写到最后，成为经典的渴望似乎也就越强烈，作品就越繁复。近年来很多作品都有此趋势，比如《七步镇》《艾约堡秘史》《黄冈秘卷》《念头》等。这些小说很难概括故事梗概，故事类似块茎植物铺开，导致主题十分涣散，每一条故事线似乎都是主线又不完全是，多中心而无中心。

还有一些属于民族基因的审美内核被作家们延续下来，比如现实关切、悲剧意识、循环时间观等等。在中国文学史上，能够称其为经典的作品一般来说是秉持现实主义原则的，于是作家们深挖现实，深度介入生活，关注医疗、住房、教育、环保、扶贫等民生主题，但是一味局限在这些选题中而不去发散，是否真的能创造经典？正如一位批评家所言，报告文学很难诞生流传于世的作品，因为大部分作品都是应景之作，这些秉持现实主义的作品，很有可能仅仅是一些变相的报告文学，也可归为应景之作。又比如，十七年时期的“红色经典”，无论是战争题材的“革命历史小说”或“革命英雄传奇”，还是农村题材的“土改小说”和“合作化小说”，无不闪烁着中国古典英雄传奇或话本小说的艺术光晕。从人物塑造模式到故事情节模式，再到语言风格和艺术形态，当年的“红色经典”小说既是世界范围内的社会主义现实主义文学思潮的产物，也是具有中国作风和中国气派的中华民族文学新经典。[①] 时下很多作品就是朝向这一传统的书写，对这些作品进行效仿，比较有代表性的是一些扶贫题材作品，宣传时往往会贴上新时期《创业史》的标签，这正是因为《创业史》的经典性。

因为经典的存在，作家们或向古典取经，或向西方取法，影响的焦虑始终徘徊在他们头上。很多作家在接受访谈或撰写创作谈时，都会罗列一大堆对自己产生过影响的经典作家。总的来说，是将作品从体态上打造成可流芳百世的式样，这是作家“经典冲动”的常见表现。这种比照经典的创作手法很有可能会阻断文学书写的创新，因为一些具有先锋意识或具有尝试意识的作品往往得不到认可，让文学书写基本陷入停滞状态中。可当我们回溯文学史时会发现，那些经典之作往往与自己的时代不合，在诞生之初饱受争议，经典之作有时候是一种开创性书写，而当下作家们几乎失去了创作“不合时宜”之作的勇气和耐心，最终让文学更新的脚步凝滞迟缓。

再者，作家们在作品完成后，又有一种试图人为操控经典成型的努力。经典的形成需要比较挑选，一般来说有学院经典和大众经典两种模式，大众经典一般通过“群选”产生，其模式是用投票、点击、购买、阅读观看等等形式，累积数量作挑选，这种遴选主要靠的是连接：靠媒体反复介绍，靠亲友口口相传，靠生活轶事报道。而学院经典更新靠的是纵组合轴上的比较操作，群选经典的更新靠的是横组合轴上的连接操作。学院经典化过程决定哪些作品被写入文学史，而群选经典化过程则决定了哪些作品成为畅销书。无论是群选经典还是学院经典，无论是比较还是连

① 李遇春：《“文艺复兴”与中国当代文学的历史重述》，《当代文坛》2019年第5期。

接，这些作家往往比较热衷于经典化这一过程本身，甚至有操纵的冲动和欲望。因为对经典形成的机制熟稔于心，一些作家往往挖空心思寻求旁门左道，拉拢批评家、文学评论杂志为自己造势宣传，甚至有媒体爆出不少地方作家整日游走于各个研讨会现场，以期获得批评家的青睐，而且不少批评家也乐此不疲，形成创作与批评的同构。文学评奖对经典的塑造有着更为关键的作用，于是作家们想尽办法去运作，文学奖也频频爆出权色交易、暗箱操作等负面消息。除了关注学院经典，他们也关注群选经典，通过新书发布会、签名售书，发动亲朋好友购买，或通过地方政府宣传系统的项目购买，甚至自费购买等行为刺激销量。总之，不少作家将本该用于创作的时间和精力用在了经典化的过程上面，他们会觉得造就的声势越大，影响就会越大，离经典也就会越近。但事实并非如此。

真实的情况却是，当代文学过去七十年，现代文学也百余年的历史，经典依旧还是那些历史上的作品，而对当前的创作很多人并不满意，有数量无质量几乎是一种共识，这或许也与历史的距离未拉开有关，但根据那些已有经典的标准，即便时间流逝，当下的大部分作品，也很难有成为经典的可能。虽然作家们都是比照着经典去进行的书写，但是功力不够又急于求成，只能模仿皮毛而无法掌握精髓，画虎不成反类犬。怀着成为经典的创作之心本来无可厚非，但是对创作不虔诚，靠人为操控经典化的过程，最终很难成为真正的经典。由此观之，当前长篇书写存在的种种局限与不足，或可归结为作家们这种“经典冲动”在作祟。近年来关于当代文学史书写的讨论不绝于耳，很多观点认为当代文学仍处于过渡时期，不宜下结论，文学史书写尚且如此，构成文学史重要元素的文学作品的价值和历史地位也是如此，过早以经典自居并不符合“过渡”的特质。作家们抱着经典的心态和冲动进行长篇书写本来可以激励作家创作出更高质量的作品来，但是将这份冲动过分外化，甚至以此为创作的核心目标和终极追求，反而会束缚创作，无益于真正的经典诞生。

发表于《长篇小说选刊》2019 年第 5 期

城市文学：写作传统与研究范式

随着城市化进程的不断加速，城市在社会生活中的作用和地位不断凸显，关于城市的艺术表达也越来越常见，城市文学就是其中之一。城市文学渐渐成为被多方论及的话题，且逐步成为一个成熟的文学名词、学术术语和文学史概念。不过，要对城市文学进行系统研究，首先要考察其作为一种文学类别的传统并建构其研究范式。总的来说，在中国这样一个早期城市化程度相对较低、近期又突然提速的国度，城市文学书写几乎还没形成自己的传统。从研究角度来说，也是如此。文学发展的时代语境已经不同往日，在当下以及未来很长一段时间，城市文学与乡土文学的划分既是题材的区分，更是时代文学主潮的更迭。城市文学的书写需要建立自己的传统，城市文学研究也需要建立自己的范式。

一、狭义与广义的城市文学

“通过改变有关研究对象的定义，我们改变我们所见之物。”[①] 关于城市文学的概念界定，直接关乎对其的认知。严格来说，城市文学有狭义与广义之分。狭义的城市文学往往等同于都市写

---

① ［美］华莱士·马丁：《当代叙事学》，伍晓明译，中国人民大学出版社2018年版，第1页。

作、时尚写作等类别，是一种典型的类型写作，有时候甚至滑向通俗写作，越出了纯文学讨论的范畴。这些书写聚焦于大都市的灯红酒绿、小资情调、情欲物欲等。最为明显的便是郭敬明的《小时代》这样的作品，整部小说被大上海的灯红酒绿所笼罩；被媒体大肆炒作的“美女写作”，如卫慧的《上海宝贝》、棉棉的《香港情人》等，也是如此；还有慕容雪村的《成都，今夜请将我遗忘》这样的都市情感小说，讲述成都青年在事业、情感、婚姻之中的迷惘和挣扎。近年来的一些都市写作延续着这样一种传统。这种狭义的城市文学过分议题化，诚如徐晨亮所言，“城市文学”的场域早已被形形色色的议题所占据。[①]

从某种意义上说，这种狭义的城市文学并未给文坛带来多少有价值的东西。孟繁华曾不无担忧地指出：“单一的都市生活题材也将会使我们千呼万唤无比热爱的多元化、多样性流于空谈，困难的争取将会用另外一种形式轻易地放弃。”[②] 通过这段引文，我们能够体会到城市文学的局限及其面临的隐患，既有主题层面的，也有技法上的，这些都阻碍了城市文学的健康发展。因此，城市文学需要打开自己的边界，不能忽视那些不太典型的城市文学。

稍微广义点的城市文学则围绕凸现城市特点这一中心向不同层面展开，具体包括勾勒城市风貌，书写城市印象，表现异于乡村的都市生活形态，描写个体都市体验以及刻画各类市民形象等。邱华栋的都市人系列小说最具代表性，这些小说既批判大都市，又流露出一种迷恋的情感。其他关于大都市的书写，如张欣的广州书写、池莉的武汉书写、邓一光的深圳书写、王安忆的上

---

① 徐晨亮：《在褶皱中打开城市——当下青年写作观察札记》，《青年文学》2020 年第 4 期。

② 孟繁华：《长篇小说阅读笔记》，《理论与创作》2001 年第 3 期。

海书写、徐则臣的北京书写等，都是城市文学的典型代表。这些书写涉及城市生活的众多方面。

以上海书写为例，从白话文学诞生前夕韩邦庆的《海上花列传》，到白话文学诞生以来的叶灵凤，再到海派文学的代表穆世英、刘呐鸥等，尔后的张爱玲，直到新时期的孙甘露、王安忆、金宇澄等，一代代作家描绘了五彩斑斓的上海。金宇澄的《繁花》具有典型性，《繁花》从语言上就是一部沪语小说，作家书写的也是上海市井的碎屑。孙甘露的《缥缈的峰》传承了海派文学，也是书写上海风情。年轻一点的作家中，唐颖是上海书写的又一代表。在唐颖的小说中，弄堂、外滩、阿飞街、Park97 酒吧等上海场景不断出现。特别值得一提的是，唐颖的上海书写还在中西对比中展现，很多小说在上海与国外大都市之间穿梭，通过域外的视野来打量上海，比如《美国来的妻子》《另一座城》《上东城晚宴》，以及《与孩子一起留学》，其中上演了一幕幕“双城记”。滕肖澜的《新居》则以住房问题切入，书写都市人的困局，所有人都为房子焦头烂额，作者写出了城市人的一种不安状态。蔡骏的《春夜》也用悬疑的笔法串起百年上海的历史。

北京是城市书写的又一焦点。徐坤的《八月狂想曲》书写奥运会之前的北京城市风貌。笛安的《景恒街》将故事定格在首都，书写年轻一代的“创业史”。徐则臣的《王城如海》写各个阶层眼中的“新北京”，书写了藏在这个城市中的人；他的《北京西郊故事集》以北京为题，描写了一群来自花街的年轻人的生活境遇。石一枫的《玫瑰开满了麦子店》也描写了乡下女孩到都市漂泊的故事。苗炜的《烟及巧克力及伤心故事》，书写一群北京文青的现实困惑与情感困境。这些书写都市的作品，关注点不尽相同。张欣的《终极底牌》《不在梅边在柳边》《千万与春住》等广州书写，邓一光的《深圳蓝》《深圳细节》等深圳书写也是如此。

以上这些都属于更为广义的城市文学，包括城乡关系、城市底层等多方面的书写。这种城市书写不只关注都市人群，也关注城市外来者，在城市底层如蝼蚁般生存的人。有论者指出城市文学的内核是书写一种“忧郁”[①]。其实这种忧郁并非字面意义上的忧郁，而是指向一种深切的现实关怀。

在笔者看来，城市文学的范畴划定不应当过分局限，而应采取一种更为宽泛的论域，即广义的城市文学。“农民进城”“打工诗歌”“底层文学”等文学现象都是城市文学研究应当关注的。这些写作思潮中涌现的曹征路的《那儿》、陈应松的《太平狗》、陈仓的“农民进城”系列等，都从不同的侧面书写了城市。还有大量的小镇文学、县城文学，都可以看作“前城市文本”。需要说明的是，将城市文学广义化，并不是模糊城市文学与乡土文学的界限，而是基于以下方面的考虑。首先，一个时代有一个时代的文学，中国新文学百年发展历程中，乡土文学一直是主流，但是随着城市化的进程加速，城市文学大有成为下一个主流的趋势。越来越多的作家居住在都市，乡土记忆逐渐消失，老一辈的作家凭记忆进行缅怀书写，稍年轻的作家连记忆都没有了。特别是网络文学等新兴文学样式，乡土题材中几乎很少出现。所以，将之广义化，是一种文学发展趋势的体现。其次，乡土文学与城市文学的区分是一个在现代性视野之中诞生的概念，虽然从作家的身份、书写的故事场景，以及文本背后的内涵（是现代性反思，还是单纯的“物”书写）可以来进行区分，但是在很多作家、理论家那里，进行泾渭分明的区分并不太现实。理论研究应该要对此进行一些关注，从更为深广的层面来讨论这一提法所面

① 刘诗宇：《2019 年长篇小说：动荡的历史，剧变的现实》，《长篇小说选刊》2020 年第 2 期。

临的广义化现状。

二、广义城市文学的三种样态

从广义的角度来看，城市文学书写目前呈现出三种样态。第一类是从农村进入城市的作家，身份由农民向市民转变，主要书写的故事也是城与乡的混融；第二类是城乡接合部的书写，可谓“小城市书写”，主要是小镇文学和县城文学；第三类是纯城市的书写，是谓“都市文学”。三种城市文学样态的并存指向的是广义的城市文学概念，而这样的书写，其实有其内在关联与文学传统。

在第一类作家的书写中，乡土的记忆无法割舍。作家在进行城市书写的时候，往往会将城市和乡土联系起来，这在老一辈作家那里较为明显。在城乡巨大差异下，作家进行着深度思考。通过对城市化进程和乡土消逝的描摹，来进行深刻反思。阎连科后期的作品就与早期的乡土书写有所不同，城市视角介入变得多了起来，而这种转变，依然没有离开底层关注的轨道。刘震云的《吃瓜时代的儿女们》是一部更为典型的作品，小说围绕着四个人物展开，一位是农村姑娘，三位是城市里的领导，四个看似互不相关的人物被串联起来。农村的破败落后是这些作家十分关心的问题，但主题还是农民劣根性书写的延续。李佩甫的《平原客》书写的是省一级领导的故事，几乎都发生在城市里，但一切悲剧的根源却是农村，无法真正融进大都市、农村意识的保留，都让关于城乡关系的思索更进一步。这些都市生活的书写始终无法摆脱乡土和农村。

老一辈作家的出身大多是乡村，因为升学、参军进入城市，但是无法从根本上摆脱农村。他们有着极其矛盾的心态，一方面对农村的落后感到悲悯和同情，对生活在那里还在吃苦的人给予了关注的目光；另一方面又对农村的种种陋习感到失望，很多时候不遗余力地进行批判，可悲的是，对这一切又无可奈何。还有一类作家有过乡土经历，往往会在书写城市的时候与乡土相关联。比如王安忆，她一直以大上海为书写对象，但是她并不是仅仅在描绘魔都的高楼林立与灯红酒绿，而是从细微处窥探人性的繁复。她的《富萍》中有大量的关于乡土的描写，其他很多小说也有对城市化进程的书写。也有部分作家对农村保持乐观，往往被表面的、个别的现象所迷惑，可谓乡土书写的乐观派。他们离乡太久，对农村和乡土的新认知往往来源于走马观花式的采风、考察、旅游、探亲等，无法深入理解乡土真实的一面，所以很多文本就是一派田园牧歌的景象。这些作品涉及城市书写的时候，往往也很乐观，就连农民进城之路都极为顺当。

第二类是城乡接合部的书写，这其实还是延续着第一类的书写，但是指向更为复杂和多元。因为城市化浪潮的提速，很多乡村与城市的开发呈现混乱的局面，在城乡接合部出现了无人管理的“飞地”，其中发生的事件也就更具典型意味，比如“小镇青年”成为一种典型人物。路内的作品几乎都有此特征，《慈悲》《云中人》《追随她的旅程》都是集中书写城乡接合部的小镇青年。《十七岁的轻骑兵》中所收录的小说都是发生在化工技校的校园故事，描写了一群没有名字只有绰号的青年以及他们向往的“风一样的谜之女孩们”，如同其他几部小说，这本是一群阳光少年，路内却写出了他们的另一面，展现了一种另类残酷的青春叙事。路内从其首部长篇小说《少年巴比伦》便开始书写一段段失败的青春爱情和被围困的青春，而故事的基调已经在前一批短篇小说中定型。除了技工学校，路内也写了工厂生活，从校园到工厂，仍是青年。阿乙的《早上九点叫醒我》也是小镇书写。小说通过对一场仓促、敷衍的葬礼的讲述，回溯了艾宏阳如何利用自身的体力优势和欺骗手段，成长为镇上有头有脸的风云人物的经历，由此对逐渐消失的乡村及其空间里生存的人物进行了画卷式的描写，这部小说对城乡生存空间进行了深入挖掘。其他还有颜歌的《我们家》将故事设定在大都市的郊县，班宇的大部分书写背景都为铁西工业区等。

何平等学者则提出了“县城”的概念，“县城”其实也属于城乡接合部的书写。因为县城是连接乡村和大都市最为重要的纽带。“县城”（可能还应包括市郊和比县城更大的小城）作为一个文学空间，一个文学的“地方”，既不是乡土写作，也不是城市写作。中国现代文学研究的注意力更多在城和乡两个极点上，除了这两个极点可能还隐伏着第三种文学传统谱系。[①] 其实从另一种角度来看，县城既是乡，也是城，是面积扩大了的小镇，县城里发生的故事，涵盖的文学价值更广。

第三类是纯城市的书写。这既包括灯红酒绿的都市书写，也包括对城市生活的全方位关注，比如前文提到的广州书写、深圳书写、上海书写、北京书写等。这里需要讨论的是未来城市文学的接续问题。毫无疑问，未来文学的主力必将是那些自出生起便在城市的人群，可谓“纯城市”的书写。这种写作似乎存在一些隐忧，从当下青年写作也可以看出一些端倪。虽然有个别出生于大都市的青年作家书写了一些非典型性城市文本（比如“90 后”作家王占黑的《街道江湖》《空响炮》《小花旦》等关于上海的书写），但从绝大部分的创作实践来看，现实并不乐观。

在更为年轻的作家那里，都市化趋势更加明显。但他们的作品几乎是对学生时代日常生活的复现，而核心要素也无外乎早

---

① 何平：《关于县城和文学的十二个片段》，《花城》2020 年第 3 期。

恋、“学霸”“学渣”之间的争斗、毕业之后的现状等，这些书写往往缺乏开阔的视野，故事与主题极为重复单调，他们所经历的代际冲突、校园生活、初恋经历等被反复书写。

乡土不仅仅提供一种生活，还提供一种文学经验和传统。年轻作家几乎没有什么乡土经验，这很容易导致其书写滑向“无根”的状态，即文本表达浮于表面，走向单一。有些作品技法刻意，故事单薄，并不见高明之处，语言极尽雕饰，却更显矫揉造作。单一重复的故事使这些作品单调空洞无深度。

我们把这些青年的写作和当下文坛那些成名作家的早期书写拿出来做一番对比，就会明显感到两者的差距。而这其中一个较为重要的因素，就是乡土体验和乡土文学经验的缺失。虽然老一辈的成名作家如今也居住在大城市，但是他们或生长于农村、有过乡土生活经历，或当过知青插过队、体验过乡土生活，或切身体验过城市化的浪潮、对此有切肤之感，因此他们的书写，大多有一个乡村背景，即便是城市书写，也有乡土的人物、背景、底蕴或一种反思性的视角。而青年作家们很少有这些经历，这样的创作自然无从谈起。因此，先辈们的生活经历和文学经验传统就成为可供汲取的养分了。当大家都在谈论都市写作和城市文学没有建立自己传统的时候，去那些已经形成了传统的写作中找寻经验就显得很有必要了。

三、城市文学：如何建构自己的写作传统?

目前的城市文学发展之所以不尽如人意，其中一个重要原因，是城市文学在中国文学发展中缺乏创作上的传统。这个传统，既有内在的，也有外在的。

外在的传统主要是对国外文学资源的借鉴。就城市化进程而言，西方其实比中国要早，书写西方，以及日本等亚洲国家的城市文学，早已有了很重要的经验。比如莫迪亚诺笔下的巴黎，有其特有的风情；狄更斯笔下的伦敦，也有独特的风貌；乔伊斯的都柏林、陀思妥耶夫斯基的彼得堡、卡夫卡的维也纳、米兰·昆德拉的布拉格等，也都建构了独具风情的城市形态。但是，中国作家们在借鉴国外经验的时候，往往陷入实用化、工具化的泥沼，囫囵吞枣地学习了一些皮毛，继而产生了一些文本“怪胎”，很多东西来得快，去得也快，并未产生绝对的效用。当然，关于中国文学与国外资源之间的关联，是一个较为系统的问题，在此不过多展开。

而中国自身的文学传统，倒是一个需要特别注意的问题。中国几千年的古典文学几乎都是农耕文明的产物，即便是白话文学，也多以乡土文学的面貌呈现。乡土文学在中国根深蒂固，导致城市文学的富矿无法被开掘。“乡土文学在中国有着相对稳固而深厚的传统，以鲁迅、沈从文、赵树理等为代表的众多作家，都为乡土文学贡献了独特的范本，为后来的作家提供了可资借鉴的艺术表达范式。而城市文学在百年中国新文学史上并没有形成规模性文本和创作上的有序传承，导致作家们对城市的书写缺乏必要的先天准备，也缺少可资参考和借鉴的范式。再加上当下的城市发展日新月异，对其进行准确把握和立体呈现难度太大，而作家们或城市经验不够丰富，或审美兴趣不在于此，因而城市现实生活虽是一座文学的富矿，但如何开掘却成了难题。”[①] 因为漫长的乡土文学传统，都市文学，诚如贺绍俊所言，“缺乏有思想有力量的作品……还没有建立自己的传统”[②]。孟繁华也指出，

① 韩传喜：《城市文学：写出城市的精气神》，《人民日报（海外版）》2020年10月22日。

② 贺绍俊：《地域的社会性、都市化及其文学社区》，《当代文学新空间》，中国社会科学出版社2017年版。

就当代中国的小说创作传统来说，最富于经验和成就的小说应该是农村题材和民俗风情题材的小说。[①] 城市书写，其实不能忘记乡土，时下很多的作品写城市就仅仅盯住城市不放，都市生活就是作品的全部，这其实完全误解了城市文学应当具有的内涵。而那些广义的城市文本，则有着不一样的写作路径，因此，城市文学不应当将自己的范畴过分窄化。

城市文学的健康持续发展，不能只停留在几个单一的文本上，需要写作潮流的经典化、历史化。总之，文学传统的建构至关重要。作为一个农业国，城市化仍是一个“在路上”的过程，用通俗直白的话来说，中国人往上推几代人，都是农民，因此乡土视角的引入，能够更好地观照城市文学。从大的时代背景来看，中国的城市化进程正“超速”发展，这种发展模式在经济上可能会有所突破，但是文化的发展却不一定能跟得上这样的步伐。城市文学的传统并没有在这样的超速发展中形成。

如果再将话题深入，就需要进一步反思，中国的城市化进程完成了吗？农村消失了吗？农民不复存在了吗？不仅仅是说需要作品中出现描写乡土或农村场景、人物、事件的文字，而是说作家的创作思维中，有没有这样的意识呢？无论是城市还是城市文学，都不能简单地与乡土割裂、隔绝。乡土之于城市文学至关重要，只有处理好了乡土题材，才能写好城市文学。优秀的城市文学，是乡土书写的积淀。一方面，乡土作家写城市，因为有了参照，表现得更加成熟。格非、贾平凹都是乡土书写的佼佼者，在城市文学方面也有较高的建树。一直书写乡土的作家贾平凹，因为有乡土经验的加持，写都市题材的《暂坐》就很顺手。格非的书写无论是乡土还是城市，都十分精彩，在城市与乡土之间游刃

---

① 孟繁华:《长篇小说阅读笔记》,《理论与创作》2001 年第 3 期。

有余地游走，对乡土书写和城市写作都极为有利，《望春风》《隐身衣》等就成为各自领域的范本。另一方面，很多没有乡土记忆的作家作品往往滑向轻浮，只能上天，无法入地。

城市书写要求作家用文字描绘不一样的城市风景。中国的城市建设几乎都是大拆大建，很少保存自己的特色。最终城市无论是建筑还是人文风情，都千篇一律。而文学或可探寻出城市与众不同的一面。在中国，很多作家的城市书写也在尝试建构一种属于个人的风格，蒋蓝的《成都笔记》系列是比较成功的尝试。迟子建的《漫卷烟火》是其多年来对哈尔滨这座城市写作的集中呈现，作家的突破在于探索这座城市的“精神世界”。

总而言之，如果不能好好珍惜这一题材，漫无目的地去书写，到最后写的都是“看不见的城市”了。中国当前城市文学的书写，离不开几千年来传统文学以及百年新文学所形成的乡土文学，需要回到乡土传统中吸取养分。不无极端地讲，处理好乡土的作家，写起城市来才更加得心应手。当然，城市文学不能只停留在乡土文学经验上，毕竟城市文学有其题材的特殊性，但是，新的传统并不是凭空产生，而是在继承中创新。结合着未来文学大的走向，城市文学的传统需要在整合文学传统的基础上，开创自己的传统，建立自己的范式。

结语

近年来，不少刊物推出了城市文学专辑，除了刊发原创作品，也有不少研究文章。这些文章对城市文学的历史渊源、现状梳理、未来走向等，都进行了较为深入的阐发。不过，仍有一些研究并没有形成自己的独特研究路径。也许城市文学的研究，需要一种好的视角，如乡土与城市的二元之分、乡土与城市的混融；需要一种好理论的参照，比如景观社会、空间理论；需要一种好的解读方式、新的解读方式，比如徐晨亮关于王占黑小说的解读、陈培浩关于《漫卷烟火》与哈尔滨这座城市关联的解读等。城市文学是文学书写的一个分支，并不能凭空产生超越文学的研究范式，由此，需要在既有的理论框架中，寻找到更适合城市文学的理论范式与阐释框架，以此为突破口，逐步建立起独有的研究范式和理论体系。这其中最为关键的一点，就是明确究竟什么是城市文学。目前关于城市文学的写作和研讨，很大程度上还限定在最狭义的城市文学范畴，必须跳出类型写作的窠臼，将那些有着深切现实关怀的作品都纳入进来，在现代性批判、城市化反思、乡土回望等固有基调上，衍生出更多的主题，扩展其论域。随着时代语境的变迁，城市文学和乡土文学的区分就不仅仅是一种题材的区分，而是文学发展趋势和形态的问题。唯有打破城市文学固有的议题框架，将其边界打开，并在乡土文学传统的观照之下，才能真正理解城市及城市文学在乡土中国意味着什么，在未来的中国又意味着什么。

发表于《青年文学》2021 年第 2 期

同质化书写与问题的悬置：女性文学的现状及反思

近年来的女性文学主题上以表现情感、婚姻、生育及职场生存为主，大多是一种哀歌书写和“痛苦”比赛，呈现出一种书写的单调以及面对现实问题的无力。作品普遍采用“议题设置+通俗故事+社会报告”的模式，虽然直面社会问题，但文学性严重不足，艺术性的缺乏反过来也影响了思想性的表达。从本质上来说，这是一种写作的衰落。女性书写同质化现象明显，大部分作品局限在女性自我狭隘的世界无法自拔，无外乎书写女性在两性关系中的弱势地位，婚姻失败，职场失利成为常态。故事单一、主题重复、格局狭小，最终无论是在艺术层面的文学性上，还是在解决女性问题的社会性上，这些写作都成了“无效”的文本，所谓的“女性主义”呼号无功而返，“女性”仍是一个问题摆在那里。

一、故事：重复单调走向雷同

近年来，女性文学书写的故事较为集中，主要是婚姻、职场、生育、家庭伦理关系等方面的书写。其中，婚姻书写更为集中。女性作家们将目光对准失败的婚姻，展现女性在两性关系中的弱势地位，进而书写女性悲惨凄苦的命运。

鲁敏的《奔月》是一部全面探讨当下中国式婚姻的作品。这部小说可谓将逃离婚姻这一牢笼的书写推向了极致。故事的中心是小六对婚姻的逃离，而这样的逃离是否真的有效作者并没有给出答案，文末在现实与想象的交织中收场。除了小六与贺西南这一段失败的婚姻，小说还穿插了小六母亲的婚姻、聚香的婚姻、绿茵的婚姻，而无一例外，这几段婚姻都是失败的。在付秀莹笔下，传统的婚姻伦理可谓彻底解体，从《陌上》到《他乡》都是如此。《他乡》书写了女主人公的几段感情经历和她的婚姻家庭生活所面临的种种烦恼。通过一段段失败的婚姻，小说反映了中国特殊的人伦关系，书写了时代进程中人所面临的诱惑与困惑，也涉及城乡差异和人性的复杂。姚鄂梅的《衣物语》也是关于女性在婚姻中的隐忍与艰辛。小说有不少细节描写都反映了这一问题，譬如晏秋为了经营婚姻做出种种牺牲，最后还是无法守卫自己的婚姻。小说中的春曦也是一个婚姻失败者形象。此外，晏秋的母亲、春曦的母亲、副行长的老婆等人，都遇到同样的困境。

婚姻中的生育问题是一个极为凸显的问题，也是作家们反复书写的话题。这源于中国传统文化中一些固有的伦理思维。鄢然的《baby 就是想要》、叶扬的《请勿离开车祸现场》等早几年的这些小说都与生育有关，最近几年这样的文本更多了。盛可以的《息壤》的主题也是女性面临的生育问题，甚至可以说是普通个体面临的生育困境。作者从子宫的角度切入，书写了一场场关于子宫的“战争”。薛燕萍的《宽街》也是从生育角度切入书写女性命运。池莉的《大树小虫》对这一话题进一步深化，女主人公生于殷实的家庭，成长过程一路顺风顺水，但到了成年后却遇到了瓶颈期，那就是生育男孩的问题。小说的主体部分作家用标题凸显了这一主题：“怀上 / 没怀上”依次轮流出现，将生育问题放大到极致。焦冲的《原生家庭》也是由生育男孩引发的婚姻破裂。关于生育，既是历史与政策的规范和要求，也是生活以及人类繁衍的必需，虽然夹杂着诸多的外部势力，但是本质上仍是女性面临的一个必须要面对的问题。生育问题在中国被无限放大，在文学书写中也就频频出现。

当前很多关于婚姻主题的作品都是以失败的婚姻为中心展开的，婚姻成了牢笼与枷锁。为什么当下的人们的婚姻大多如此糟糕而普遍选择逃离婚姻的枷锁呢？很大的原因可能在于中国式的婚姻夹杂着太多非婚姻的因素，比如阶层地位、经济利益、生育观念、老人赡养等，唯独爱情是缺场的，池莉有部小说的标题即《不谈爱情》，这是对中国式婚姻最为绝妙的概括。贾平凹的《暂坐》也涉及婚姻问题，小说中的女性们都因为各自的原因逃离了婚姻，作家将其描述为一种无意识的写作："写作中，常常不是我在写她们，是她们在写我……困扰我的是，这些女人是最会恋爱的，为什么她们都是不结婚或离异后不再结婚？"[①] 以此也可窥见一斑。这些困境并不仅仅是婚姻问题，而是与诸多的社会问题交织在一起。而上述这些影响婚姻因素又和中国现代化进程导致的时代突变相关。透过婚姻这一窗口，其实是对整个现实的关注。婚姻普遍失败一定程度上与当下婚姻伦理观的转变有关。樊迎春将乡土世界两性关系描述为从"礼仪"到"利益"的转变，很直观地展现了事情的原委，在利益面前，婚姻的忠贞似乎显得微不足道。[②] 因此在作家笔下失败婚姻成为常态也就不足为奇了。总体来说，对婚姻问题的关注也是作者关注现实的直接体现，尤其是中国当前的婚姻夹杂着源于时代突变所包含的其他多种因

---

① 贾平凹：《〈暂坐〉后记》，《当代》2020 年第 3 期。

② 樊迎春：《"新乡土"的特质与新变——读〈陌上〉兼及"新乡土文学"》，《当代文坛》2018 年第 1 期。

素，婚姻问题直接关联的是人的现实处境以及社会大的变迁，通过“小家”来观照“大家”其实也是一种作家对现实关注的策略。

除了婚姻，女性职场也是女性文学集中书写的场域。总的来看，女性面临的是不公的职场，在作家笔下，整个女性几乎都是面临失败的事业。《他乡》中小梨的经历具有代表性。尤其是在后期，无论是与老管还是和郑大官人的感情纠葛，究竟是因家庭不幸寻求心灵的慰藉，还是为了事业的爬升而带着功利目的所进行的选择，抑或兼而有之，都写出了女性在职场需要付出更多。姚鄂梅的《衣物语》则是同时书写失败的婚姻和女性艰辛的生存。周瑄璞的《日近长安远》展现了女性两种不同的人生追求和努力方式，一种依靠自我努力奋斗，一种是借助他人的投机取巧。但是最后似乎结果都一样，因为最终谁都没有在城市找到一种归属感。《心居》也有类似的描写，作者隐晦地讲述了女主人公顾清俞是如何获得她拥有的一切的，即“刚柔并济”“用的是巧劲”“美人计”等等，虽出于部分人嚼舌根的说辞，但也有真实的成分。说到底，还是有性别差异在里面。《心居》书写的是“独立女性”的故事，但是在独立的背后，依然是一片混沌，不同于男性的奋斗史、不幸福的婚姻等等还是标配，“社会性别结构与性别观念是如此坚不可摧，女性被固定在既有的价值秩序中，无法动弹。”[①] 独立女性们尚且如此，遑论一般女性呢?

特别是，社会资源的分配问题让她们不得不付出很多额外的东西。小说反复写到女性们在职场中为打通关系而做出的努力和耗费的精力物力财力，甚至是“身体”。君婷的《某女朝阳》、王

① 岳雯:《拘谨的热望，或混沌的正义》,《收获》长篇专号, 2019 年第 4 期。

方晨的《背后》、叶炜的《贵人》等都是聚焦女性职场。女性书写与职场生存结合，女性被不公正对待是一个社会问题，文本中多有体现。在职场书写中，从求职开始就已经呈现出不公正，性别歧视是一种常态。在工作中不良的工作环境带给女性很多困扰。婚姻与职场几乎构成了近期女性文学的主要故事，由此导致小说在主题表达上也比较单调。

二、主题：单一同质滑向狭隘

通过以上分析可以看出，当下女性书写的故事几乎大同小异，主旨上的同质化也十分明显。无论是失败的婚姻的书写，还是职场生存的艰辛，抑或普遍无爱写作的呈现，都不是一位或几位女作家的创作问题，而是一大批的作家、作品不断书写、共同造就的。可以说婚姻与职场成了当下女性写作的故事大纲，即便涉及其他问题，也淹没在这两大主要故事之中，由于同类型写作的基数过于庞大，阅读的重复感就更加明显。而在主题层面，则集中在表现女性的弱势地位、依附性以及悲剧性方面。除了主题表达的无力，在技法层面也值得反思。这些女性主题的文本书写同质化明显，人物形象脸谱化，性格极端化，生活悲情化，情节雷同化，用大数据或者统计学的方法来分析，就会发现很多极其相似的东西在其中，比如她们往往具有不幸的童年，贫穷或者家庭残缺，缺少完整的教育；成年后为事业走捷径，将身体作为事业的跳板和筹码，也有一开始坚守自己的底线，但是最终抵挡不住世界的诱惑，最后堕落得更为彻底；女性在两性关系中处于弱势的一方，婚姻更是极其失败。阅读不同的文本，不仔细辨认，还以为是在阅读同一部小说，这是经验的匮乏，是对时代把握的无力。

《他乡》中女性面临的所有困惑几乎女主人公都赶上了——未婚先孕、引产、婆媳不和、丈夫不上进、家庭破裂，为了事业上的成功或者说心灵的慰藉，走上感情的歧途。再看看其他近期的文本，几乎是同一问题的翻版。《日近长安远》通过两个人物所走过的人生历程来反映女性所面临的共同境遇。主题都指向"城市寻梦"。成千上万的农村女子奔向城市，她们没有太多的人脉，没有过硬的背景，绝大多数只能像小说中的人物那样透支自己的身体。在作家笔下，社会似乎没有为女性提供一个公平竞争的职场环境。

在《日近长安远》中，女性的悲剧主要归结为社会原因，主要就是高考，特别是高考的不公正因素，高考本身是相对公平的一种竞争方式，但是在多年前她们那个小县城，仍存在各种不公正，小说写到各种顶替的乱象存在，罗锦衣甘愿出卖身体有很大一个原因是为了弟弟的高考。正是高考的失利才有了后来一系列的命运悲剧。在《他乡》中，影响女性命运的社会因素主要是户口。翟小梨为了进入城市，一方面加倍努力获得文凭，卖力工作，但是仍然需要借助外界的力量才行，嫁给城市人为了一纸户口，依靠不同的异性为自己的事业铺路。而对女性而言，对抗社会的不公似乎只有身体这一重要资本。

简单来看，这样的作品是女性命运的悲歌，是对女性的关切。但是深究开来，尤其是通过对比阅读，就会发现很多其他的问题。上文提及的《奔月》《大树小虫》《他乡》《日近长安远》《衣物语》《息壤》等小说在主题上基本是大同小异的。而且这不仅仅是几部作品之间的相似，再来看其他作品亦是如此。虹影的《罗马》、张欣的《千万与春住》、盛可以的《女工家记》、蒋韵的《你好，安娜》、庆山的《夏魔山谷》、糖匪的《无名盛宴》、李凤群的《大野》、须一瓜的《五月与阿德》、林棹的《流溪》、郭楠的《花团锦簇》等小说都涉及了一系列女性命运的书写。其他的还有笛安的《景恒街》、任晓雯的《好人宋没用》、高君的《柔情史》、娜彧的《丢小姐》、温恕的《世间人》、古兰月的《木莲花开》、德德的《夕照寺》、黑孩的《惠比寿花园广场》、吴文莉的《西安城》、李凤群的《大望》、旧海棠的《你的名字》、唐颖的《个人主义的荒岛》等作品，都书写了女性相关的主题，对比阅读就会发现相似度极高。

总的来说，近段时期以来有关女性主题的书写似乎在进行一场场痛苦比赛，作家们在笔下较劲，比谁描写的人物更惨，通过“比惨”，他们都在努力谱写一曲女性命运的哀歌，以此表达女性的“性别深渊”。这些小说表达了一个引人深思的主题，作为个体，尤其是女性，其个体的命运自己几乎是无法把控的。作家笔下的女性仍然未能真正独立，依旧是极度依附的。姚鄂梅的《衣物语》书写丈夫离开之后，晏秋的生活处处碰壁，几无独立生存的能力。《他乡》中，女性在很多时候都将希望寄托在了男性身上。婚姻中的弱势地位和残破的婚姻，成了不少女性主题小说的基本配置，婚姻的不幸正是依附性太强的结果，婚姻往往是她们的定心丸甚至是救命草。在《惠比寿花园广场》中，主人公秋子是极具依附性的，她幻想找个“有钱人”，依靠着比自己大几十岁的情人住到了惠比寿。在职场中也是如此，王方晨的《背后》书写了一位女强人，但是女强人的背后有高人指点，仍旧是极具依附性的。如果说旧制度下女性依附是出于生活的必需，现如今的依附又是因为什么？是制度更替得不够彻底，还是女性自我认知不够独立？抑或别的原因？总而言之，女性在当下依然面临很多困境，对男性的依附性仍旧是最大的症结，如果说文学只是表达特例与个案，那么当一大批的文本都来表达这样的特例与个案的时候，难道仅仅是因为作家们的视网膜效应，还是因为这样的现状已经常态化了？这些都值得深入思考。

三、女性：主义未竟趋于悬置

从“五四”新文化运动开始，“女性解放”就成为一种时髦的口号，一种新的社会思潮，但是直到今天，女性命运似乎还是没有多大改观，至少在这些有关女性的作品中表现出来的是这样。她们一面高呼新主义，一面扮演着旧角色。小说延续着“娜拉出走”的话题，女性解放运动轰轰烈烈，但是新主义、新伦理并没有真正改变女性的命运，她们似乎还是扮演着旧角色。女性真正独立了吗？将女性的社会境遇仍作为一个问题摆出来，引起警觉有一定的正面作用，但一味比惨，能够进一步触动人心吗？能够建立起女性自己的信念和价值观吗？会不会适得其反，混淆视听，成为反面鸡汤文，麻醉读者甚至女性本身？社会不公、职场不易、婚姻不幸、堕落沉沦、性别深渊……这就是女性面临的现状？对女性命运的哀歌化书写，会不会引起女性的警觉甚至扭转她们的命运？女性曾一度充当了社会进步的工具，“从家庭解放出来的妇女把自己变成了工具，必须去促成社会的进步”①，现如今在作家们笔下，女性再度被工具化了，很多时候她们仅仅是出于一种创作题材选择的考量。故事同一性、主题概念化、创作公式化，同质化的书写将女性问题悬置了起来，女性主义成了未竟的主义。

近年来很多作家从女性角度出发，以细腻的情感和笔墨描述女性私密的世界，深刻演绎女性的生活和命运，在书写主题上，将女性主义奉为圭臬，但是一大批文本的蜂拥过后，女性依

① ［德］顾彬：《二十世纪中国文学史》，范劲等译，华东师范大学出版社2008年版，第29页。

然面临一系列困境，女性还是作为问题摆在那里。当然，也有一些作品写出了女性的觉醒与向上的力量。八十岁高龄的作家杨本芬的《秋园》写出了女性命运的历史纵深感。朱山坡的《南国佳人》以历史女性为中心，书写了一曲忠贞不渝的爱情之歌。尹学芸的《岁月风尘》书写百年历史风云，主要以一对姐妹为中心展开，通过她们的故事来书写时代的进程。张碧云的《水漾红尘》以三位女性的成长、求学、事业、爱情与婚姻所面临的困惑为主线，讲述女性在各自的人生道路上所面临的挑战和考验，以及对生活的担当。柳营的《姐姐》也书写女性通过自身努力所完成的蜕变。黄孝阳的《人间值得》书写女性在大时代洪流中的奋斗史。海男的《青云街六号》写出了战争苦难下的女性的坚韧，她自己也说作品是对女性主题的超越。[①] 黎紫书的《流俗地》也用较为平实的手法写出了女性的命运，有苦难，也有坚韧。有意思的是，近年来男性作家也关注女性的群体命运，前面提到的贾平凹的《暂坐》就是围绕几个女性来展开。煤矿作家刘庆邦推出了《女工绘》，描绘女工们的命运。阎连科的《她们》也是一部较为出色的关注女性的作品，文本着重书写的是一系列女性，包括相亲对象、妻子、母亲、姐姐们、姑姑们、娘婶们以及后来采访到的一些有着不寻常经历的女性。《她们》通过乡土女性命运的透视，来关注社会现实，关注民族命运。这些女性既是一个个独立个体，也是中国乡土社会的妇女群像。但是这样的作品比重很低，女性书写还是多以同质化的哀歌书写为主。

总的来看，近几年来作家笔下的女性形象描写容易极端化和“情绪化”[②]，情绪化的表达充斥在文本之中，作家普遍呈现无

---

① 海男：《从一条老街穿过时空》，《长篇小说选刊》2020 年第 3 期。

② 代绪宇、王珂：《和解：主义与日子，理想与现实——中国女权主义文学的生态及出路》，《涪陵师范学院学报》2002 年第 6 期。

爱的写作，有从贩卖身体到贩卖痛苦的一种转型趋势。情绪化容易导致书写的极端化，一直以来，女性书写就有极端化的趋势。《作女》《花纹》《米香》等关于女性的小说都有极端化的书写。近年来的作品更是如此，《日近长安远》可谓极端书写的集成。小说从婚姻关系的书写，到城乡矛盾的揭示，最终回到人性问题的探讨上来。关于这一点，小说有很多细节的刻画较为极端。张欣的《千万与春住》中的滕纳蜜这一形象就十分极端，她精于各种算计，却将生活导演得十分糟糕，最后只能在忏悔中度过余生。在其他小说中，女性也是较为弱势的，很多形象也比较极端化。林棹的《流溪》书写的是小城女孩张枣儿的悲惨童年，虹影的《罗马》通过童年、成年两条线的叙事，勾勒出了燕燕昏暗的童年，因为童年的遭遇，恐怖感一直弥漫在她的生活中，特别是不少梦境书写对此表现得更深入。程青的《湖边》更为极端，小说的主要情节是一个社会案件，被作家精心编排，重新呈现，主要的线索便是女主人公被自己的丈夫与情人合谋杀害，女性命运凄惨到何种地步！还有一些文本走向另一个极端，将女性演绎得无所不能，是谓“大女主”，比如蒋胜男的《芈月传》《燕云台》等作品。

说到底，将女性文学单独设置成一个议题，其首要的意义是将女性文学看作是推动女性启蒙及女性主义运动发展。“五四”时期冯沅君、冰心等人的作品书写女性解放，就是为了配合当时的启蒙运动，唤起女性的启蒙。当下还有不少作品延续着“五四”时期的主题，尤其是关于娜拉出走之后的这一话题仍被反复讨论，女性解放从经济独立发展到人格独立，特别是精神层面的独立。但是很多时候这种书写滑向了简单重复，显示出一种主题先行的意味，流露出平庸的思想。贺绍俊在分析一部名为《在疼痛中奔跑》的女性作家作品时指出，作者的胸襟太狭小，所以她只能跟着笔下的人物为一点点小事就去诅咒整个世界，而看不到真正的希望在哪里。即使在这里作者想要对社会进行批判，这种囿于个人狭隘情感的批判也不会是有力的，[①] 而当下的很多文本都有此弊病。大量的文本仅仅停留在情绪宣泄的阶段，并未进行理性的思考，在大量重复的文本背后，反而是这一问题的搁置，情绪化的书写并不能解决实质性的问题。

特别是，针对女性书写而言，有些女性作家本是一种自觉的写作，并没有明显的女性意识，但是在很多批评理论的引导下才逐渐有了这种意识，很多作品是在阐发时进行的“理论化的改写”[②]，这种“理论化的思维”是一种事后推导，最终会影响她们的写作。以至在后续的写作中，她们会标榜女性意识和女权主义，或者文字没有变动，或者有些生硬的强加，理论化的思维对作家的书写影响不容小觑，在研究中也需要引起重视。种种原因导致当前女性书写思想的局限性十分明显，很少有思想的高度，似乎连作家们自己都还在恪守着女性主内的传统古训。在文本呈现上，过分单纯，无法体现出写作的独特性，作家缺乏一种媒介间性思维，基本上没有一种跨界与互文的思维，从头至尾写一个单一的故事，无数个单一的故事堆砌起了同质化的女性写作。无论如何，女性写作依然还处于起步阶段，远远还没有达到成熟。“在中国，女性的自我解放运动远远没有完成……让女性获得自我解放，这是中国的女性文学最迫切的任务，也是女性文学研究最迫切的任务。”[③] 可以稍稍对比一下其他的作品，比如《使女的

① 贺绍俊：《长篇小说的问题和前景》，《当代文学新空间》，中国社会科学出版社 2017 年版，第 6 页。

② 陈晓明：《中国当代文学主潮》，北京大学出版社 2013 年版，第 400 页。

③ 贺绍俊：《性别差异了吗？——关于女性文学研究的随想》，《文艺争鸣》2017 年第 12 期。

故事》《证言》《我是女兵，也是女人》《黑暗中的星光》《无声告白》《房思琪的初恋乐园》等，无论是艺术性还是思想性，抑或社会影响力，都值得借鉴。女性文学还需要有“大精神”的注入方可产生“大艺术”。

发表于《粤港澳大湾区文学评论》2021年第2期，人大复印报刊资料《中国现代、当代文学研究》2021年第9期全文转载

地方特性与世界眼光

——作为一种研究框架的“新南方写作”及其底色

不同的水土孕育出不同的作家，地域风格是作家重要的风格之一。从地方性知识到文学地理学再到地方路径，地域风格问题已经成为文学一个无法绕开的问题。在交通如此通达、通讯如此便捷、人口流动如此频繁的当代社会，作家不会一直停留在某一个地方，但是无论怎样流动，其地域特性几乎是蕴含在作家骨子里面的，很多时候虽然隐藏较深，但是细细考察也会探究一二。“新南方写作”的提出，正是徇此而来。近年来，“新南方写作”逐渐形成一个影响较大的文学概念和学术命题，这不仅仅是以此来进行一种文学地域风格的概括，而是将其设置为一种理论路径和研究框架。陈培浩提出，“新南方写作”是阐释当下广大南方以南写作现象的批评装置，批评装置的概括明显不是简单局限在地域风格描述上，而是理论框架之一种。“南方以南”有一个预设的参照系，那就是传统意义上的“南方写作”，包括但不限于上海的“海派”文学、江浙文学、江南文学以及南方都市文学，“新南方写作”明显区别于它们，是对南方以南的两广、云贵川、港澳、海南、新疆等地整个写作的观照。其显著特性就是涉及面更广，具有更大的空间覆盖性，生活在南方以南的作家们都可以囊括进这一批评装置；还有一个特性是地缘更加边缘化，一些传统意义上的“文化沙漠地带”也包含其中，因而也有更多文化经验的异质性。由此，“新南方写作”的“新”不是一种时间意义上的“新”，并非一种“年轻态”的新，而是思维模式和研究范式的新。无论作为一个文学地域风格概念的提出，还是作为一种批评装置、理论路径和研究框架，“新南方写作”对创作和研究都有一定的启发性。

“新南方写作”是基于文学地理学的提出，但有几点与一般意义上的文学地理划分有所不同，“新南方写作”的地域风格有其特定的内涵，它并不是一种纯自然地理的区划，而是一种文化意义上的区分，它指涉的范围更广，是一种敞开的概念。首先，“新南方写作”中的“新南方”并非严格意义上的自然地理划分，而是一种文化区域的概念。贺绍俊在论及文学地理的时候提出“文学区域”比“文学地域”更准确，因为后者是一个文化意义上的概念，很明显，“新南方写作”也是一个文化概念，有地域上的基本划分，但是更多的是一种精神上的相投、气质上的契合、文化上的相似。其次，“新南方”必定有“旧南方”作为参照，相比一般意义上的“南方”，它的指涉范围更广，涵盖的作家群体更多。“新南方写作”并非一种单纯的地域命名，而是一种批评的装置、研究的范式、理论的框架。成为一个具有学术繁殖能力的概念和话语后，便是一种开放的概念和实践了。最后，对地域风格的强调，不是保守主义和狭隘的地方主义，而是在坚守自身传统的同时不断释放出自身新的活力和影响力，走向更广阔的时空。从“新南方写作”实践来看，它并非机械的地方书写，而是一种敞开的书写，更多的是面向世界的写作。尤其是在“大湾区”建设的背景之下，必然有更多的向外拓展的机遇。其实，当我们注意到这些“新南方”作家们嘴边时时提及的一位位外国文学大师的时候，就能明白他们的写作受到世界文学影响有多大，他们必然也在尝试融进世界写作潮流中去。

当然，外向型写作并不是说完全敞开，从而失去了自身的特性了无存在的价值。开放的写作依旧有很多可供找寻的地方书写痕迹隐含在作品中，成为它的地域风格标记。能够归结到“新南方写作”这一群体的作家很多，既有本土的作家，也有外来作家，呈现出的风格千差万别，但也有一些共同的踪迹可供寻觅，成为“新南方写作”的底色。概而言之，“新南方写作”具有都市性：是谓摩登的底色；边地性：是谓忧郁的底色；世界性：是谓开放的底色。

一、都市性：摩登的底色。“新南方写作”具有强烈的都市性，都市性与城市化起步早有着密切关系。很多作家提供了城市文学的范本。张欣的都市小说在都市性方面的努力较多，《终极底牌》《千万与春住》等作品的主要故事场景都在都市，而人物的性格和命运走向也围绕都市而展开。地域对作家的塑型具有很强的力度，邓一光移居深圳之后，其作品就有了很强的都市性和现代性，很多作品直接以深圳为题。还有一些作家具有类型写作的特点，比如丁力的财经小说和商业题材正是大都市的孕育。莫华杰的《春潮》是一部以改革开放为背景的个体成长小说。改革开放初期，青年们嗅到了时代大潮的潮润气息，地处偏僻山村的他们尝试各种创业机会，而这些机会正是城市化提供给他们的。吴君的《晒米人家》将叙事场景从城市腹地挪移到了海边人家，讲述一个自然村成为城市社区的城市化进程。都市写作并没有放弃底层的关注，相反形成了都市底层写作。由于都市的外来者居多，“打工文学”曾风行一时，盛慧等作家主编的《打工族》杂志，郑小琼、阿微木依萝写流水线工厂的那些文字，可能只有在这一片有如此多厂房的土地上才能流淌出来。这些都是这一文学书写独树一帜的特性，是他们独有的地域风格。

二、边地性：忧郁的底色。“新南方写作”涵盖了更大的地域范围，边地特性比较明显，这也导致其呈现出“忧郁”的底色。南方多处于炎热的气候地带，可借用列维-施特劳斯“忧郁的热带”来类比。南方和热带为何是“忧郁”的？从文学地理学的角度来讨论文学，南北文学有着明显的不同。南方写作多归结为一种边地文学，从历史上来看，长久的政治经济文化中心在北方，南方是贬谪发配之地，荒凉、偏远、蛮夷之地是其固有的认知。南方一直处在文化上的“边地”，文学也普遍具有一种自卑心态，呈现明显的“忧郁”风格，即便是经济开放了，又伴随着新一轮的现代性的洗礼，遭遇“金钱至上”对人性和人情的戕害。因此，作品多以暗色调、忧郁性为特点。李约热和朱山坡的很多作品都书写南方小镇故事，人性“恶”的直接呈现是首要议题之一，呈现出灰暗的一面，凡一平、林森等人的作品也有相似之处。海男的作品以南方书写为主，比如《热带时间》《野人山·转世录》，前者直接以“热带”命名，后者处理的是历史题材，但是整个作品对“热带雨林”的书写为整部作品奠定了“忧郁”的基调。林白早期的作品写南方都市经验，晚年的《北流》回到“边地”，小说中出现的南方母系民间经验、粤地方言、异辞的民间语汇、“植物志”等等，都具有一种边地的特性。陈崇正的《香蕉林密室》书写乡村故事，小说以二十世纪八九十年代的农村生活为背景，叙述了二叔陈大同一家的动荡命运。作品中的二叔陈大同经历十分传奇，阉猪、捉蛇、开垦香蕉林、建造地下密室。香蕉林是明显的南方风物，而整个小说的氛围正是一种南方的“忧郁”。林棹的《潮汐图》使用了很多粤地民歌、民谚以及语言，水怪、潮汐、珠江等意象从整体叙事格调上营造了一种南方水汽氤氲的氛围。

三、世界性：开放的底色。“新南方写作”是面向世界、面向未来的。南方以南的广大地区是开放的前沿和对外交流的窗口，从海上丝绸之路开始，就已经频繁地对外交流，东南亚一代遍布了华人华侨。“新南方写作”强调一种地域特性，底色却是世界性的，是一种敞开的写作。阿来、罗伟章、卢一萍等川籍作家偏安南方，书写四川的乡土，作品中频频闪现的确是现代性等字眼。陈继明从《七步镇》到《平安批》也有世界性的眼光，书写的是一种海外打拼和对外交流，具有域外书写的特点。王威廉多以科幻描写，更是一种全球性的眼光。地方写作却不局限，具有世界眼光的观照。大湾区建设与湾区文学有某种程度的重合。南方很早进行了对外开放，是对外交流的一扇窗口，而新一轮的湾区建设必然使得区域更加开放，在这样的大环境中，文学自然也是外向型的，“新南方写作”的基本底色昭然若揭。

陈培浩提出，从存在经验看，“新南方写作”既呼应着广阔的边地经验，也呼应着改革开放四十年里的底层经验、城市化经验以及正在到来的新技术、新城市经验。当我们谈论“新南方文学”时，不仅是在谈论一个自然地理对文学的影响问题，更是在思索文化政治和文明转型对文学所造成的挑战。城市、边地、新技术正是这几个特性所提炼出的关键词。这是他们固有的传统，需要继承和发扬，作家的地域风格有显性的，诸如作家身份、文本中所涉及的故事背景、典型的方言、地方音乐、文化遗产等，也有一些地域风格是隐性的，从一些细节上来体现。比如方言的使用，四川作家使用的四川方言，广东作家用的粤语，福建作家用的闽南语，等等，都有一种地域塑型的作用。再比如作品的风物景观，景观诗学在近年来有发轫的痕迹，透过这些景观风物的书写，也能够感受到一种地方性和整体的文本氛围。还有更加隐蔽的地方音乐、文化遗产等等。对地域风格的强调隐含着一种走出去的内在冲动，很多大作家都具有属于自己的地方书写，但是他们却始终在践行一种去地方化的书写。“新南方写作”也正是在地方与世界的互动中不断书写新的生存经验，具有地方特性与世界眼光的双重特性。全球一体化进程加快步伐的当下，文学地域风格还有无坚守的必要？答案显然是肯定的。

发表于《广州文艺》2022 年第 2 期

文学是“人”学，也是“物”学

——文学中的博物书写

除了密集地写人，文学作品也十分注重“物”的书写，在写人物、写故事之外，不少作家将自然风光、社会风貌、万千物种、历史考古、前沿科技等等作为文学书写的主题，关注重点从以人为本位到以世间万物为纲。文学囊括世间万物，作家以平等之心对待天地万物。一些作品还出现了一种“博物”的书写倾向，作品呈现出一种“博物志”的形态。浅层次来看，博物书写指向的是那种大百科全书式的写作，对物进行全方位展览，物的描摹构成了作品的重要组成部分，文本呈现大量的物，对物的知识进行全面考古呈现。更深层次的，则是将物作为人的延伸甚至将其放置在与人平等的地位，出现在作品中，寄寓着更多的象征。博物书写是否诞生新的趣味、新的美学范式，以博物作为写作方法的意义，博物书写的走向，最终是否有一种“博物诗学”诞生，等等，都是一个值得探讨的问题。

一

博物书写从中国文学传统来看有其深厚的根源。《金瓶梅》是典型的博物书写，小说涉及了很多当时的风物，钞关货币、各类贸易货物（如杭绢、湖丝、苏绣）、各种食品水果（如乌菱、鲥鱼、枇杷）、车马船交通工具、律法、宗教等。《红楼梦》则成为博物书写的顶峰，小说几乎囊括一切物，《红楼梦》的研究也有从人物到博物的趋向，饮食、中药、建筑、器皿、艺术品等物都有了不少研究成果。现代文学大师鲁迅也是博物书写的作家，鲁迅大部分的藏书与阅读并非文学书籍，而是涉及各个领域，这种阅读必然让他成为博物书写的大家。

当代文学的博物书写也不遑多让。阿来的书写就被评论界称为“博物志”。动植物在阿来笔下有了灵气和生命，《草木的理想国》、“山珍三部曲”都是物的直接呈现。陈应松的《森林沉默》书写鄂北山区的浩瀚森林，这里奇峰林立，百兽徜徉，万物生长，博物书写构成了小说的基本风貌。《天堂湾》书写的对象是葡萄这一物种，葡萄的引进、种植、加工、产出都有着特殊意义和内涵。李洱的《应物兄》涉物的书写也很多，当代儒林、儒学知识、饮食、动植物、习俗文化，都含纳其中。残雪的笔下也多有物的书写，比如山上的小屋、中草药、鼠、蛇、蜥蜴、龟等。范小青的《灭籍记》围绕籍这一物展开，故事层层推进，直至真相显露。林白的《北流》中出现的南方母系民间经验、粤地方言、异辞的民间语汇，特别是“植物志”等，都是博物的表达。

博物书写可以看作是一种广义的景观书写，不少乡土作品就是一种乡土风景画、风情画和风俗画的呈现。钟正林的作品始终有一种悲天悯物的情怀，飞鸟、树林、泉水、河流、村庄、山峦、山花是他作品的主人公之一。《山命》书写乡土，作品中提及不少的物，如波尔山羊、黑龙池、神树、狗豹子、绵延的群山，《山命》既是一部地震题材的长篇小说，也是描述川西北山区风物的方志。刘醒龙的《黄冈秘卷》是一部风物志，作者对黄冈地区进行了全景呈现，将地方志融入小说中去，作品对巴河藕汤这一特殊饮食的反复描写，是典型的物书写，除了饮食，黄冈的历史、风土、人情通通纳入作品，小说是地方之物的全面呈现。罗伟章笔下也多见物的书写，他自陈《饥饿百年》是“山的文明”，《谁在敲门》是“河的文明”，山与河这些风物书写构成了他小说独特的气质，其他风物在小说中也多有呈现。类似的还有阿来的《尘埃落定》、毕飞宇的《平原》、马平的《塞影记》等作品，其中的风物书写直接影响了整个小说的叙事节奏。

除了小说，博物书写几乎涉及每一种文学体裁。在诗歌中，有《草木篇》这样的经典之作，有龚学敏诗集《濒临》这样的大量以物入诗的写作。在散文写作中，有名噪一时的“文化大散文”，有于坚提倡的“写一切”，有蒋蓝的《极端植物笔记》《极端动物笔记》《动物论语》这样的关于物的书写。如果细细去考察，博物书写遍布在文学的每一个角落，因为所有的细节，都需要材料的填充，而物就是最好的材料。

青年写作中也显现出一些博物书写的端倪。默音的《甲马》中的甲马就是一种名为甲马纸的物，这是一种刻板印色的棉纸，上有祈福神像的木刻版画。在小说中，甲马纸被赋予了特殊的力量。甲马纸这一道具为小说染上了浓郁的奇幻色彩，道具弥合了现实与想象的沟壑，能更为妥善处理历史。甲马纸在文中充当了叙事推手，一步步推动故事发展。历史事件、人物命运、真相结局等都与一张甲马纸有关。甲马这一物成为小说的叙事核心，成为题眼。霍香结的《灵的编年史》是最具代表的博物书写，小说以虚构的知识为纲，关涉大量物的书写。作品虚构了一种“法穆知识”，并以该知识波及的个人命运与历史转换，展示出复杂的世界观和庞大的知识系统。她的另一作品《铜座全集》也是一部博物志，小说由疆域、语言、风俗研究、虞衡志、列传、艺文志（一）、艺文志（二）构成，近千页的巨大篇幅都在描摹着一件又一件的物。林棹的《潮汐图》亦是如此，作品具有寓言写作的基本外貌，同时也是一部物书写的集成，很多岭南独特动植物、方言、地方风物乃至欧洲博物馆学知识都介入了小说。

二

类似的作品还有很多，为什么文学中的博物书写会盛行，这样的书写又有什么样的意义？总的来看，博物书写是人类意识的进步，是作家写作认知的自觉。博物书写一方面显现出作家的知识积累，是文学开放性的最佳体现。这些进入文学的物知识体系是一种生命认知的累积，是文学的题中之意。另一方面则是整个文明进程所带来的人与物的关系的重新认知。

博物书写将文学是人学扩展为文学是物学，显现出一种胸襟的开阔，视野的开放，博物往往与“博爱”联系了起来，对物的爱必然会延展到对人的爱，这与生态主义、环境意识的觉醒有关，人并不是物的支配者、世界的统治者，而是世界的一分子。很多博物书写都在表达这样一种生态思维。作家从关注自我、内在、生命经验转向关注自然中的植物、动物，是对生态的回归。还有一些物的书写是一种对现代文明的深度反思，科技文明、人工智能、元宇宙等等领域都是较为广义的物的范畴，而这些书写在介绍新鲜事物的时候，更多带有一层焦虑和担忧，是现代性反思的延伸，是文学的敏锐性和使命的必然要求。

博物书写的物是一种参照，往往具有恒常性，见证着人的变迁，中国传统思维中的“物是人非”观，物乃“是”，为一种恒定性的参照。王安忆的《天香》《考工记》等作品中关于物的书写就有此意味，人随着时间的流逝浮浮沉沉，而老宅、刺绣等物却始终在冷眼旁观。物同时是人的延伸，是人的情感寄托与归宿。彭家河的散文集《瓦下听风》中书写农村的各种器物，诸如瓦片、铁锈、石器，物的变迁正是乡土社会一种裂变的直接写照，以相对静态的物来写时代的动，有一种独特的艺术张力在里面。章泥的《予君一片叶》则是借助茶叶这一极具中国风味的物，打造诗性浓郁的乡村振兴题材作品。

此外，博物书写也蕴含着一种技法革新的努力，这不是从形式层面而言的，而是从内容出发，以内容的新颖奇特来实现小说的革新，与那种纯形式的追求有着明显的不同。霍香结的几部作品都有从内容层面进行技法革新的苗头，朱琺的《安南怪谭》也从一种内容上的"怪"来引领技法的更新。由此观之，青年作家们正在努力开创一种属于自己的"内容创新"路径。

三

当然，在这些常规书写之外，还有一些博物写作是一种较为畸形的、狭隘的写作。比如一些作家有一种对物过分崇拜的心态，由物滑向一种物欲，是一种拜物教的书写，比较明显的是类似《小时代》这样的青春写作，还有 1990 年代流行的"身体写作"，将都市物欲放在写作的首要位置，人的身体也降解为肉体这种物。这与消费社会的到来不无关系。这些作品或是直接对各种物有大量细致的描绘，或是一种对物欲进行无节制的抒发状态，缺少表达一种物对人的奴役状态，缺少对异化产生恶果的呈现。一些博物书写不乏猎奇的样态，对一些奇异之物进行展示，迎合受众的猎奇心态。

另外，博物书写的泛化和滥用也需要引起重视。博物书写是一种海纳百川式的写作，写作者试图在文本中罗列作家所能掌握的所有知识，力不能及的话，就变成一种堆砌。长久如此，博物书写成为一种低端的知识考古，文学写作成为一种百科词条，将知识填塞进文本，而并不表达文学的意义。一些作家追求大部头的写作，各种物的书写仅仅是一种填充的材料，在选择上比较随意，多少有些游离，并没有真正参与进主题中去，物的知识与文本本身处于完全割裂的状态。这对文本本身有一定的损伤，物的无序介入冲击了人物、故事、情节等文学的基本要素，而让那些无关紧要的细节占据显要位置，并在一种强制阐释中获得合法性地位。

最后，还要警惕那种机械重复书写，这对任何一种题材和写作模式来讲都是至关重要的。一种新的美学风尚必定引来无数的跟风创作，如何避免陷入一种机械重复是需要深思的。特别是从当前写作整体风貌来看，一方面是作家知识的获取太过容易，所有的数据库、信息库无限开放，包括文学传统也是绝对开放的，这样的话，各种知识，当然也包括各式各样的物进入文本就太过容易。另一方面是青年写作的某种影响焦虑一直存在，似乎没有真正属于自己的创作路径，导致所有的写作都是一成不变的，无论标榜怎么创新，怎么阐释，始终还是围绕着一些既定传统在打转，最终还是阻碍了文学真正的革新。

博物书写，既丰富了文本内涵，也预示着一种从内容出发进行创新的新路径，更彰显了一种人类的开阔胸襟。人离不开物，文学离不开物，从人的觉醒到物的觉醒，显示出的是一种文明的进步和伦理的重塑，对物的尊重正是对生命和人本身的尊重。

发表于《文艺报》2022 年 5 月 27 日

长篇小说：要细节，而非堆砌

当代长篇小说越写越长似乎成为一个趋势，但有些时候，支撑其越写越长的未必是主题的深厚磅礴或者故事架构的开阔宏大，而是因为枝枝叶叶的细节太多，旁逸斜出的内容太杂。小说人物开个小差，就能浮想联翩成千上万字；主人公但凡有点文化，关于古典文学、儒学、考古学的知识就会铺天盖地。

毫无疑问，细节之于小说殊为重要。在许多小说理论著作中，细节往往独立成章，被反复研究。《红楼梦》中哪怕是丫鬟之类的次要人物也有秉性、家庭、结局等方面的周到刻画，《战争与和平》细到描写死刑犯上刑场前如何整理自己的蒙眼布。现代叙事学发展起来以后，细节更是为小说家们孜孜以求。乔伊斯的《尤利西斯》数十万字，描写的时间却只有一天，细节之雕琢可想而知。长篇小说发展到今天，“细节”也值得作为技法更新、艺术进步的一个突破口。将大量生活细节纳入作品中，能营造生活扑面而来的逼真效果；丰富的知识细节能够充实小说的气血，给读者提供更多新知；通过不同层次的细节铺垫，打破单一主线，让多个主题并行发展，让小说人物进行对话，也有利于揭示生活的丰富与人性的复杂。

但是，一些长篇小说中的细节描写，只是权宜之计。比如，一些作家早期作品的主题乃至情节在后来作品中一再复现，其实是不自觉的自我重复。有的所谓细节本质上都是文字碎片，为迎合碎片化阅读而在谋篇布局上偷懒。

往深处说，细节堆砌反映出作家们普遍存在的长篇焦虑。近些年长篇小说创作在量上快速增长，有些作家创作速度极快，甚至几个月写出一部长篇，文学期刊出长篇小说专号的也越来越多。其中一些作品被指责缺乏深度和广度，故事、主题设置简单，几无阐释难度。于是，有些作者便反其道而行之，通过增加细节来增强小说的丰富性，以此增加阐释难度，增加阅读挑战。这样做的初衷是对长篇书写乏力的纠偏，但追逐过度则会滑向另一个极端，是不顾长篇小说本体价值的舍本求末。

许多时候，单纯的反而动人。文学本身就是离人心灵最近的文艺形式之一。过多的细节堆砌让小说中的情感消失了，满目细节读下来只会让人感觉麻木。文学应有的动人心魄的感染力就这样被堆砌的细节给压住了。这不能不说是一些长篇小说折戟沉沙的重要原因。

长篇小说是一门建构艺术，是通过语言建构故事、情感以及社会人生，好的长篇小说提供给人的是一部荡气回肠的心灵史、人生史和社会史。细节作为重要的建筑构件，不是勉强堆砌就行，它必须有主体结构的支撑。没有作家世界观和人生观的主体构建，再好的细节也“如七宝楼台，眩人眼目，碎拆下来，不成片段”。

所谓“准确的才美”，细节绝非可有可无、可长可短的填充元素，必要的、关键的、有生命力的、水到渠成的细节描写才是可取的。对小说艺术来说，“杂”有杂的张力，琐碎中亦有艺术真实的锤炼。文学创作从来都讲究内含提炼的功夫、点睛的功夫、以小见大的功夫，是敏锐眼光和到位笔法的结合。细节必须经过筛选，必须经过艺术匠心的打磨，才能成为作品熠熠发光的构成。

发表于《人民日报》2019 年 11 月 29 日

媒介融合：时代新语境与文学研究新思维

近些年来，文学终结论不绝于耳，尤其是大众文化兴起，视听艺术形式对传统的语言艺术带来前所未有的挑战。但时间证明，文学并没有真正终结，而是在媒介语境中走上了融合发展之路，融媒体发展促使文学迎来新的生机。近十年来，媒介融合进程进一步加快，融媒体对文学的影响也进一步加深。从创作层面来讲，融媒体对作家与创作影响至深，而文学的研究也与此分不开。融媒体对文学研究的影响体现在多个方面，文学媒介学的勃兴就是表征之一。文学媒介学的关注点除了集中在传播载体层面，也需要回到文本本身，注重文本编码时的跨媒介特性。

媒介勃兴与作为“事件”的文学

媒体的全面介入使得媒介问题变得极为重要，媒介自然也会进入到文学、艺术领域，文学媒介学、艺术媒介学渐成气候，文学媒介学的相关成果不断涌现。这种时代的新变化与新语境让我们面对文学这一古老的艺术时，也必须要转变传统的研究思维，将静态的文字文本，转换为一种动态的、复合的文学事件来对待。文学从将各种介质材料组合进文本编码，到经过媒体传播，再到受众接收解码，是一个传播过程，也是一个媒介事件。“作为事件的文学”成为学界的一种重要的声音，近十年来，事件思想不仅在国际学界得到持续、前沿、开放的研究，也逐渐引起了包括哲学、政治学与文学等学科在内的我国学术界的兴趣，就连文学史的书写也变成了一个“事件”，而传播起到了推波助澜的作用，经过传播，文学成为“事件”。比如每年的诺贝尔文学奖颁奖前，媒体都会炒作作家的赔率，中国作家也经常“榜上有名”，文学奖俨然成为一个媒体事件。国内一些文学奖项也在媒体助威中形成较大的社会影响力。比如以“小冰”写诗为代表的人工智能背景下的机器人文学出现，引发了文学伦理新的思考。

微博文学、手机文学、网络文学、人工智能文学等文学形态则让新媒介直接切入文学。虽然文学的多媒介特性一直都有，当前时代更为明显，传统的出版物中其实已经蕴含着媒介思维，而那些新兴的出版形态更是一种多媒介的产品，这样的出版物已经探索了一种图书出版与视觉的互动，打破了传统书籍的形态，视听文本在未来也并非不可能，网络文学中已经开始出现了不少具有超链接功能的互动文本，“制作”“算法”“自动化”等手段和词汇也开始进入文学界。

正是媒介的全面介入，让跨媒介叙事蔚为大观，广义叙事学便是立足于此，逐步兴盛。比如赵毅衡的《广义叙述学》、傅修延的《中国叙事学》、李怡的“大文学观”都是典型的跨媒介研究，涉及多种艺术门类。这种媒介思维下展开的研究并不只考察当前语境中产生的文本，也会回溯那些文学史上的文本。在当前语境下，再回头去考察百年中国白话文学史，就可以对一些曾经所忽视的东西进行补课，比如文本中的媒介问题。在新思维下打量旧文本，可以获得新的阐释。近年来的相关成果也有出现，文学研究既要关注作为成品的作品，也要思考那些编织进文本的介质材料。

融媒体与当下文学生态

融媒体的发展改变了传统的作家培养机制和作品发布渠道。当下活跃于文坛的新生力量几乎都不是凭借传统模式走上文学之路，而是依靠博客微博、豆瓣网、贴吧、手机 APP 等平台走上写作之路的，尤其是“80 后”“90 后”作家们，很多都有网络平台写作的经历，甚至是依靠这些网络写作传播平台起步，由此他们会在自己的简介中加入网络 ID。比如红极一时的豆瓣小站，就是很多作家创作生涯的第一站，再比如一款名为“ONE·一个”的 APP，也是不少青年作家的出道平台。当然，文学之路起步之后，他们便很快将现代与传统接轨，走上融合之路。近年来，以《收获》为代表的传统文学刊物，也通过微信公众号、手机应用的推广，使传统文学跨界出圈。中国作家网也设置原创频道及征文大赛，让作品发布渠道更加便捷通畅。融媒体对文学形制也产生了较大影响，文学明显变得更加“自由”。仅从体量上来讲，就向两端无限延伸，一是“微”，一是“大”。一方面，手机短信文学、博客文学、微博文学、APP 文学、朋友圈文学等微文学逐步兴起并壮大；另一方面，文学的体量不断加大，网络文学中百万字、千万字篇幅的作品屡见不鲜。

在研究层面，融媒体对文学也有着很深的影响。微批评逐步兴盛，业余批评和职业批评并行不悖。网络提供了各种普通读者也可参与的批评渠道，豆瓣点评、微博点评、知乎问答、购书平台对购买图书的评论、朋友圈所发表的感悟等等，都是网络微批评的一分子。并且，很多职业批评家也会借助这些网络手段进行文学研究，对专业的学术研究而言，也是很有帮助的。文学的媒介研究在近年的学术研究中得到迅速发展，出版了胡友峰的《媒介生态与当代文学》、单小曦的《媒介与文学：媒介文艺学引论》、黄发有的《中国当代文学传媒研究》、金惠敏和王福民的《间文化·泛文学·全媒介》、王俊忠的《融合：文学与媒介》、孙正国的《文学的媒介遭遇：〈白蛇传〉的叙事研究》等成果。这些多集中于外部的研究，是对传播途径变迁的探讨。文学媒介学的论域集中在报纸、期刊、文学出版、文学机构、文学评奖等方面。融媒体对文学的影响体现在作家培养机制、发表出版模式、传播手段等多个方面。目前文学媒介学中的“媒介”一词的内涵，基本上集中在传播载体这一层面上，主要研究文学的传播载体，如期刊报纸、网络新媒体、文学制度机制等。无论是媒介作为艺术材料、传播手段，还是作为艺术的形式，在一定意义上是不可割裂的，共同参与构成了艺术创作、传播和接收全过程。一方面是文学媒介学的兴起，另一方面对文本本身也有新的研究路径。

纵观整个艺术发展史，媒介一直是艺术实践的必需要素。在艺术史上，每一次重要的媒介变革，无论是“材料”还是“传播”意义上的变革，多会引发艺术形式与审美的重要变化。媒介是符号表意的成分之一，有时甚至是最重要的部分。对艺术意义的解释，往往集中到媒介的运用。有理论家认为，现代艺术的特点是“节节向工具让步”，也就是说，媒介成为艺术的主导成分。符号信息的发出、传送、接收，现在可以克服时空限制，越过巨大跨度的间距相隔，这是人类文化之所以成为符号文化的一个重要条件：被媒介技术改进了的渠道，保证了文化的表意行为能够被记录、检验，保留给后世。媒介与技术，媒介与人的感知渠道，媒介与人类文化的符号表意都是人类文化史上的重要现象。媒介所包含的外延十分宽广，既是一种传播载体与手段，也是一种文本编制材料，更是一种艺术（有意味的）形式。简单来说，媒介就是组成文本的材料和介质及传播载体。但是很明显，当下很多的艺术媒介学研究成果将媒介研究限定在传播载体上。所谓的文学媒介学也大多集中在传播载体的讨论上，对最原始的组成材料及最高级别的艺术形式关注较少，而艺术的跨媒介特性不容忽视。

跨界出圈与文学的跨媒介编码

当下是一个传播的时代，大众传播全球性的崛起已改变了日常生活的经验性内容。传播技术革新、媒介从技术升格为文化、传播对日常生活无孔不入，都是媒体时代的表征。在文学传播上，各种现代手段的运用，让文学“起死回生”，微信公众号成为所有文学刊物的重要门户，影视反哺文学的现象也很多，很多文学刊物、图书出版也开始注重与短视频平台的结合，技术的发展在扩大着文学的影响力。而纵观融媒体所产生的影响，并没有削弱文学本身，在内容上并不抵牾，在传播方式上更为有力。

传播手段多围绕在文学外部，一般的媒介研究也侧重媒介作为传播载体和形式的研究。但同时，媒介本身就构成了艺术编码的材料，跨媒介艺术蔚为大观。文学的跨媒介编码，是对冷媒介的一种“升温”。借助其他媒介，文学可转换为一种热媒介。麦克卢汉认为媒介有冷热之分，热媒介传递的信息量比较多，清晰明确，无需更多感官和联想就能理解；冷媒介则相反，显在的信息含量少，需多种感官联想配合理解，增强解释。按照这样的逻辑，归结起来，一个艺术体裁的冷热程度，要看使用媒介的种类和数量。大致来讲，文字媒介热度低于音乐和图像，同时，媒介越多，其热度越高，媒介越少，其热度越低。因此，艺术编码多是跨媒介的，其根本的目的在于对自身“升温”，防止被淘汰的命运。

其实除了文本外的传播环节，在文本生产的阶段，任何艺术都不是单独媒介构成的，不同的艺术体裁在文本编码中所使用的媒介数量不尽相同。一直以来，文学都存在跨媒介叙事现象。文学在各艺术门类中编码所用材料算是使用媒介较多的一类。文学的图像化、文学的戏剧化、文学的影视脚本化、文学的音乐化等提法都不仅仅是一种阐释的强加，而是真正基于文学文本在编码过程中使用了其他媒介。文学的影视化最为明显，视听艺术和文学相辅相成，文学的“脚本化”必然会注重媒介特性。伴随着这样的发展趋势，未来文学作品的媒介性会更加凸显，文学中的媒介也必将更加多样。当媒介成为学术研究的热点、媒介时代成为学术研究的时代背景，这一问题不应再忽视。比如近年来的文学影视互文研究、文学图像学、听觉研究等，产生了傅修延的《听觉叙事研究》、赵宪章的《文学图像论》及其主编的《中国文学图像关系史》《文学与图像》等成果，其背后的逻辑就是文学的跨媒介编码及研究。

艺术因媒介而发生深刻变革，媒介的变化远远不止传播方式的变迁，而是涉及“文学场裂变”的根本性转变。文学的媒介化使得文学的创作和阅读进入“数字化”时代，创作主体和接收主体的交流程度空前提高，创作空间也被无限放大，创作题材不断被释放。媒介生态对当代文学产生了深广影响。而在传统的文字媒介中嵌入其他的媒介形式成为文学编码的重要模式，这既是传统的延续，也是当下媒介语境中文学创作的新要求。传统的文学媒介的提法集中讨论文学的传播环节的问题，很少的部分涉及文本本身，这样传统的研究或许并不能解释文本的编码问题，还需要回到文本本身来思考这一问题。最近十年，这样的研究苗头已经出现，期待能有更多的成果问世。

发表于《文艺报》2022年10月1日

第二辑

作家素描

总体性生活解体、大历史突围与南方柔情史

——卢一萍创作论

卢一萍带着虔诚的文学之心在进行创作，集中书写他的军旅生涯，书写他熟悉的边疆高原、退役后所工作的地方，以及生养他的故乡川东北。作为70后作家，卢一萍有着鲜明的代际特征，他的书写体现了独具一格的历史姿态、鲜明的地方知识阐释等特色。卢一萍的作品描绘出了一种总体性生活的解体，一种大历史的突围，努力找寻历史罅隙处所蕴含的深意，直抵生活的内里和人性的深处。他的略带批判性的书写其实是对军旅生涯的殷切回望、对他所认可的“第二故乡”的纪念、对和他生命有过交集人们的深深怀念。卢一萍的写作体现出独特的个人风格，他的文字既有军旅书写硬汉派的一面，也有南方写作独有的柔情。

一、总体性生活的解体

卢一萍的作品总体来讲反映了一种总体性生活的解体。很长一段时期以来，中国的文学书写集中描写集体的生活状态与大的历史进程，这种书写往往被称为宏大书写。特别是军旅文学，主要以正面书写为主，多是塑造英雄、歌颂英雄，反映总体性的军旅生活成为常态，鲜有揭露问题与书写普通士兵个体日常生活的作品。卢一萍似乎有反其道而行之的意味，他的作品有意将个体

与集体进行并列对举，可谓军旅书写的一种突破。在卢一萍的笔下，军旅生活的多样性展现出来，具有集体意味的总体生活逐步解体。在具体操作层面，作家多采用反讽的策略和寓言化的书写进行呈现。

卢一萍惯用颇具揭露的笔法写出了军旅生活的另一面。《天堂湾》以新兵杨烈光着屁股猝死在厕所开篇。小说通过不同的人、不同的口吻、不同的立场将杨烈猝死这一事件进行了回溯。这种书写具有一种很深的反讽意味。从大的方面来说，这是一种命运的对调，因为叙述者“我”本该去这个地方，是杨烈执意要自己去的。从小的方面而言，关于杨烈的死因报告成为一个问题。杨烈牺牲后，关于他的调查在很多人那里成为一个问题，因为这和连队荣誉以及个人晋职等利益挂上了钩，这是现实的荒谬，是最为真实的人性流露。同时，由于杨烈的死因报告牵涉很多人的利益，展开了很多明争暗斗，这让亡灵不能安宁，荒谬性更进一步。最终，杨烈的死因报告以顺应多数人的利益而告终，并且是以民主的方式。反讽的是，叙述者用了很多篇幅发表了少数人的意见，作家似乎在摆明自己的态度。生活和人性的复杂性也进一步展现出来，这是一种伏笔或曲笔，是作家刻意为之。

在《一对登上世界屋脊的猪》中，作家通过高原养猪事迹造假、为了应付上级检查而演绎出啼笑皆非的一连串事件描写，写出了军队舆论宣传虚假的一面。高原养猪这一行为本身是一个战士简单的想法和举动，但是在英雄塑造过程中却变成了一个又一个的谎言。最终英雄形象轰然坍塌，英雄也被解构了。这一情节在《白山》中又一次被书写。有三段相关的为塑造英雄形象而弄虚作假的书写特别值得一提，一是欺骗养猪专家的描写，二是模仿凌五斗的声音通话，三是用凌五斗的替身作巡回报告。这些让人啼笑皆非的场景写出了真实军旅生活荒诞的一面。

不过，作家这样的书写并非为揭露而揭露，也不是故作惊人之语，反而是建立在熟悉军旅并且带着对军旅生活深沉之爱的基础上。卢一萍有着较长的军旅生活，并且一直萌生着为军旅留下文字记录的念头。在卢一萍的作品中，他进入军旅生活的第一现场，通过平凡人物和普通事件来反映真实的军旅生活。军旅和军队是集体生活的代表，是最能体现总体性生活的地方，个性锋芒需要隐匿，一切需要服从命令，以集体利益至上，以大局为重，由此就会常常发生个体让位于集体的情形。从《天堂湾》这样的书写就可以看出一种总体生活的解体与反省。小说打破了我们对惯常军旅生活的想象，将神圣庄严解构掉了。无论是军校学员的就业选择，老兵对待新兵的态度，还是上级对下级的态度，都展现出一种极其普遍的人性自私和虚伪的一面。关于一位战士的死因调查报告构成了小说的主体，而调查结果则被现实因素所左右。最终关于战士是牺牲还是意外死亡取决于一次标榜“民主”会议的投票表决。

总体性生活的解体还有一个表现，即英雄形象的消解，但是解构并非破而不立，作者也在努力建构他笔下的英雄形象。这种建构和他的大历史突围一脉相承。因为他所珍视的并非那些写进了历史的英雄，而是一些无名之辈，甚至还包括一些未被历史认可的英雄。高大英雄形象消解后，普通英雄便浮出水面。《天堂湾》正是在为英雄正名，杨烈的牺牲因为部分人的私利考量，并未算作牺牲，而是意外死亡。作家试图用文字的方式来为那些真正的英雄留下点什么。在卢一萍的非虚构的作品中，他的英雄观表达得更为突出。《八千湘女上天山》《祭奠阿里》都是书写英雄的。《八千湘女上天山》聚焦新疆荒原上的第一代母亲，这一批从湖南入伍的女兵，经受了血与泪的考验，经受了常人难以经受的苦难，让伟大的精神在荒漠上开花，伟大的毅力在荒原上扎根。作品为那些被异乡的萋萋荒草埋没的灵魂树起了一座灵魂的丰碑。但从访谈中，这些湘女流露出了她们真实的想法，既有对家乡的思念，也有丝丝的不甘，这与很多作品中书写的英雄形象有区别，但是她们无疑也是祖国和人民的英雄，且是真实而具体的英雄。《祭奠阿里》中也体现得十分明显。这是一群被历史所遗忘的战士，他们的牺牲换来西藏和平解放的奠基，但是历史却跟他们开起了玩笑，直到现在，也依旧未载入史册，而作家，却用非虚构这一史记般的笔法，为其正名，为之立传。

还有很多的英雄形象也在卢一萍的笔下一一浮现。《父亲的荒原》中为了他人的命运甘愿接受不满意婚姻的柳岚、为儿子选择自尽的母亲都是英雄的壮举；《刘月湘进疆踪迹史》是关于普通英雄的书写；非虚构作品《天堑：西藏和平解放纪实》《八千湘女上天山》等也塑造了属于作者笔下的英雄。总而言之，卢一萍集中塑造的并不是传统意义上高大伟岸的英雄，而是一些平民英雄、普通个体、草根形象。他笔下的英雄是凌五斗那样默默无闻，总被遗忘的那一群人；是《祭奠阿里》中不被历史记录的普通战士；是《二傻》中的张冒那样傻里傻气，做事一根筋，但是最终却凭借憨厚执着的性格获得大家认可的人。卢一萍一反老式的革命英雄主义的颂歌，书写的更多的还是小人物，并且在详尽的细节披露中彰显了英雄本色。但作者没有止步于此，他努力寻找历史的细节，尽量接近人，是一种大历史的突围，进而提供了一种别样的军旅书写。卢一萍的军旅书写描绘了真实的军队，这里有环境的脏乱差，有严格的等级制度，人物也有自己的小心思……总之，是一种光鲜背后的内部现场，是真实的生活和个体。

卢一萍的这种军旅书写染上了明显的个人印记。很多时候都具有一种解构色彩，主要通过寓言化的呈现方式和反讽表达策略来实现。这在《白山》中显现得特别明显。主人公一直向往的白山，其实并不是真的一片洁白，而是有着很多的污点与墨迹，这里不是一片净土，充满了隐瞒和欺骗，这也是该小说最大的反讽之处。疯癫者凌五斗被大家称为幽默者，而他仅仅是实话实说、发自内心，他的语言和常人的语言被对举，也有反讽的意味。此外，小说整体上都有一种黑色幽默的味道，这也是因为反讽的姿态导致的结果。凌五斗得的是不能说谎的病，却一直活在谎言的世界里，记者对他的报道普遍失真，他一步步被塑造成英雄，被典型化，沦为宣传的工具。这些荒诞的书写是一种反讽书写，彰显一种历史的讽喻，同样也暗含了作者的历史姿态。总体性生活的解体必然导致精神、价值观的重塑。总体性生活的解体不仅仅表现在现状书写，更体现在历史的书写与态度中，这是一种总体历史的解构书写，是大历史的突围。

二、大历史的突围

卢一萍有着鲜明的代际特征，尤其是对待历史的态度，彰显出一代作家对待历史的共性，这是一种鲜明的新历史主义的姿态。一方面，作为70后作家，卢一萍具有他们这一代作家典型的代际特征，惯用主观的、个人化的方式呈现历史。小说《白山》最为明显。《白山》具有很强的历史色彩，作者用各种方式暗示了故事的时代背景，这是历史化的心态使然。题记中所引“我要生活在历史之外”[①] 似乎可看作他们共同的历史观。作者选取了具有疯癫意味的凌五斗作为主人公，本身对历史就有揶揄的意味，其间发生的各种事情既有宏大的背景，也在亦真亦

① 卢一萍:《白山》，上海文艺出版社2017年版。

幻的书写中解构了历史本身；人物的命运悲剧更多的是时代悲剧，只是不便多言，只能以寓言化的方式展开。小说主人公凌五斗是一个典型的时代悲剧。除了凌五斗，其他人物也是历史洪流中的悲剧性人物，孙南下被父辈强迫参军，被吓死；钱卫红因照顾英雄凌五斗被迫切除生殖器；德吉梅朵、尚海燕因革命需要被迫离开凌五斗，等等。尤其是名为黑白猴子的两只小猪的遭遇更显荒诞性，而这些人和物的遭遇是在历史的大背景中发生的。另一方面，作者在很多地方一再淡化历史，很多时间通过插叙转述的方式来进行书写，这正是作者的个人性的历史记忆与历史观的表现。《白山》是一部关于历史的寓言式书写。“作品呈现出作为‘70后’作家普遍的历史观，用新历史主义的态度、非自然的叙述方式以及反讽技巧书写了一个关于个体、历史、民族的寓言。作为英雄后代的凌五斗，因父亲的原因被批斗受伤，患上怪病，在父亲战友的帮助下参军，却每每用异乎常人的举动来为很多人制造麻烦，他自己一路被塑造成英雄和典型，却得不到应有的成就感，就连自己的感情，也因为其他因素被干扰。凌五斗很显然成为了历史的牺牲品。”①

卢一萍的创作一直以来主要是通过寓言化的方式对历史进行呈现。与此同时，卢一萍擅长表达历史的荒诞感。历史的荒诞给人的冲击更大，反思性也就更强。这种历史感在他的小说中随处可见，《我的绝代佳人》本是书写一段感情史，却在多处回应了历史。主人公的父亲被定为“反革命”后被处死，最后又被平反，但是历史的荒诞在于，定“反革命”和平反的居然都是同一伙人。这些都是历史的悲情之处。不过，作家还是在书写一种总体历史的解体，并没有陷进历史的泥沼而无法自拔，“我”作

① 刘小波：《消融的“白山”》，《文学报》2017 年 12 月 7 日第 8 期。

为被历史处决又平反的后代，并没有表现出大的悲恸或喜悦，而是一副与己无关的样子。对历史的漠视正是一种解体性书写。在《父亲的荒原》中，革命的后代与“反革命”的后代同时孕育，最后“反革命”的母亲生下了孩子后自尽，而“组织”心兹念兹的革命后代却夭折了，这些都是历史荒诞一面的呈现。反讽书写在卢一萍的作品中很常见，这其实是一种指向现实的历史反思。

虽然新生代作家普遍都对历史有一种别样的姿态，甚至也被指出历史观冷漠，但是历史在他们的作品中却从没有缺席过，这是一代作家的整体文学风格。在卢一萍的作品中，历史的影子如影随形，随时穿梭在文本之中。在《我的绝代佳人》中，作家也无意中提起一处红卫兵的墓地，在叙述丁小丽宿舍的时候交代那里埋葬的四十七人是在“武斗”中死去的，这样一处墓地和一串数字，其实也暗含着作者对历史的记忆。再比如介绍陆涤的家庭时指出其父亲在“文革”中被批斗致死，其母亲也在下放后自杀，而这些都铸就了他们的后代所面临的一系列境遇，是历史对当下的影响。对历史记忆的深厚与看似无心的书写，正好是一种特殊历史观的表现。《我的绝代佳人》具有很明显的先锋色彩，小说文体意识鲜明，具有“元小说”的意味，但是历史依然是小说的主角，尤其是对革命历史再度进行了打量，不同的道路选择意味着革命抑或不革命，岳父自己走的那条路没有一个人，因为这不是革命的路。两个孤独的与大众背道而驰的人最终相遇，具有很深的象征意味。不仅仅是描述或者记录历史，更多的还是反思的一面。书写历史的荒诞感，多以反讽和寓言化的形式来呈现。这种总体性生活的解体书写或许源于一代作家历史观的变迁，70后作家的代际身份也需要纳入考察。这一代作家普遍被看作是历史秩序失落的一代，历史感在他们那里淡化了。传统的历史秩序失落后，一种后现代视野下的新历史观展现出来，这是整体历史和碎片历史的对举，而后者正是生活化的历史，也是新生代作家表达碎片化时代主旨所采用的策略。

“一切历史都是当代史”“一切历史都是被叙述的”等观点，现如今已经深入人心。历史是被叙述的这一核心观点，在卢一萍的作品中也被反复演绎。《父亲的荒原》是以叙述者“我”的视角书写“我”诞生的经过，“我”母亲其实是“反革命”，而另一个英雄的后代并没有诞生，这种关于英雄诞生的历史叙述其实是很成问题的。《乐坝村杀人案》也典型地体现了历史是被叙述的。小说围绕一起历史遗留的案件，通过不同人物的视角回溯，直到揭开真相。透过这件杀人案，作者也深刻描摹了残酷残暴的乡村生态和历史。其实《天堂湾》也是如此，关于英雄杨烈，不同的人有不同的看法，有些叙述甚至是相互抵牾的，最终只是为了迎合一部分人的利益，让杨烈无法进入英雄的行列，而被算作一起意外死亡。有时候还会发生叙述的反转，比如《我的绝代佳人》中，马脸偷内衣事件因为他的发迹而发生反转，被重新叙述。这些叙述都指向历史本身的不稳定性。

当我们把鲁敏、路内、乔叶、徐则臣、田耳、阿乙等同代作家的作品放在一起阅读，就会发现他们之间的诸多共性，尤其是他们对历史的态度。有论者指出，70后作家普遍表现出一种历史感的缺失。[①] 其实不是历史感本身的缺失，而是他们选择了极富个性化的方式来表达他们所理解的历史。当前文学界的一批70后作家们普遍爆发出一种创作的实力与活力，为文坛带来了诸多的可能性，值得进一步关注。如果说新军旅书写和新历史书写还是一代作家共性的话，卢一萍更为重要的贡献还在于，他的写作某种程度上呈现出一种地方书写特有的柔情。

---

① 张艳梅：《70后作家的历史意识》，《上海文学》2017年第5期，第106—112页。

三、地方书写与南方柔情史

卢一萍的作品叙写了一段段关于历史也讽喻当下的寓言故事，体现了新生代作家对历史的一种全新的姿态。而他创作最大的灵感，应该来自于他的脚步所踩过的每一寸土地。地域是文学家成长和书写最重要的因素之一。常年身居边疆与南方，让他的文学文本也深深染上了南方的烙印。这里既有边疆的粗犷，也有南方的柔情。无论是总体生活的解体，还是历史荒诞的书写和新历史的书写，抑或是寓言化的呈现模式，都掩藏不住他满腔的柔情，特别是当这种柔情文本和军旅汉子的身份对应起来的时候，会越发感受到一种语言的张力和文学的魔力。地方书写的热衷，非自然叙事的运用，乃至虚构与非虚构体裁的交织，都与此相关。

1. 地方性知识书写

卢一萍的南方书写首先主要集中在地方知识的阐释与书写中。这其实也是文脉与传统的延续，可以很容易寻找到这种写作的历史脉络与谱系。巴蜀作家历来都有自己的一方书写天地，李劼人的天回镇，沙汀的其香居茶馆，颜歌的郫县，等等，都是作家创作的根基。“四川从汉以降，始终保持和弘扬着方志文化传统，四川历代文人都关注地方志、风土志、民俗志等的修撰事宜。方志传统对四川现当代文学的影响也深刻悠久。”① 这种地方路径的探寻，最终汇聚到文学中国的大家族中去。司马相如、苏轼、李白等古代文豪笔下灿烂的古蜀文化和豪放的文风，形成了灿烂的文学风貌，巴蜀印迹也很凸显。历史如此，现实也概莫能外。到了白话文学的传统谱系里，郭沫若、巴金、李劼人、周克芹、沙汀、艾芜、马识途，以及当下活跃的中坚力量阿来、罗伟

① 刘艳：《抵达乡村现实的路径和新的可能性——以贺享雍〈人心不古〉和〈村医之家〉为例》，《当代文坛》2018 年第 3 期，第 116 页。

章、凸凹等，以及颜歌、周恺、王棘等青年作家。这一脉作家无论是在地或者出走，都努力在书写地方，显现出一种典型的地方性知识的建构。地方性写作将巴蜀文明文化融进小说里去，比如周恺的《苔》，在运用方言、民间风俗、仪轨等地方性知识塑造四川乐山一地的地方感的同时，建构了一种可以被“异乡人”所认识、理解的“地方生活”，寻绎一个地方的文化表情与性格。他巨细无遗地为读者指画蚕丝业、纤夫、挑夫、石匠等不同行业的情景。不同的行业生态，既牵涉不同的人们的日常生活，也构筑了一个地方的政治、经济、文化的基础。生活的河流就在普通人家的日常中缓缓流过。在日常生活之上，还有属于节庆的时刻。普通人从平淡的艰辛的生活中解脱出来，享受属于生活的欢欣。[①]

边疆书写也是一种地方知识的描写。高原风光是卢一萍地域书写最鲜明的风格之一，野兽出没的群山、人迹罕至的荒原、巍峨的山峰，皑皑的白雪、呼啸的狂风、肆虐的雪暴，这些风光在他笔下被写活了。“风景在卢一萍的小说中不是背景和烘托，而是主角般的存在。”[②]《银绳般的雪》《索狼荒原》《白山》《天堂湾》等小说直接是以地理风貌来命名的，小说中也都有大量的地理风光书写，正是这样的风光，造就了在这里生存的人们。或自愿，或被迫，人们来到边防哨所，来到边疆，扎根生存。人们的性格与边疆的地域相得益彰，这些人和作家书写的目的几乎一致，就是“追逐最高的雪山的光”。

卢一萍独特的题材选择让他的写作看起来是一种典型的地

① 岳雯：《地方性写作的精神空间与心理势能——以周恺〈苔〉为例》，《当代文坛》2019 年第 6 期，第 115—120 页。

② 杨若蕙：《大漠边疆的军人精魂与风景奇观——卢一萍军旅小说探析》，《名作欣赏》2019 年第 35 期，第 156 页。

方写作，边缘与中心的写作、边地书写、新南方写作都可与此挂钩。近年来，学界兴起地方路径与百年文学建构的研究，认为正是地方的汇集才构成了中心。[①] 卢一萍正是通过地方书写来参与整体文学史的建构，这种地方知识的写作，展现了一种新南方写作的态势，北方与南方的相融。地方性写作的精神空间并不等同于封闭性与局限性，地方是如何与世界互动的，才是作家们所关心的问题。

2. 非自然叙述

现实主义书写是当代长篇小说创作的主流，现实主义的源流是对现实生活的一种关注和焦虑。但秉持现实主义精神也会有"反现实"的非自然书写，这是因为作家、艺术家可以创造出艺术层面的现实。这种写作策略在中西方文学中大量存在，如亡灵视角、儿童视角、动物视角、超现实、魔幻现实主义等等，都是如此，这样的书写技巧创造出了别样的真实，是一种作家的真实、艺术的真实。所涉地域环境的特殊让卢一萍的写作充满非自然叙述的色彩。边疆天然地和非自然书写联系起来，因为边疆广袤的土地和奇特的自然环境提供了作家驰骋想象的土壤。

卢一萍的书写对自然充满着敬畏，是对神圣之域的书写，描写高原、天路、边防哨卡，将自然的博大与人类生命的脆弱对照起来。《天堂湾》中有很多人的魂灵的叙述，《传说》中有关于神马的传说，《我的绝代佳人》中出现了大量的反现实的书写，等等，都是一种非自然叙述。《白山》中这样的书写更多。这种个人化的历史书写以及反讽表达不能完全以现实主义的笔法呈现，作者只能采取非自然的书写策略。所谓非自然的书写就是作家用想象建构另一种现实，如超现实主义、魔幻现实主义、神实主

① 李怡：《"地方路径"如何通达"现代中国"——代主持人语》，《当代文坛》2020 年第 1 期，第 66—69 页。

义、反常识书写等，简言之，就是书写现实中不存在的东西。比如作者选取世界屋脊这样很少有人触及的背景、以凌五斗这样得了怪病的甚至有点疯癫性质的人物为主人公以及凌五斗的先知能力、大量的梦境书写、凌五斗的蓝皮肤[①]等等都是属于这种叙述方式，这种方式或许是作者面对敏感的历史，不得已而采取的权宜之计。

3．虚构与非虚构的体裁切换

关于非虚构体裁的选择，并非一种纯技术层面的抉择，而与作家的创作观密切相关。卢一萍的这种体裁选择与其浓郁的写作激情和柔情相关。或许虚构这样的形式不足以表达自我，而非虚构的模式则不一样，表面上是零度情感的介入，其实更是情感涌向极致的必然表达。另外，这些非虚构作品所涉及的地域也是作家一直以来所钟情的。特别是，对历史的情有独钟让卢一萍不忍心进行文学的虚构，而是采用非虚构的写作模式将历史呈现出来，努力让隐秘的历史重见天日。历史本身已经足够震撼，不再需要任何的加工。《天堑：西藏和平解放纪实》对和平解放西藏这一历史重大事件进行全面挖掘，解放军越过世界屋脊的千重高山、万条巨壑，克服了高原缺氧、冰川激流、风雪严寒、悬崖深谷以及疾病饥饿等人世间难以想象的困难，进行昌都战役，徒步六千余里，征服了世界屋脊，完成了和平解放西藏的历史重任。历史上的一小笔，就是多少人的牺牲！近期发表的《祭奠阿里》也是如此，作品书写的是一个传奇连队的故事，《祭奠阿里》将历史呈现出来，给予历史应有的尊重，同时也有新的思考。但是

---

① 当然这也有一定的科学依据。据作家陈述，有关构想是作家在一本医学杂志上看到一个人如果在高原缺氧的环境中生活得太久，血红蛋白会发生变异，导致皮肤变蓝，因此塑造了这样一个人物。参见《小说月报》2019 年第 12 期封二“作家现在时”。

作品书写的主要是争取历史认证的问题，作品前后书写的场景反差很大，开始书写的是惨烈的牺牲、义无反顾的前行，后面则滑向历史的遗忘。《祭奠阿里》怀着无比崇敬的情怀走近一群沉默的军人，从历史的遗忘里提炼出人类超凡的英雄气度。

虚构与非虚构之间的界限也是一种历史观的差异，但在卢一萍这里并不明显，即使是非虚构书写也进行了深度加工。卢一萍的书写游走在虚构与非虚构之间，他曾获得报告文学大奖，也有长篇非虚构和大量的虚构作品，这种体裁的选择并没有割裂他的书写。卢一萍在小说创作的同时书写报告文学、非虚构以及散文，将虚构与非虚构进行磨合、弥合，使其从不同的侧面来反映生活的本真或者说是全面的真实，不同的体裁只是一个生活的侧面。

这些颇具地域特色的表达与个人锋芒的闪现最终指向一种新南方写作所特有的柔情。《我的绝代佳人》是一部典型的柔情史，小说主要内容是关于感情的书写。一方面，陆涤为了心爱的何小荷放下一切，忠贞不渝，是一个男子汉柔情的一面，虽遭受历史余绪的影响，也有另外的感情，但是都不为他所动，甚至连乞讨、蹲监狱都在所不惜。另一方面，丁小丽为了陆涤也可谓倾其所有。这种疯狂而变态的爱恋、这段奇特的恋情成为一种象征。

柔情的表现还有卢一萍作品所蕴含的情感比重。卢一萍的很多作品都具有浓郁的抒情品格，当帕米尔高原的景色被描绘出来的时候，一种独特的情愫昭然若揭，而生活在这上面的人们更是如此。《白色群山》中边防哨所被撤销，一个人在那里坚守。作品对此进行了详尽刻画，在领略自然风貌旖旎与生存环境险恶的时候，我们也能从中感觉出人的绝望和坚韧。《八千湘女上天山》也书写了一种深邃的伤感，湘女们虽然身处新疆，无怨无悔奉献，但她们一直深深地怀念着故乡，这是一群为了国家牺牲了青春的女性。这份伤感在他的作品中十分普遍，这是一种柔情，一种悲天悯人的大情怀。

卢一萍从正面战场的书写转向和平年代的军队生活，从歌颂英雄转向问题的揭露，秉持了批判现实主义的立场，他的文字是带刺的玫瑰，虽美丽却能刺痛某些东西，他也是典型的带着柔情的硬汉写作。作者并不简单控诉历史，而是以极富个人化的方式挖掘出历史与人性的丰富性与多样性，对历史有反思，对现实更有警示。卢一萍的书写涉及面很广，从军旅生活到日常生活的书写，都指向了一种个体的反思和灵魂的救赎。比如《大震》书写死刑犯、外科医生的灵魂纠结，《我的绝代佳人》书写情感的困惑，等等。

最后，可以说卢一萍所有的书写都是一种乡愁的表达，正如董夏青青所言，“卢一萍常跟我说起他那家中的兄妹、磨难重重的童年，说起他学习的经历，说起四川大巴山深处的棚屋和草木。他小时候种地、玩耍时沾上脚的泥巴，熏腊肉时染在衣服上的烟火气，他从不刻意掸去。不管他日后去到新疆最西的群山，还是回到四川盆地，不管写一名被打伤耳朵的营长，还是在战争中失去男性尊严的连长，那股土腥味儿都在。这种味道，既可以说成是对一种写作口吻的偏好，也可以说成是他对其理解的生活本质所做的象征性传达。——这里说到的生活本质，是一整套话语方式和言说口吻，它像一团雾气，当它笼罩一个场所、一段景象，身处其中的人们很难发觉。惟有退后，隔开距离，那雾气对人物面部、声音、姿态、思想、灵魂所做的曝光、修改，才得清晰”。这段话很好地概括了故乡之于卢一萍创作的重要意义。也正是这份特殊的情愫，让他的作品具有一种特别的南方柔情。在卢一萍的作品里，有生养他的故乡，也有随军漂泊的地方，日久他乡是故乡，这些关于故乡与第二故乡的书写包含着浓浓的柔情。作家用满腔的柔情来书写他的西部，他的南方，他的边疆，用文字来献给这些曾经留下过他足迹的土地。

发表于《韩山师范学院学报》2020年第4期

不断“撕掉标签”的写作者

——王占黑小论

当下文学书写进入一个热衷于贴标签的时代，无论是作家的写作，还是批评家的批评和阐释，都乐于此。标签是一种写作者身份强化的手段、一种文本辨识度提高的方法、一种写作行为固化的表征。标签能够将作家迅速圈子化、类型化、理论化，为理论批评提供一定的便利。标签最大的魔力在于，几个同样的关键词，往往就可以给同一类型的不同作品用上，并生发出评论文章来。久而久之，写作者也形成一种固定思维，也可以说是“理论化思维”，就是对标理论批评进行创作，将自己的写作往各种标签和关键词上去贴、去靠。特别是青年作家们，本着尽快融入文学这个大家庭的美好初衷，也为了让自己的写作更容易获得关注，更加乐于寻找各种标签。如果循着这样的一种思路，王占黑就可以给自己贴上多个标签：豆瓣作家、青年作家、女性作家、上海作家、第一届宝珀·理想国文学奖首奖获得者……然而有意思的是，王占黑并未将自己圈进这些标签，而是不断“撕掉”它们，力图使自己成为一个无法标签化和类型化的作家。正是这种去标签化的意识，让王占黑的写作呈现出“去标签”“反模仿”“无主义”的特质，这些特质都让她从一般的青年写作中脱颖而出，建构了属于自己的独特的文学“江湖”。王占黑的小说风格具有一定的恒定性，同时也不断在探索差异化，尝试着突破。《街道江湖》《空响炮》《小花旦》三部小说集的延续性和细微的变化对此有很好的体现，作者自己也逐步从街道社区走向都市，走向更加广阔的世界。正如王占黑一直坚信的那样，写作者只有“泛开去”，才能迎来更为广阔的文学世界。

一、“去标签”

一方面，“标签化”是当下作家群体获得身份认同、寻找归属感、获得批评家和文学史家青睐的重要手段，但另一方面，“标签化”也有约束的作用，一定程度上会捆住作家的手脚。而这种去标签化的行为，可以理解为王占黑对外界干扰的一种自我疏离和回避，去标签或许不是王占黑有意为之而只是无意识的结果，但确实收到了奇好的效果。王占黑的小有名气是源于在豆瓣时期的写作，她在豆瓣上发布的《占黑故事集》有不少的阅读、评论、转发和赞赏。而真正暴得大名，则是因为 2018 年的第一届宝珀·理想国文学奖，当时她力压阿乙、张悦然等众多作家而摘得首奖，而这一年，王占黑才二十七岁。因为种种原因，这次获奖也引起不小争议，但无论是斩获大奖还是大奖本身的争议，都没有过多影响她自己的文学创作。

作为 90 后的青年作家，她有着这一代人的典型特征，高等教育背景，文学科班出身，从豆瓣文学这样的新媒体开始走上文学之路，在豆瓣、知乎、百度贴吧这些年轻人活动较多的社交平台上，有着关于她的各种评价讨论。王占黑在作品中也关注青年人的生存世界，不过，她的代际特征并不鲜明，不去着力表达那些青年作家们所迷恋的主题，也早早褪去了青年写作的稚嫩。比如首部小说集《空响炮》就把目光从自己这一代身上移开，投向了老一辈人身上。集子中收录的短篇书写的都是一群中老年人的日常生活。故事的场景是二十世纪八九十年代建造的工人新村，随着时光的流逝，这里成了一片衰败的破旧住宅区，住在其中的，都是些老人和穷人了。每篇小说都有一两个主要人物，所有人物一起构成了这个老小区的生活图景。这种书写主题的代际差异，已经被很多热心读者关注到了，正是这种错位，让她的书写显得更具个性化。当然，王占黑也关注同龄人的生活世界，《小花旦》这部小说集中就出现了很多的年轻人。但是不同于很多作品聚焦于青年世界时的浮夸和偏执，她依旧关注着青年人最贴近现实的一面，关注他们的工作、收入、情感、健康和精神状况，可以说，王占黑的写作一直在贴地飞行。

作为女性作家，王占黑也关注女性，但并未在作品中体现出明显的性别意识，女性命运是放置在她整个对人的命运关注的框架之中的。比如《阿明的故事》，小说中阿明是个住在上海老社区的老太太，她特别爱收废品。她本来有退休工资，并不贫穷，但就是有收废品的爱好。到后来成为了一种习惯，即便赚不到什么钱，她也还会去做。可收废品的背后，是一种难以排遣的孤独和苍凉，孩子们不和她一起住，她也不知道该如何给下一代帮上忙。正是这种老年世界的孤独书写，王占黑描写了一种人的整体生存状态。

作为上海作家，王占黑也书写上海，但是明显区别于张爱玲、王安忆、金宇澄那样的富有历史底蕴和小资情怀的海派风情的书写，她的作品中几乎找不到那种都市的风情；也不同于唐颖、任晓雯、滕肖澜那样的以女性为中心展开的上海生活描摹。总的来看，王占黑的上海书写“温情”多于“风情”。王占黑并没有将前卫、优雅、高贵、娱乐、小资认定为都市的标志，反而聚焦于退休的工人、破败的街道、面临拆迁的小区、弄堂口即将被清理掉的早点铺。王占黑写出了这些被忽视的地区及人群其内在的活力与丰富性。大都市里的底层写作，少了风情，多了温情。王占黑小说的独特味道，还离不开它的方言写作。在小说中，很多特色鲜明的吴语，包括人物的外号、对话等。她的作品就是这样带方言味的市井风情小说，但是，远没有达到《繁花》那种非上海读者会产生接受障碍的地步。“方言是编织市井故事的经纬，市井故事化为日常的肌理，日常绵延成历史。所以，王占黑的市井故事从来就不仅仅是人情冷暖的世情描摹。”（《钟山》文学之星颁奖词）王占黑更多的是书写了掩盖在都市繁华之下上海并不常为人知的一面，这是无数个普通个体的衣食住行和生活冷暖构成的世界，家长里短和普通人物构成了生活化叙事和日常生活审美化的精髓。这样的故事不仅仅只会发生在上海，挪一个地方依然如此，王占黑是以人为中心的书写，而不单单是地方。

二、“反模仿”

去标签的书写本质上是一种“反模仿”的写作。反模仿有多重含义，最典型的有两种，一层含义是对他人创作的模仿，这个意义上的反模仿也就是反套路化的写作，王占黑去标签化的写作其实已经有反套路化的意味，去标签化就很难用既定的文学框架去表述王占黑的书写。“反模仿”的另一层含义是反对对现实生活的过度模仿。一度时期以来，有很多作品对生活的直接模仿，达到镜子式的复刻，而实际上作家们只能秉持具有“生活性”的现实主义，而无法真正地复刻现实。过分的现实模仿和现实主义的依赖，也催生了对这样一种写作模式的反动。近年来国外流行的非自然叙事就是这样一种风潮，旨在打破那种对生活的直接模仿。王占黑虽然并不明确标榜自己就是反模仿的书写，却也在时时提醒自己不要陷入对生活的简单模仿。

反模仿不意味着正常生活从文学世界的剥离，或许是因为处于媒介时代，文学创作普遍具有了新闻意识，寻找着一些“爆炸”点，猎奇书写常态化，正常的生活事件不再有进入文学的必要。王占黑也会复刻生活，但却是为这些不具猎奇价值的东西所书写。王占黑对社会议题普遍关注，具有记者一样的眼界。可以看看王占黑的写作中关注的点有哪些，包括老龄化社会、疫情下人类的生存状态、实体商超的生存现状、房屋租赁市场，等等，都是现代人不得不面临的生存问题。王占黑笔下关注的人从保安、生病的老人，到小区摆摊的乡下人、下岗工人、空巢老人，等等，为老社区里的这些人刻画了一幅幅“平民英雄图谱”。

不过，反模仿并不是简单地将生活置身写作之外，而是从日常生活琐屑的事件中提炼出属于文学存在的哲理来。日常书写也会在平面化的现实描写中进行深度的思考，如《空响炮》中就有现代化进程深度思考的书写，但是切入点就是描写一种逝去的老旧小区的生活方式，因赶不上现代城市发展的脚步，慢慢被遗忘，被淘汰，生活复刻的背后，是一种时代的感伤和忧郁。诚如徐晨亮所言，在王占黑投向笔下“街道英雄”们的目光里，不只有对于消逝或终将消逝之人、情、事、物的伤感怀旧，更多的是“重新发现”带来的兴致勃勃。[①] 王占黑的书写，重新发现了那衰败小区里的烟火气息，发现了那些极易被忽视的群体，也发现了一种生存的勇气和信念。《小花旦》收录的小说思考的东西就更加多元而深刻了。《去大润发》描述的是女教师的奇幻一夜，是一篇有关内心世界的叙事，有对逝去生活的追忆和自我的找寻，甚至还穿插了对“9·11”的回忆，个人叙述与宏大记忆交织在

① 徐晨亮：《在褶皱中打开城市——当下青年写作观察札记》，《青年文学》2020 年第 4 期。

一起。《潮间带》则以对父辈情感的描摹，来书写代际的差异。王占黑是善于从小处入手的小说家，落笔于一个“小”字，主题小，事件小，人物普通，与那种大历史、大地方、大人物的书写有明显的区别。同时，王占黑还从小人物、小地方的描摹切入到那些时代的大命题中去，超越了对现实的简单模仿。

三、“无主义”

说到底，去标签和反模仿都有明确的指向性，就是既有的写作程式和框架。“主义”其实也指向的是“写作的传统”和“影响的焦虑”这些写作程式和框架。各种思潮与主义是学院派作家们接触最多的东西，科班出身的青年作家表现尤为突出。迷恋西方的各种主义和流派，进而效仿模仿，这是很多青年作家文学起步的必经阶段。“无主义”主要是说王占黑身上没有上述那种明显的“文学工匠气息”，而这种气息，几乎是当下青年写作的通病。王占黑也是研究生毕业，受到了学院正规化的文学教育，熟悉各种主义，并且在文学之外也有较宽的知识面，可阅读下来，王占黑并不迷恋各种主义，也不刻意追求主义引导之下形式上的花样翻新。在首届理想国文学奖的颁奖词中对她有这样的评价，“90后年轻作家努力衔接和延续自契诃夫、沈从文以来的写实主义传统，朴实、自然，方言入文，依靠细节推进小说，写城市平民的现状，但不哀其不幸，也不怒其不争。”（首届理想国文学奖授奖词）在这里，评委将王占黑的写作和中外伟大的现实主义传统接续起来，不过在她的作品中，远不止存在一种现实主义，而是能够体察到各种主义的杂糅，这样的主义，也就成为一种“无主义”了。青年写作固有的浪漫气质必定让作品富有浪漫主义，秉持现实关注又会彰显现实主义的一面，而一贯富有探索心的创作技法又不断走向现代主义。多种主义糅合在日常生活这样的主题书写中，反而收到一种独特的审美张力。《小花旦》中收录的故事在各种主义层面的表现上就更进一步了。《小花旦》很难界定是一个什么主义的作品，既有现实的底色，也有浪漫的味道，更有现代派的风格。

王占黑的书写往往从小处着手，在生活的罅隙处找寻到文学的灵感，最终却并不奢求以小见大，而是“以小写小”“以小见小”。从《空响炮》到《街道英雄》再到新近出版的《小花旦》，都是如此。这并非自我矮化，而是一种自我定位的清晰，是对各种眼花缭乱的“主义”的疏离。王占黑小说中的地标一直是生养她的那片土地，在那方寸之间，总有动人的温情。

内容和形式作为小说的两面，往往是彼此呼应的，单从技术层面的文体选择来讲，三部短篇小说集的相继出版也让王占黑显得与众不同。当前毫无疑问是一个长篇小说的时代，不少青年作家们早早地就已经出版自己的长篇作品了，而王占黑依然在自己的短篇江湖耕耘，文体的选择遵从自己的内心而不是时代，也算是一种气度。

以短篇小说为体例、以市井生活作为写作主题、以温情为底色的王占黑，在写作上逃脱了“卡夫卡的魔咒”“博尔赫斯的迷宫”“马尔克斯的魔幻”“村上春树的轻盈小资”等等青年作家熟知的“主义”和热衷的写作模板。不过，作为写作者，仅仅反套路、反模仿、反主义、反……是远远不够的。写作，最终还是需要融进整个文学传统中去，只是融进的方式需要更为巧妙。年轻的写作者能够撕掉标签，为自己瘦身，或能开拓写作的新路径，找到新方向。当然，王占黑的小说还是有一些青年写作的共性，比如很多随意拼贴搭配的语言表达、过分的议题化设置与表达等，这些并不一定都会收获文学的美感。这些年轻作家们未来的写作，视野需要放得更开，需要“泛开去”，毕竟不是每位作家都能成为福克纳，只需要写他那邮票大小的家乡约克纳帕塔法就够了。

发表于《长江文艺》2021年第9期

离乡返乡的博弈与乡土文学的赓续突围

——评杜阳林《惊蛰》兼论其小说创作

四川是农业大省，农村人口众多，自然也是乡土文学的重镇。白话文学自诞生以来，就建立起了富有地方特色的文学传统。杜阳林的《惊蛰》[①] 赓续了巴蜀文学传统，在四川乡土文学的版图上描绘出了新的篇章。《惊蛰》通过主人公凌云青的个人奋斗故事透视了中国乡村的变迁史，其落笔主要在农村青年的成长过程。“农村青年”的这一限定，凸显了作品的独特价值。《惊蛰》书写农村青年的“离乡”，却隐含了“离开故乡之后会如何”的隐忧与思考，有一种离乡与返乡博弈的味道。《惊蛰》具有浓郁的地方性，全景呈现了四川农村地区的风貌及其在时代大潮中的变迁，谱写了一曲川北乡村长歌。《惊蛰》在书写个体命运及乡土变迁的时候，也有对时代的整体回望，对一个特殊的历史阶段进行了全景式记录和呈现。

一、农村青年成长的深描

杜阳林的《惊蛰》是一部深度描绘农村青年成长的作品，小说具有苦难和贫穷的底色，但同时又属于奋斗上进型作品。小说

① 杜阳林：《惊蛰》，浙江文艺出版社 2021 年版。

分上、中、下三个部分，分别讲述了农村青年凌云青三段成长时光，这三段时光可简单概括为“饥饿的童年”“劳累的小学”“曲折的中学”。之所以必须要特别强调“农村青年”这一限定，是因为这一群体的成长问题在文学表达上存在很尴尬的状态，要么被忽视，要么被类型化，很少有较为冷静客观的关于此种问题的表达。只有极少数作品真正关注这一群体的成长，其中真正有代表性的有路遥的《人生》《平凡的世界》等作品。《惊蛰》的最后，作家提及凌云青的精神食粮就是路遥的《人生》。李斌在分析这部小说时也将其与路遥的作品进行对比。

事实上，《惊蛰》正属于《人生》所开创的小说类型，而且从《平凡的世界》中汲取了诸多灵感。凌云青是集高加林、孙少平与孙少安于一身的典型形象，细妹子身上也能看到田晓霞的影子。这是改革开放后中国民众通过知识和劳动改变命运的寓言，是一代人奋斗和梦想的集结号。[①]

由此可以看出《惊蛰》的渊源。可《平凡的世界》《人生》都是数十年前的作品，之后过去了多年，还有这样的作品吗？随着城市化进程不断加速，《惊蛰》所描写的乡土仅仅是地域的不同吗？有没有其他本质上的区别？一个时期以来，关于农村青年的成长书写汇进了猎奇式的乡土书写，他们或者被忽视，或者被极端化。近年来，随着都市书写的勃兴以及乡土书写的主题化加剧，关注农村青年成长问题、描绘原生态的乡土、书写乡村生存困境的作品更是不多见了。在这样的一种背景之下，《惊蛰》便具有了更多的价值。

《惊蛰》着重刻画了凌云青在离开家乡前所遭受的种种艰辛和磨难。衣不蔽体、食不果腹、任人欺凌是他真实的生存状态。

---

① 李斌：《〈惊蛰〉：一九八〇年代的川北乡村史诗》，《文艺报》2021 年 1 月 11 日。

杜阳林对乡土生活十分熟稔，这使得他的作品有一种浓郁的生活气息和在场感。小说开篇书写凌云青的父亲突然去世，十里八村的人纷纷出场。通过一场乡村葬礼，将各色人物展示得淋漓尽致，每个人的特性及人性的弱点都暴露无遗。苦难经历、人物性格、故土风貌，都是深深根植于作家的记忆中的，写起来自然更加真实。《惊蛰》关于苦难生活的细节描写十分到位。比如凌云青冒着生命危险爬竹竿取鸟蛋；在村里其他孩子的怂恿下怀着侥幸心理为了家人去偷桃子，被看园人用铁锤绑起来示众，受尽羞辱；十多岁时背着比他还高的麦秆，一步一顿走在危险的山路上，绳索深深勒进他稚嫩的皮肉中……凌云青的艰难生活是川北农村生活的缩影。这些故事和场景来源于生活，很多故事就是作家亲身经历过的，真实度特别高。小说中正值壮年的父亲突然去世，让这个有五个孩子的家庭的生活雪上加霜。现实生活里杜阳林出身川北贫瘠乡村，四岁失去父亲，母亲独自抚养七个儿女。小说中的云青每日吃红苕充饥，走街串巷卖米花棒赚学费，曾因腿疾徘徊在生死线上，被江湖医生神奇地治好，自学考上大学，这些都是作者自己的真实经历，其中有很多情节可以在杜阳林的散文集《长风破浪渡沧海》[①]中找寻到踪迹，两个文本放在一起对读，便会明白切身体验带给创作的特殊感染力。

人生苦难的真实经历与复杂情感的真实体验，都为作者成功塑造云青这一形象提供了坚实基础。《惊蛰》有很多童年限知视角的使用，一方面是叙述技法的需要，另一方面也是因为这种苦难生活的记忆影响之深。在这方面有很多细节刻画十分详尽，譬如凌云青和伙伴们在饥饿年代掏鸟窝的描写，从商议到执行，极具画面感；又比如凌云青天真地给父亲的坟头浇水，希望父亲重

---

① 杜阳林：《长风破浪渡沧海》，四川人民出版社 2019 年版。

新长出来等，既有年少无知的一面，也有幼年丧父所带来的失落与打击。

《惊蛰》的三部分内容都是凌云青在离家去上大学的绿皮火车上的回忆，这种写作模式类似于王蒙的《春之声》。《春之声》也是一位叙述者坐在火车上随着意识流动而生成的文本，并且两部小说所描写的时代背景也惊人的相似。不同的是,《春之声》更多的是关注一个国家的未来，而《惊蛰》则更多是对个体命运的关注。凌云青之所以在经历了长时间挣扎之后仍然要义无反顾地出走，是因为他有苦难的过去、迷茫的未来，他需要逃离，还有一个家庭的担子需要他挑起来。凌云青离乡的初衷不是要成名成家、出人头地，也没有拯救苍生的鸿鹄之志，只为过上衣食无忧且有尊严的生活。当然，小说也有很多地方写到时代的大潮，凌云青的个人奋斗也是乡村中国的奋斗，个人的故事与国家的故事联系了起来。但是，作品明显区别于那种个体让位于集体、自上而下地讲述的宏大叙事模式，而是从个体到家国，凸显个体的中心地位。《惊蛰》有大量的篇幅是在书写乡土的贫困、落后及生活在其中人们的挣扎。苦难书写是为离乡提供更多的依据。两次死里逃生的凌云青是一个普普通通的乡村青年，他所有的努力只有一个诉求，就是要通过自己的努力过上更好的生活。凌云青坚信知识可以改变这一切，于是通过考大学的方式离开了。

二、离乡之后的隐忧

《惊蛰》近二十万字，几乎都是在描述一种苦难的生活状态。真实的苦难生活就是农村青年要出走的唯一动力，这比任何渲染都要有震撼力和冲击力。联系到当下农村的一些现状，我们更能体察作家的良苦用心。譬如由大量的无固定职业的农村青年构成的群体，在电子设备、移动互联网、免费文化产品（最为典型的就是短视频）等构成的当下社会生态中，似乎过着和城市居民无差异的生活，这种消弭差异的假象其实带给他们的只是片刻的幻觉。真正的苦难彻底消失了吗？并没有。这一群体还需要努力出走吗？答案显而易见。《惊蛰》用这种赤裸裸的苦难来作为离乡的动力，其深意也就凸显了出来。直接摆出问题，认清现实，也是励志书写的题中之意。更为重要的还有两个问题：类似凌云青这样的青年出走之后会怎样？还有很多没有能力出走的青年，他们的未来又会怎样？

小说只写到凌云青考上大学之后踏上离乡的火车就结束了。小说在书写凌云青为离开做准备的时候，也侧面写到了其他人离开的尝试。离乡之后又如何呢？真的可以凭借知识和劳动改变命运吗？孟繁华就此论述道："无论他们经历了怎样的艰难困苦，他们绝不会再回到过去，不会再回到他们曾经的乡村。在这个意义上我们可以说，现代性是一条不归路。当我们看到云青坐的列车一往无前时，我们已经意识到，无论云青遇到什么，因有过那些刻骨铭心的记忆，他都不会再回到观龙村了。"①

离乡之后便不再返乡，也许是最真实的情形。而实际上，近年来不少作品却写到了返乡潮，这在当前很多具有主题先行意味的作品中表达得十分夸张。在乡村振兴的大背景下，乃至此前的很多作品，已经有不少的返乡书写，要么是一种成功后的回忆，要么是创业奉献、回报乡土，其真实性不得而知。而《惊蛰》仅仅书写了童年往事和主人公的离开，并没有书写返乡，未来难以预料。从这一角度来讲，作家没有写下去的进城故事，其实留给了人们更多的思考。无论是凌云青极其个人化的出走动机，还是

---

① 孟繁华：《这未必是最好的路，但我们别无选择——由杜阳林长篇小说〈惊蛰〉引出的话题》，《当代文坛》2021年第3期。

离乡之后的隐忧，都是在乡土文学传统赓续中的突围，更为冷峻理性，更接近问题的实质。

《惊蛰》主要的书写是为主人公的离乡做铺垫。云青幼年丧父，家乡贫穷，从小在艰苦的环境中成长，离开是唯一的选择。在绿皮火车上，年少的凌云青并不能预想未来的命运，小说只叙述到凌云青考上大学前离开家乡的那一刻，未来的道路如何不得而知。但是已经有大量的作品书写了农村青年进城后的遭际。他们进城后怎样生活才是根本的问题，是能够扎下根，还是无处安放自我，抑或是有能力返乡去拯救更多同样穷苦的青年呢？这些结局，不同的小说都有呈现，《惊蛰》仅仅是拉开了序幕而已。

凌云青的奋斗改变的仅仅是他个人的命运，还有众多观龙村的村民，以及那些滞留在乡村中的少年们，他们的命运又将如何改变呢？陈福贵、吉祥、孙大龙、孙二龙、孙三龙……这些无法通过知识改变自己命运的人未来又会是怎样？在此之前，杜阳林的《落凤坡》[①] 其实已经书写了一个留在村里也可以改变命运的故事。7 岁女孩明远秀随改嫁的母亲来到落凤坡，与许志兴一起长大，但因为继父罹患疾病，成绩优异的远秀不能参加高考，后来还以“换亲”的方式嫁给一个精神有问题的年轻人宋国梁。宋国梁因车祸去世，远秀成为寡妇，又回到落凤坡。远秀跟着村里的农技专家学习果树种植，后来还被推举为村主任，带领全村人致富奔小康。这个多多少少带有传奇色彩的故事可能并不具备普遍性。重点是，远秀仍是依靠知识改变了命运，只不过知识是在村里学习的罢了。《惊蛰》在某种意义上也表达了作家关于乡土未来命运的担忧和进一步思考。

除了凌云青，几乎所有的人都在试图逃离家乡。老一辈的孙

① 杜阳林、何竞：《落凤坡》，四川人民出版社 2019 年版。

铁树背着包袱打算再也不回来了，凌云鸿学剃头满师之日也带着憧憬前往南方，就连最小的孩子云白在云鸿不带他走时，也哭着发誓以后要去南方——“去南方”正是逃离农村的集中呈现。也许最根本的问题还在于，凌云青以及其他人无论如何努力，都不能在农村实现自己的理想和价值，而必须要逃离农村。但离乡之后，使命并不就此完成了，未来仍是未知数，这正是《惊蛰》的独到之处。

三、乡土书写的赓续

《惊蛰》总体来说是四川乡土文学书写的一种延续。无论是小说的主题、人物、故事，还是作品中地方风物的描摹、地方习俗的展示，抑或是四川方言的使用等，都有传统可以追寻。《惊蛰》的故事背景在阆南县观龙村，这一村庄地处中国腹地川北，具有确定的地理位置。除了故事背景与生活场景外，《惊蛰》中使用的语言是地地道道的川北话，小说中的方言信手拈来，随处可见，进一步强化了小说的地域性。

《惊蛰》是一部具有浓郁地方色彩的乡土小说，十分真实地反映了川北农村的生活状态，堪称一部有关二十世纪八十年代川北乡村的史诗。二十四节气是中国农耕文明智慧的集大成，“惊蛰”节气在小说中就不仅仅是一种结构和素材的需要，而是一种农耕文明特殊印迹的延续。《惊蛰》是一幅川北山区的世俗风情画。小说开篇，因为父亲突然离世，邻居们出面帮忙，各种人物出场，都有着地地道道的乡土人物性格特征。风俗描写成为《惊蛰》的一道亮丽风景线。《惊蛰》的许多章节都有着这种带有川东北本土色彩和韵味的描写。开篇那场葬礼，将地方风俗展示得十分到位，特别是让一个四岁的孩子参与其中，以保证仪式的完整性，这让一种无法轻易更改的地方风俗更加显现出地域的特性。

除了地方风物，关于地方性书写，更多的笔触伸向了乡土人情人伦，其中既有人性的恶，也有人性的善。司空见惯的“肚皮官司”，没完没了的闲言碎语，各怀私心的小算盘……从儿童到成人，普遍具有恃强凌弱的特性，欺凌大行其道，习惯于转嫁仇恨与怒火，无尽的怨气充斥在不少人的生存世界里。小说多次极为详细地书写了这种场景：贫穷使观龙村的一些人不顾廉耻、亲情淡漠，陈金柱一家为了多占耕地，甚至移动界石，欺负兄弟留下的孤儿遗孀。徐秀英有困难，求助于她的兄弟姐妹，后者对她的苦难无动于衷、不闻不问，甚至冷嘲热讽。陈金柱、刘翠芳无端猜忌，对兄弟妯娌凌永彬、徐秀英，从暗中欺负到公然伤害，进而残忍对待幼小侄儿凌云青；孙铁树因为曾有对徐秀英一厢情愿的恋情而导致妻子岳红花挥之不去的嫉恨，终至于酿成对徐秀英全家的恶性报复，并导致凌云鸿的牢狱之灾。观龙村之外的地方又如何呢？凌云青去广元投靠舅舅，遭遇冷眼，只能独自从广元流浪回阆南，一路继续忍受各种艰辛。亲戚之间毫无情感可言，人性自私的一面被集中呈现。

杜阳林没有把观龙村的生活谱写成一曲自在和谐、乐天安命的诗意牧歌，也没有将其绘制成一幅山美水美人美的田园风情画。这既表现出乡土的普遍性，也描写出了地域性。由此观之，观龙村众生的悲剧并不仅仅是贫穷使然，因为同样是在这片土地上，依旧有那些伟大的人格和抚慰人心的温情。徐秀英一家之所以能够坚持下来，除了他们自己的勤奋和韧劲外，也得益于观龙村善良村民和一些朋友的扶助。这是人性中的一抹温情，是贫穷生活中的一抹亮色。从福喜婆、韩老师一家，再到周家夫妇，甚至在回家路上遇到的陌生人，都给了凌云青莫大的关心和帮扶。

农村青年成长书写、离乡书写、地方性书写，都指向了作家的乡土情结。写乡土，写家乡，并不仅仅是写田园牧歌，而是带着批判的眼光，书写隐藏在那乡土之中人性灰暗的一面，这其实也是巴蜀文脉的接续。这些场景里有很多早期四川作家作品的影子，最为典型的如李劼人的《死水微澜》、沙汀的《在其香居茶馆里》等。乡土书写是四川白话文学发展史上重要的组成部分，巴蜀文学一向以“乡”和“土”为主要特色，巴金、马识途、李劼人、沙汀、艾芜、周克芹，包括后来的阿来、罗伟章、马平、贺享雍、卢一萍等四川作家，都有关于乡土的书写。如何传承这支文脉是需要作家认真思考并付诸实践的，杜阳林在四川文脉延续上有很好的体现。只不过，杜阳林的乡土书写最终汇流到关于人和人性这一永恒的文学主题上去了，同时也在思考现代化进程这样的问题上，将乡土与城市关联了起来，将个体命运和时代大潮很好地融合在一起。

四、时代大潮的回眸

《惊蛰》同样有着一种史诗情结，这是任何作家都无法摆脱的创作母题。小说通过一些重要的历史事件明晰了时代背景。周恩来总理去世、唐山大地震、恢复高考、改革开放和“严打”等重大的历史事件是时代背景的提示。改革开放这一时代背景始终在场。村里人逃离的路线几乎都指向“南方”，这是直接和改革开放这一宏观政策相关的选择。作家选取了一个时间横截面，一个特殊的历史节点。小说的故事始于 1976 年，终于 1986 年，这十年正是中国社会发生天翻地覆变化的十年，改革开放这一声春雷令万物复苏，“惊蛰”在很大程度上就是指向这一巨大的变革。作家同时将时间往两头延伸，向前推有周家夫妇在特殊年代的遭遇，往后推有对凌云青离乡后会如何的隐形思考，个体命运书写始终跟随着时代的大潮。

母亲徐秀英形象的塑造以及凌云青的个人奋斗是小说着墨较多的地方。徐秀英为了将五个孩子抚育成人，表现出了惊人的坚忍，她抵挡着欺凌和诱惑，忍受着一切磨难，借粮、借肉、借钱，忍辱负重、忍气吞声，始终保持着自己的人格。凌云青从小就懂得如何在贫穷中保持人格的尊严，他主动为母亲分担农活。为了家庭的生计，他有着与年龄不相称的毅力，帮助母亲干最苦最累的农活，最先在乡民中贩卖米花棒贴补家用，接着又开始做破烂生意，并因此而留下了严重的后遗症，又在投奔亲戚无果后徒步几十天回到家。如此困苦，都没有击垮他，相反，他还利用一切空闲时间争分夺秒自学补习功课，并最终破例参加了高考。吃苦耐劳，忍受一切屈辱，是他们的共性。

所有的大前提，则是时代大潮的改变，是改革开放带给了人们生活的希望和幸福的曙光。在改革开放的阳光照耀进来前，民众虽然已经足够努力，但是仍无法摆脱生活的困顿。政策一变化，人们不再被束缚在土地上，而是能够自由流动，农民的上升空间拓展了。凌云青能够贩卖米花棒赚钱贴补家用，除了因为他吃苦耐劳的个人品质外，更主要的还是政策的开放。这是一个时代的写照，作者对这个时代怀有的情感、希望和冲劲跃然纸上，一览无余。小说有自叙传性质，写凌云青的成长史，一个乡村青年的命运史。但小说也超出了个人成长史，它同时也是二十世纪七八十年代的中国乡村史。不过，作家仍保持一种警惕，改革开放解决了贫困问题，同时也带来了新的问题，商品经济大潮下的道德伦理的迷失也是常见的文学主题。《惊蛰》中“大虾米”的出场就是一例，这个一心想发家致富的农民，被以秦教授为代表的投机分子诈骗，不得不开启找寻之路。这仅仅是一闪而过的描写，却深意无限。

杜阳林的《惊蛰》书写乡土，但又不局限于此。凌云青具有典型性，又不具有典型性。一方面，他不具备一般小说人物形象所具有的高大、独特与伟岸，就是一个普普通通的农村青年；另一方面，普通青年不就是所有人吗？这其实又是另一层面的典型。因文本独特的结构和精雕细琢的细节处理，以及作品中所蕴含的多重精神指向，作品显现出别样的风味。《惊蛰》是一部成长史，而且是一部农村青年的成长史。随着精准扶贫和随之而来的乡村振兴的提出，越来越多的作品书写一种宏大的历史进程，其中的农村青年都是活生生的个体，对他们的掩盖与遗忘，是文学书写的失职。遗憾的是，随着都市化的推进，关注乡村青年奋斗的主题已经越来越稀有。

结　语

通过对一部乡土题材新作的分析，联系到近年来文坛如潮水般涌现的书写乡土、描绘农村的作品，可以引发诸多思考。什么是乡土书写的“中国经验”？或者更深层次地发问，究竟什么是中国的乡土？是政策化的乡村、魔幻的乡村、诗意的乡村，抑或是神话式的原乡？同一片土地，在不同的作家笔下有不同的面貌。当我们将那些社会性问题放进来考虑的时候，就会更加凸显作品的价值。杜阳林的小说深深扎根于四川的乡土，这是他的来路，也是梦开始的地方。杜阳林的记者身份及从业经历使得他的作品充满各种议题设置与现实关注，《惊蛰》在自叙传的基础上，触碰了历史现实的多个面向。农村青年的离乡、返乡及成长问题，乡土社会根深蒂固的传统及移风易俗的矛盾，宏观政策在农村的落地生根，精准扶贫与乡村振兴的历史伟业，农村的现状与未来的最终指向，这些都是乡土文学不得不正视的问题。杜阳林的小说在乡土文学的传统中引入了更多的思考，也因之有了更为独特的价值。

发表于《阿来研究》第 16 辑

个体叙事、时代描摹与精神探询

——罗伟章小说的三个维度

罗伟章的小说具有极强的包容性和极广的涵盖度，从微观生活世界到宏观精神领域都有所涉及。个人、时代与精神领域构成其小说三个逻辑上具有递进关系的层次和维度。关于个人的书写方面，秉持其一贯的现实关怀，对底层世界进行细致深入的描摹；关于时代的书写，从乡土社会出发，关注城市化进程带给乡土的裂变，揭露并反思现代化带来的各种人性“异化”问题；在人与时代的思考之后，罗伟章探寻小说更深层的表达内容，进入人的精神领域，通过作家这一“元身份”的设置，并借用超现实的笔法、元叙述手段等，讨论生命和存在这些“形而上”的精神层面问题。

一、个体叙事：农民书写、底层关注、现实思考与人性深描

罗伟章的小说十分关注现实，聚焦每位个体面临的生活现实问题，尤其是关注农民这一群体。作为个体的农民是罗伟章笔下常见的人物，通过个体的书写来呈现一个群体的生存状态。“罗伟章对农村衰败问题、对农民工问题、对教育问题的关注，都是

对农民生存问题的关注。”[①]《大河之舞》书写农民罗疤子一家人的生活遭际。女儿罗秀被人们看作“疯子”，一直没嫁出去，却意外怀孕，生下女儿之后就去世了；因为姐姐的突然离世，弟弟罗杰也疯癫了，罗疤子也渐渐活成了一个“窝囊废”，与巴人好斗尚武的传统渐行渐远。虽然不断闪回到这个族群的历史的书写，小说整体上还是聚焦在普通个体生存史的描摹上面。小说最后写道，数年之后罗杰回到家乡，已具备了改变半岛面貌的能力，他游说镇里将半岛打造成古巴人遗址和农业观光旅游区，这也是回到现实、回到生活的书写。《饥饿百年》以一个老农民的一生为缩影，书写了百年“饥饿史”。《饥饿百年》中的农民形象“父亲”很典型，身为农民的父亲卑微坎坷、坚韧不屈，为了这片能生长庄稼和让他生儿育女的土地，为了人之为人的尊严，卑微而坚韧地活着。

《谁在敲门》也是一部聚焦农民个体的作品，对农民众生相有深入的描摹。作品涉及众多的人物，既有整个许氏家族的几代人，也有通过许家人彼此交际引出的具有关联的其他人。小说的出场人物上百个，每个人物都鲜活而形象，立体而丰满。核心人物父亲是“中国式父亲”的缩影。许家父亲在中年丧偶之后，一个人将七个子女拉扯大，可无论他怎样努力，毕竟能力有限，总能被人挑出毛病，在那样生活较为艰辛的年代，甚至不得已将第七个孩子送人，而他自己也有很多传统农民固有的特性，比如任劳任怨、节俭的优点，又有絮叨、固执、胆怯的缺点，抑或是关心生存能力较差的“老幺”落得偏心的形象，都十分真实和典型。母亲形象虽然没有直接书写，但在零星的书写中也较为清晰地将其呈现了出来。小说还写到许家的第二代人和第三代人，这

① 陈琛：《罗伟章乡土小说创作论》，《小说评论》2020 年第 2 期。

些人物依靠父亲这一家族的“大家长”串联起来。

罗伟章是一个深切关注现实、极为注重日常生活书写的作家。这其实和“底层书写”接续了起来。罗伟章早期创作与“底层写作”这一潮流密切相关，他也被归为底层文学那一流派，“以写作底层著称”[①]，之后他的很多作品大多聚焦日常，衣食住行、生老病死、人情伦理、社会现实、儿女情长构成小说的基础，形成个体叙事的肌理，从农民群体，书写到各种人群。在罗伟章笔下，始终聚焦个人及其家庭面临的教育、医疗、就业等现实问题，农民、进城务工者、个体户、小手工业者、小包工头等群体是他反复书写的人物。“罗伟章对于社会下层的日常生活非常熟悉，一支笔枝枝蔓蔓地蔓延着各种社会传说，人际关系，枝节上套枝节，总是把小说场景呈现得非常广阔。”[②] 正是这份熟悉，让他的作品具有很强的及物性和接地性。《奸细》以地方中学“择优”“掐尖”书写教育问题；《我们的成长》探讨教育与成长的问题；《大嫂谣》书写农村女性大嫂苦难的生活；《河畔的女人》书写一群因为丈夫外出务工而独自在老家撑起家庭重担的女性，精神与身体的双重苦难折磨着她们；《不必惊讶》中，贫穷是农村的主色调，经济、医疗、卫生、文化、教育条件都十分落后，贫瘠的土地生就了斤斤计较的人；《寂静史》以现实世界中的旅游开发为切入，种种旅游景区的打造模式直指现实；《谁在敲门》涉及教育、医疗、拆迁、扫黑除恶、扶贫、城市化浪潮等很多现实问题。这些都是对底层生活的直接描摹。

罗伟章的很多作品是苦难生活的直接呈现，并且用不同的作

---

① 赵学勇、梁波：《新世纪：“底层叙事”的流变与省思》，《学术月刊》2011年第10期。

② 陈思和：《寻求岩层地下的精神力量——读罗伟章的几部小说有感》，《当代文坛》2010年第1期。

品对此主题进行了反复书写。《河畔的女人》中，女性们即使在例假期间也要下田干力气活；《不必惊讶》中，生病的人未能进行医治而被“活埋”；《星星点灯》中农民进城处处碰壁，最终走向绝路；《声音史》中，贫困的代课教师为了保住津贴不得不忍受屈辱；《谁在敲门》中，人们在疾病面前不得不考虑成本而放弃治疗；《镜城》以一个剧作家的都市漂流的梦境来书写生活的艰辛；《从第一句开始》中的陈小康在生活中不断算计，只是为了满足基本的生活需求。《从第一句开始》对生活的艰辛进行了全方位的呈现，具有集成性和代表性。虽然主人公的身份较为特别，但是其遭遇的生活却和普通大众是一样的。小说以第二人称向倾听者讲述了一个作家成名前的一段极为困顿的生活经历。这是日常生活之艰辛的普遍呈现，虽然人物身份的特殊导致呈现的极端化，但仍是一种深切的现实关注。陈小康的成长史，从中学时代的求学，到大学毕业参加工作，再到有了家庭孩子，直到成名成家的经历过程，几乎是每一位个体相似的人生路径。工作、离职、应聘、租房、装修、子女入学……柴米油盐、衣食住行都是芸芸众生必须面对的日常。

罗伟章的作品在书写小人物命运的时候，往往以小见大，以《谁在敲门》为例来看，虽然这是一部大部头的作品，皇皇数十万字，但由于聚焦个体，其切口较小，整部作品仅围绕三个核心事件展开，一是为父亲庆祝生日，二是父亲生病住院，三是父亲的葬礼。都是日常生活的常态，正是这三个事件，铺陈出了六十余万字的篇幅。在描写每一件事情的时候，除了书写许氏家族人的动态，牵扯出每一个人物背后的故事，还旁枝斜出引出其他很多的人，有名有姓的人物就上百位，书写的内容更是涉及整个社会的方方面面，构成了一幅乡土社会的“清明上河图”。比如在医院的事件中，以“父亲的病”为引子，将子女们的内心世界一一暴露出来，演绎了“久病床前无孝子”的千年古训，特别是在落后的地区更为凸显，因为涉及很多共通的问题，与时代挂上了钩。由生病倒查原因，则是由生日宴会引起，生日宴会也透露出生活的百态，从选择在谁家过生日，到生日的排场、各个晚辈的登场表现，到最后的“追责”，都是极具生活流的叙事。

新近作品《隐秘史》仍书写乡土主题，依旧是对人性的深度拷问。《隐秘史》以一个扑朔迷离的凶杀案作为追溯人物内心世界的窗口，让主人公桂平昌进入故事叙述的圈套之中，同时开启了人性自我发现的通道，由此深入到人物“隐事实”的书写中，让人性在自我修复和自我确认的过程中获得新的生命，以一种更加恢弘的时空概念打开了人的内心世界“隐秘史”[①]，人性依旧是作品的关键词。这样的主题在《星星点灯》等作品中已有表达，在《星星点灯》中，人性的丧失有着个体和外界合力的推动。罗伟章是一个反思型作家，一直在探寻写作的“小径”，经常将笔触伸向那些隐秘而阴暗的角落，尤其是善于剖析人的内心世界，将人性描摹得淋漓尽致。一位位个体的书写构成了一种群像，也由单个的人指向了人所生存生活的时代，从农民的生活描摹到乡土社会的转型裂变，直至上升到现代性等问题，具有一种浓郁的时代感和历史感。

二、时代描摹：乡土和城市化、现代性与历史、大河小说与时代意志

罗伟章强调个体，更强调时代，“我们处在大的变革时代，每次变革都牵涉到许多人的命运，都是作家创作的宝藏，但问题

① 首届“凤凰文学奖”颁奖词，见 http：//www.sczjw.net.cn/news/detail/4558.html。

在于，如果作家丧失了文学立场，社会变革出现在作品中，没有对千差万别的特定对象的关照，没有对具体而微的生活细节的关照，没有对低处的生命和命运的关照，作家下去体验生活，没有把体验到的生活与自己的经验、感受、思考和个性熔为一炉，就无力构成文学表达的生活。世间的所有事物，如果不能引发疑问，就很难谈到生命力，作家的使命，正是对疑问的注目和探寻”[①]。也正是这种时代感使得作家时时刻刻保持着这种对时代的关注和思考，也就会在作品中直接将时代作为基本主题，形成一种“大河小说”的品格。[②]

“人是一个个地活着，但人活的不是个体，而是时代。”[③]时代是罗伟章反复讨论的问题。《不必惊讶》书写普通的乡村生活，以一起看似微不足道的农村常见的“提前准备棺材”的事件，引发作者对现实和时代诸多的思考。《寂静史》的故事也和时代有关，除了“挣工分”“土地下户”等具有历史节点意味的事件书写，还有当下“制造文化”打造旅游景点的时代特色书写。精准扶贫、乡村振兴等时代主题也是以现实关注为首，《凉山叙事》《路上》等作品都是以宏大的主题切入现实和时代的。在《谁在敲门》中，时代的特性更为明显，“《谁在敲门》以生活的逻辑、复杂的网络、人性的幽微让我们看到了一个时代的丰富性与复杂性”[④]。“时代”这一关键词从题记开始就已经凸显出来，并多次回到这一点上。对历史与时代的不断回应，让小说具有“大河小

① 刘小波：《地方路径与文学中国——“2020 中国文艺理论前沿峰会暨‘四川青年作家研讨会’”会议综述》，《当代文坛》2021 年第 1 期。

② 刘小波：《大河小说的“经”与个体叙事的“纬”》，《文艺报》2021 年 10 月 25 日。

③ 罗伟章：《谁在敲门 · 题记》，广西师范大学出版社 2021 年版。

④ 李云雷：《〈红楼梦〉传统、生活史诗与“人类文明新形态”——罗伟章〈谁在敲门〉简论》，《当代文坛》2022 年第 1 期。

说”的品格，时代因个体的累积而存在，个体也在时代的震荡中而存在，现实关怀上面，父亲在医院住院的描写中也指向时代，以父亲为中心，涉及多个家庭、多位病人的书写，从一个家庭的疾病问题，到整个社会医疗问题的思考，虽然兄弟姊妹们都有着较为优越甚至是富足的生活，但是面对重大疾病这样的堪称“烧钱”机器的东西时，他们还是选择了放弃治疗，原因仍要归结为物质层面，还是经济实力不允许。乡土社会的各种特殊伦理、奇特而畸形的风俗，譬如对最后一个孩子（幺儿）的过分宠爱、兄弟之间的不和、女性所遭遇的家庭暴力、老人赡养问题等等，都指向时代本身。

乡土社会的书写是罗伟章对时代书写的主要着力点。《饥饿百年》《大河之舞》《声音史》《谁在敲门》等作品都书写到传统的农民与土地依附关系的解体，外出务工逃离土地成为必然趋势。有论者提出，“罗伟章的小说如实地反映了后乡土时代社会的多种样态”[①]。“后乡土”的提法，正是一种城市化视域下的乡土关照。罗伟章书写乡村主题的作品始终有一个城市化进程的视角，作家关于时代的书写，集中在乡土社会的解体和城市化进程这一方面，农民与土地的依附性发生了裂变，这一主题在罗伟章的很多作品中都已经表达过了。

《空白之页》书写一个历史时段的乡土社会，作品通过主人公出狱后回到家乡所看到的种种破败之相，来书写乡土社会的裂变。故乡的衰败、冰凉与戾气，使孙康平刚刚走出有形的监狱，又立即踏入无形的监狱。《声音史》通过乡村中某些“声音”的消失来书写乡土社会的消逝。对这种消逝，作者并不仅仅是抱着社会进步的形态，而是伴随着某种怀念。在作品中，杨浪用他

① 房广莹：《传统与现代的对接及调试——罗伟章小说论》，《当代文坛》2022 年第 1 期。

的耳朵和嘴唇，把村庄完完整整地保存了下来。他相信终有一天，那些远离村庄渐次老去的人们，能循着他的声音，找到回家的路。这种颇具诗意的写法，其实是一种挽留和惋惜的表达。罗伟章的作品中几乎都写到了这种土地依附关系的解体，随着外来的影响，先进的机器在乡村轰鸣，人们习惯出门打工，再也不愿意回来，到了《声音史》中，村庄最后就只剩下孤零零的一男一女，“空心村”发展到无以复加的程度。

《谁在敲门》书写的也是近几十年来中国乡土社会的裂变。透过时代的描摹，营造出对乡土期望逃离又无法彻底割裂的一种复杂心绪。年轻一代的人们都渴望进入都市，摆脱乡土的束缚，但是总有亲人在故乡，自己的根始终在那里。由书写农民到乡土社会变迁的升华就是从个体到时代的递进。罗伟章“针对乡民之于现代性的抵抗和现代性不可逆转的时代潮流，做出了生动感人的文学叙述”[①]。

作品的历史感也是时代关注的体现，历史的影子在罗伟章的小说中也始终若隐若现，作家对时代有一种历史化的描摹，用史学家之笔法在创作小说。《大河之舞》从历史写到当下，书写乡土社会的生存发展史，历史不会在这里拐弯，械斗场景中被砍掉的耳朵和砍掉的脚就是这种记忆和见证。罗疤子等人物是时代的牺牲品，在喧嚣的运动后突然归于沉寂，前后经历对照的书写，既是民间伦理中的报应、轮回的宿命论书写，也是一种时代的潮流。小说开篇先有两段关于“巴人”的传奇性与真实性并存的引言，然后才开始了小说正文的书写，在小说中，也有“破四旧”“批斗”等历史活动的提及。罗疤子不再以武力的形式和罗建放决斗，而是承认了自己就是“脓包”，这种行为，其实是对

① 徐兆正：《铭刻历史的声音——评罗伟章〈声音史〉》，《韩山师范学院学报》2020 年第 4 期。

巴人尚武的解构书写，也是历史不可阻挡的潮流，和他在特殊年代的英雄形象形成了对比。既有时代的关注，也有历史的意味。《太阳底下》是一部以历史为主题的小说，小说对“重庆大轰炸”进行了书写，但作品的重点在于二战史专家黄晓洋对曾祖母的死因之谜的探究，由此引发黄晓洋陷入不能自拔的泥潭，导致妻子杜芸秋受不了沉重的精神压力，只好另寻解脱和安慰。而黄晓洋走向崩溃，终于自杀。最终，安志薇的一封遗书和李教授在日本出版的一部著作，揭示了安志薇惊人的身份之谜，也揭示了战争刻写在人们心灵上的秘密。当然历史只是影子，人才是主角。正是这种以历史写现实的笔法，更能彰显个人与时代之关联，也能凸显作品的深刻性。

罗伟章延续了巴蜀文学的传统，注重文学地方书写，对巴蜀地区的地方性知识多有阐述。罗伟章关于乡土的书写有一定的地域特色，是对地方文化的深度开掘，对四川乡土社会进行了全方位的描述，方言、风物、景观、建筑、民俗、传统、文明在他的作品中都有体现。《大河之舞》对巴人历史的追溯，作品中的半岛是地方的代名词，半岛是一个与外界迥然不同的世界，外面的人进入半岛心存忌惮。半岛人也戴着有色眼镜观看外界，巴人是一个充满神秘色彩的群体，关于巴人的书写让作品有了种神性色彩。《大河之舞》关于巴人的讨论在作品中占据了很大的比重，巴人的习俗、传承、流变、同化都被反复探讨。《谁在敲门》也是一部具有浓郁地方特色的“大河小说”。整部作品巴蜀风味浓郁，地方风貌、方言的使用、特色饮食（比如小说中大姐准备的那一大堆食物），都具有典型的地域特性。除了个人和时代的书写，罗伟章的小说也涉及一些关于文明、文化、善恶、生死等问题的思索，显然具有“清谈”的意味，而罗伟章对这些问题的思索直接指向精神世界的探询。

三、精神探询：元叙述、清谈玄学、神秘主义与文学的终极意义

罗伟章的小说在个体与时代的关注之后，便来到了精神世界，探寻生命与存在这些宏大而抽象的命题，他的不少小说具有浓郁的思辨性，充满着哲学性。罗伟章的精神探询往往是在现实生活的书写基础上进一步思考，这种思考具有一定的通俗性，并非一种抽象的探讨，在日常生活事件的描摹之中，对很多形而上的问题进行了具象的思考，深奥博大的精神世界与物质世界并未割裂。

“发现唯有小说才能发现的东西，乃是小说唯一的存在理由”[①]，这是小说的终极意义。“唯有小说才能发现的东西”在很大程度上便是指向人的精神领域。罗伟章在作品中关注了个体和时代之外，还有更多关于人的精神的形而上层面的思考。小说中的很多内容其实与小说的故事主线并无多大关系，但是作家用了不少笔墨和心思来进行讨论，将作品的高度提升了一个档次。比如很多时候，作者都要站出来讨论文学本身，无论是身份的设置还是故事情节，都有这方面的思索。《寂静史》借助当下各种旅游景区对文化的制造书写，借题对文化、传统进行了诸多思考。《从第一句开始》中叙述者和妻子不断有关于文学的争吵，这在现如今，是一种殉道般的举动，一丝文学还存活着的气息。争吵，也是“清谈”。清谈在《谁在敲门》中也多有体现，在父亲去世后，作家在描述葬礼的时候，进行了很多关于生死问题的谈论，这种模式就是典型的“清谈”。

因作家身份暴露而形成的“元叙述”手段是其精神世界探

① ［捷］米兰·昆德拉：《小说的艺术》，董强译，上海译文出版社2004年版，第6页。

询的首要策略。在叙述方面，罗伟章的小说在视角上习惯使用混搭，将多种视角放在一起使用，《大河之舞》的大部分篇幅是第三人称的全知视角，但在书写罗杰学校生活的时候，“我”便以同学身份与之相遇。视角上的混搭带来叙述的丰富性，同时，作家喜欢使用“元小说”的策略，将作家身份引入作品中。罗伟章习惯使用文学家的身份，《从第一句开始》以回忆的方式书写了一位作家窘迫而真实的半生经历。作品的绝大部分内容是现实生活的直接复刻，未经也无需太多的加工。小说主要内容是一个成年人面对困顿生活所必需的计算和算计，以及最终的失算。而失算的结果就是沉沦和妥协：自我沉沦，并向社会和命运屈服妥协。作家在书写个体命运沉浮的同时，也在书写整个时代的变迁。但这一切似乎很快就被解构了，因为叙述者跳出来说自己的记忆被毁掉了。因此，种种事件的真实性变得存疑了。小说整体上来说是一部围绕文学和作家展开的作品，叙述者的这种跳出来对作品本身大发议论的元叙述手法既是形式，也是内容。身份以及写作本身是一种颇具象征的行为，文学和作家的命运暗示且隐喻着回不去的过去以及未来那不可预测的生活和命运。

很多时候，作者都要站出来讨论事件本身，无论是身份的设置还是故事情节，都有这方面的思索。《谁在敲门》仍是一部作家型小说，不断出现作家的观点表露，采用了夹叙夹议的古老手法，有一种“微言大义”的味道，在不动声色中将很多问题直陈出来。譬如作品通过人物群像的书写，来描摹一种芸芸众生相，呈现世间百态。对这些人物几乎没有描写到超出基本生存范畴的东西。而关于这些缺失的东西，作家其实用了很多心思在进行阐发，由此也显现出一种悖论。一方面，罗伟章在小说中深入讨论了生与死的辩证，在小说中，不断有关于死亡的叙述，尤其是在父亲去世后的书写中，大量的笔墨与此有关，以此探寻一种终极的命题：生与死。“生”和“死”对每个人来说都是极大的事，正是对一个个生命的书写，来拷问生与死的辩证。另一方面，作品注重个体心理世界的开掘与深挖，注重人的精神世界的描摹，对精神世界的关注使得小说堪称一部精神心灵史。很多内容其实与小说的故事主线并无太大关系，但是作家仍用了不少笔墨和心思来进行讨论。比如对故乡的怀想与个体的寻根之旅，就上升到一种现代性的进程反思上。小说还有大量关于生命与存在的哲性思考。作家关注现实，更关注现实背后深层次的原因，走向人的精神世界，探寻灵魂深处的自我与他者。

在现实关注层面，作家只是一个普通人，到了文学这一元主题上，作家则显现出其独特的一面。不少小说都有作家这一身份的出场。在很大程度上是关于作家和文学的挽歌。在很多小说里，可以说将作家这一伟岸的形象彻底撕碎，露出真实而普通的一面。这种对作家和写作本身的反思，具有一定的讽刺性和很强的现实意义。《从第一句开始》中，作家开始将文学奉为自己心中的神，能够遵循自己的内心，到后来，不再翻书，也无心动笔，与约稿者的关系断绝，也是与曾经的自己告别。备受煎熬之后选择离职，却并未重新燃起曾经的文学之火。作家的经历经过回忆的滤镜，有些显得十分美好，比如狭小空间的阅读体验“心旷神怡”，可这些依然无法留住自己的初衷，反而对高档的酒楼、昂贵的礼品和那种高高在上的姿态乐此不疲。记忆与其说是被动毁掉，不如说是自己主动放弃的，当他决定离开轩城南下的那一刻，一切的结局已经注定。这种时刻纠结着的前行，必定无法让自己的灵魂得到安宁，而不得不遗忘。作品围绕一个并不轻易下笔的作家展开叙述，是关于作家，关于文学的“元书写”。叙述者的妻子贾敏这一形象可以和他进行对比，中文系出身的她，似乎明白一切创作规律，却从不下笔，只是一味鼓励丈夫去写，不断提醒，“你已经多久没有动笔了”……叙述者因为记忆被毁掉，对一切充满着怀疑，不确定一个句子是否涉嫌抄袭，不得不一本一本去翻阅那上千册的书籍，而读者去对照文中出现的那些作品名称，似乎都有迹可循，也都是真实存在的，这些著作既小众，也经典，这种互文书写也进一步强化了对写作本身的思考。从写作的本身而言，写作的困境一方面来自外界的干扰，生活琐屑之事的影响，另一方面也来自写作本身的焦虑。叙述者是值得深究的。对写作这件事情本身的反思，借作品的开头与结尾的探讨，来论述创作本身。写作肩负着为时间赋形的使命，甚至是置换生命、延续生命。陈小康和妻子贾敏数次的争论，都在探讨文学的本质，文学经验的本质。痴迷于一个句子的寻找，就如同朝圣一样，有了另外的含义。

《谁在敲门》的叙述者也是一位文字工作者。在这部作品中，作家将其所有的创作进行了依次回溯与检阅，并预示了一种开启新的写作方向的可能。作家身份的使用，凸显一种个体的无力之感，也进一步暗示了文学的“无用性”。作为家族中唯一的“公家人”，给人以无所不能的假象，但他其实是无力的。叙述者许春明无法帮助大姐解决孩子的转正问题，面对父亲的疾病也无力阻止一家人的“放弃治疗”，对家族的很多年轻人，他其实充满着忧虑，但是没有能力解决，无力与无奈由此凸显出来。个人的无力指向的也是作家群体和写作的无力。《镜城》又是一部有关作家的小说，小说通过一场剧作家的梦境来隐喻作家职业本身的一种虚幻性，通过梦境来再次强调这一主题。

《从第一句开始》涉及大量的与主线关联不太大的内容，有典型的“清谈”意味。作品中有大量的辩证书写，父亲和儿子谁应该谅解谁的思辨、生命与死亡、苦难与幸福、高贵与卑贱、时间与静止、谎言与真实、纪实与虚构、作家与文人、作品的开头与结尾、时间里的故事与故事里的时间……乃至于这个人本身不同的生命阶段所具有的人格特质等，都有一定的对比度。在作家的笔下，万物似乎都成对出现，彼此、因果、相生相伴，种种对举，都没有绝对的逻辑依据，也就有了转化的可能。接下来，作家其实更进一步，将一般的哲思上升到更加神秘的阶段，不少句子如同谶语箴言，很多时候一语成谶。妻子贾敏的文学思维，一直没有出场的写作老师，都加剧了这份神秘感。思考时间、存在这一类形而上的问题，试图在作品中寻找自己的同道。具有哲理性的句子不断闪现，“生活不是此时此地，而是经历沉淀，是自己过去的一部分”。“很多书只能提供皮肤上的美感”。“蚯蚓是不是昆虫？”一句童言无忌，反复被作家提及，这种儿童世界和成人世界的认知差异仍然回到哲理的思辨性，无所谓对错，只是一种认识的偏差。这种神秘性的描写，其实正是文学最为精彩的一面。

小说的神秘性也是精神世界思考的体现。罗伟章小说中的非自然叙事较为常见，文本体现出“神性”的一面。《大河之舞》就是一部“人性”与“神性”交织的作品。[①] 作品中的罗杰在姐姐去世后被姐姐“附体”，对丧歌的迷恋，以及小说关于巴人的不少书写，都有神性的一面。这样的书写几乎在其所有作品中都能寻觅到，《声音史》将“声音”这一最接近神灵的物种进行了深度书写，以对声音极为敏感的人物杨浪展开，通过天籁、地籁、人籁的书写，来进行一种神秘性的书写，《寂静史》以现代社会的旅游开发为契机，叙述者接受任务去探寻古老的传统，对古老的祭司进行了深度采访，以此探寻隐秘的精神世界，小说中直接陈述，祭司也是医生，既医治身体，也医治灵魂，这是对精

① 罗伟章：《大河之舞》封底，四川文艺出版社 2010 年版。

神世界的直接关注。作品写到具有法力的端公、祭司，用“法事”治好果果的疾病，同时，作品还借助对祭司的采访，进入现代人的内心世界，探寻到当代人的精神世界。收录在《寂静史》这本小说集中的篇目，基本都采取了这样的模式，以现实生活切入，进入隐秘的内心世界，思索精神和灵魂层面的诸多问题。《谁在敲门》中有梦里吃药治好了顽疾、犯忌讳遭到报应以及大量的民间传说、稗官野史，凡此种种，都体现出了罗伟章小说神秘性的一面。

罗伟章的很多作品都有这种神秘性的书写。比如《凉山叙事》中一个贯穿始终的重要现象，即大凉山民间的精神统治者毕摩。毕摩和苏尼，是彝族独特的神秘群体。苏尼相当于巫婆和端公，毕摩是彝人的心灵护佑者，彝族文化传承，毕摩起到了至关重要的作用。纵观彝族历史，毕摩接受的教育最严格、最系统，这一群体独占经书，掌握哲学、伦理、天文、医药、礼俗、工艺等全部知识，在彝人婚丧、生育、疾病、节庆、出猎、播种等日常生活中，负责沟通天地与鬼神，因而成为彝族民众的精神统治者。① 家支制度和毕摩群体，是彝族独特的文化现象，对彝族社会和彝民生活有着重要影响。这一神秘文化的引入，让作品有了别样的风采。就连早期《星星点灯》这样的现实题材的作品也有女儿遭遇绑架时和父亲心灵相通的情节。凡此种种，都体现出了小说神性书写的一面，体现了作家宏大而注重细节的一面。

罗伟章的作品对自然景观也有细致的描摹，这些风物在小说中的作用不容忽视，其实也符合一种清谈玄学的文风。自然风景比人类具有永恒性，具有见证和凝视的作用，罗伟章小说中常见的“山”与“河”就是一种重要的设置。山川河流这些地理风貌

① 张艳梅：《罗伟章〈凉山叙事〉：一部恢弘的彝族史诗》，《当代文坛》2021年第2期。

的书写，以永恒的东西来书写一种物是人非的状态，给人以沧海桑田之感。罗伟章历来注重小说中的风景，他自陈《饥饿百年》是山的文明，《谁在敲门》是河的文明，这其实是对风景在文本中重要性的一种提醒。作家对此有进一步的区分，山与河是不可分割的，前者描写的是传统文明，后者是现代文明，两者之间是骨肉联系。[①] 罗伟章的《谁在敲门》的后记中，也记录了景物带给他小说书写的灵感："天空苍黄，如同逝去的时光，人，就这样穿越时光的帷幕，一步步走到今天。人是多么坚韧而孤独，又是多么孤独而坚韧。回想离开芦山那天，阳光明丽，路旁的芦山河，静静流淌，河岸的芦苇和灌木，在风中轻颤，倒影仿佛也有了力量，把河水拨出微细的波纹。四野安静，安静得连车轮滚动的声音也显得突兀。当时，我心里或许就响起过那种寂寥的欢歌。"[②]《大河之舞》直接以"河"命名，小说中有关于山与河的详尽书写，小说多次写到风景，并对其有精致的刻画，被反复渲染，景物作为见证者一直没有随着局势的动荡而改变。这种景物的刻画彰显了一种历史的恒定和人生变换的悲凉之感。其他文本中，《寂静史》有对大峡谷风物的生动刻画、《凉山叙事》有对大凉山风光的精确描摹、《声音史》有对千河口的细致介绍。风物书写看似闲笔，却在闲庭信步中将这种"清谈玄学"的飘逸文风传达出来。

"好的文学作品应该就是一座精神家园"[③]，罗伟章的作品正是在努力搭建一座座精神家园。罗伟章的小说创作从 1990 年代

---

① 罗伟章：《每个时代下的人们，骨髓里都敲打着古歌》，《文学报》2021 年 4 月 19 日。

② 罗伟章：《每个时代下的人们，骨髓里都敲打着古歌》，《文学报》2021 年 4 月 19 日。

③ 贺绍俊：《当代长篇小说的精神性》，《人民日报》2010 年 4 月 23 日。

末起步，那是一个精神较为匮乏甚至被部分人忽视的时代，市场经济、金钱至上、消费社会、物欲横流、多元主义等等成为时代的常见词汇和风尚。在文学领域，新写实主义、底层写作、青春文学、商业包装的女性文学以及其他各类畅销书的运作，都或多或少反映了这种重物质轻精神的局面，人文精神的失落成为一个反复讨论言说的主题。罗伟章则从一开始就注意到“精神”这一层面，从“人”到“时代”再到“精神”的层层推进并最终落脚于“精神”，是他一以贯之的书写策略和文学坚守。

结 语

在不同的创作阶段，罗伟章笔下的侧重点多有不同，随着创作的成熟，作家思考的问题也越来越多，但其一贯坚守和关注的那些东西并没有减少和削弱，只是思考的面更广、点更深。时代的大潮与个体的生存交相辉映，“大河小说”的品格与个体叙述构成了其作品的“经”和“纬”。关于个人的书写，秉持作家一贯的现实关怀，延续底层写作的文脉；关于时代的描写，从乡土社会出发，关注城市化进程带给乡土的裂变与解体，揭露与反思现代化带来的各种现代性问题；在对人与时代的思考之后，罗伟章进入人的精神领域，通过作家这一“元身份”的设置，用超现实的笔法、元叙述手段等，讨论生命和存在这些“形而上”层面的问题。在这种辩证叙事中，将生活世界和精神世界都直观化和具象化了。罗伟章一直在探寻文学的终极意义，这是一个潮流汹涌的时代，每位个体都被时代裹挟着前进，无所谓情怀、梦想、价值……文学，或许是仅剩的清醒。在时代汹涌向前的潮流中，传统的消亡、文明的缺失、人性的滑落、理想的破灭、信仰的坍塌，都被作家们一一捕捉到了。文学，成了一个问号，追问着一切，等待着答案的降临。作为思想型作家，罗伟章的作品中经常具有作家身份的人物形象，这种安排，是希冀文学有更大的力量，而他也一直在为此而努力着。

发表于《中国当代文学研究》2022 年第 2 期

穿越云层的光亮

——评王方晨《花局》兼论其小说创作

王方晨的《花局》[①]营造了一个独特的叙事空间“花局”，但故事和主题指向的却是现实的生活。超现实和抽象化的描写有着最为坚实的现实基础。正是王方晨对现实问题的长时间关注，才会采用一种极端化、艺术化的手段将其呈现出来。小说以基层官场为中心展开书写，是反腐书写的另一种形态。作家在批判现实主义的笔触中将社会的诸多问题与人性的复杂性展现出来。不过小说的主题不仅限于此，而是更为多元繁复。通过独特“异空间”的营造，王方晨书写了一种存在的困境，对个体命运进行了深入的思考。小说主要书写人生的各种困局，具有浓郁的悲情色彩，但与此同时，作家一直不忘寻找生活的微光，最终表达了生活的背后永远都会有光亮的主题，这正是“绝望之为虚妄，正与希望相同”[②]这一理念的演绎。而这样的书写，则是王方晨一直以来小说创作的延续和升华。

一、现实批判：基层官场问题的呈现

《花局》首先是一部现实批判的作品，小说通过几个人物相

① 王方晨：《花局》，北京十月文艺出版社 2021 年版。

② 鲁迅：《希望》，载《且介亭杂文》，《鲁迅全集》（第六卷），人民文学出版社 2008 年版。

对独立的故事来进行书写。作家将笔触指向的是基层的官场，从主题范畴来讲隶属于反腐小说。不过《花局》与一般反腐小说不同,《花局》描写的是更加隐蔽的腐败：不作为。通观小说，所有机构的职能都极为重要，所有工作人员的日程都排得满满的，但奇怪的是，小说几乎没有做正事的情节描写，这也正是不作为的真实写照。这种腐败带来危害有时候会更甚。一系列的基层官员及普通工作人员都在不作为的路子上走向自己职业生涯的高峰。每一个人物一开口就是高谈阔论，将政治站位和思想深度拔得极高，但是很不接地气，只上天，不入地。而最可悲的是，像王树那样扎实肯干的干部，却只能长时间当“包村干部”，一直被下放，百姓将其功劳书写下来向他单位请功，却被怀疑是当事人弄虚作假。

小说描写的古局长是一位典型的基层官员，他平时一副道貌岸然的样子，工作认真，体恤下属，无心名利，实则处处以自我利益为中心，沉迷于权力、财富和女色。小说中他子女对他的评价和他们之间的隔膜是对他真实形象的揭露。特别是通过他所养的宠物狗和鸟所享受到的待遇，能够感受到这种权力的腐败。古局长的宠物狗有名有姓，有家有室，出门有司机，回家有保姆，在小说人物表中名列前茅。这样的书写将“狗仗人势”这一极其朴素的道理演绎得淋漓尽致。一条狗尚且如此，遑论人呢?

办公室主任柴会卡的形象也十分典型，他深谙官场里的种种门道，处理起来也得心应手，如鱼得水。他能够为上级排忧解难，能够与所有同事搞好关系，每时每刻都能够左右逢源，但是看来看去，并没有发现他做过一件真正有意义的事情，甚至也没有解决过任何一个问题。最为明显的就是他在帮领导处理职工不参加植树活动的时候，自以为自己聪明，没料到遇到一个十足的“钉子户”，但是“钉子户”也不是善茬，最终并没有真正解决问题。柴会卡处处为领导着想，甚至为了息事宁人、帮领导分忧，而愿意遭受辱骂、殴打，连最基本的人权和尊严都可以舍弃，看似有一种牺牲自我的精神，实则全是从自身利益出发，无论是这样的举动，还是帮领导篡改年龄，都是希望领导能长时间在位，以确保他自己在单位的地位。也正是这样的一个人，不断升职，成为领导的红人，在群众眼中未来不可限量。

小说第一部分的中心事件是每年的植树节单位组织职工参加植树，但有人拒不参加此活动。这样一种摊派性质的活动，很大程度上指向的是司空见惯的形式主义和面子工程。弄虚作假、虚与委蛇司空见惯。在小说第二部分也是以这样的形式主义开篇。市政府规定河岸的绿化属于两岸的单位，需要各单位自己负责。别的单位，按人头算，每人只栽两棵树即可，而在花局，人均需栽九棵树才能将花局所负责的区域栽满。但为这每人九棵树，局长可没少费脑筋。栽了死，死了栽，一转眼过去了两三年，河岸上的树仍然稀稀拉拉，半死不活。局长古泊生什么办法也都想过了，开始时是全花局出动，责任不明，再后就将责任落实到科室，不料科室里净是些老好人，推诿扯皮，落实跟不落实一个样儿。到最后摊派到个人，同样没有什么效果。最后检查组要来了，为了应付检查，宁小虎便造了假，最后当然被揭穿。似乎笔锋指向的是个体应对上级任务时的弄虚作假。但往深处说，这种硬性摊派算不算是另一种弄虚作假呢？作家虽没有明说，但是考察作家设置这样一个人物的良苦用心，就可以领略一二。

联系王方晨一贯的书写，对此会有更加直观的感受。王方晨的创作一直以人性审思和现实批判见长。[①]《花局》中公车私用、公款吃喝、好大喜功、争权夺利十分常见，甚至还有副局长“谋

① 李掖平、赵庆超：《多维时空中的人性彰显——王方晨小说略论》，《济南大学学报》（社会科学版）2005 年第 4 期。

反”的情节，这些事件，其核心指向都是一种基层官场的微腐败，两者结合，将人性之恶演绎出来。早年的《老大》将令人畏惧的乡村权力顶峰人物的内心挣扎与搏斗展示出来，写出仇恨、权力等欲望对人性的扭曲。近年来他的创作则将现实批判演绎得更为犀利和深入。近年的《背后》也与那些女性作家的职场书写不同，作者并不将作品仅仅局限在对这些女性命运的关注上。除了对女性的关注，作品也聚焦了诸多的现实问题，是一部涉及面十分宽广的作品。《背后》揭露了宇宙星内部污浊的生态环境，种种见不得光的勾当在光明正大地发生。投机取巧者、官二代、富二代等人把控着商界和社会，官场商业相互关照连接，才有了像天路这样的空手套白狼的公司，也才会有像赖仁平这样混迹在其间的投机分子。《背后》通过熊旎工作的展开，将一系列的事件浮出水面，比如令人触目惊心的神仙沟二伯坎子村金属废料污染事件，即便是在事情被曝光后，人们看到的不是对生命的残害，而是想尽办法掩盖，甚至还竞相抢夺其中的商机，人性泯灭到何种程度可想而知，通过一系列触目惊心事件的描写，作者将这个集团的丑恶彻底曝光。很多主题在《花局》中有所延续。

小说中叙述者的立场一直是隐藏的，但是作家个体的人格却是藏不住的。这种隐含作者是一种主体人格的投射，正是作家的人格加持，才会有伟大作品的诞生。考察作家的创作主体性，现实主义的力度也显现出来。现实主义在当下并不受人待见，很多时候提之变色，但是真正有艺术成色的现实主义依旧是文坛需要的东西。尤其是批判现实主义，更需要“重启”[①]。王方晨从基层官场的生态出发，对这种官场乱象进行了揭露，将隐藏在这种现象背后的人性自私丑陋和阴暗面挖掘出来，让小说深度介入了

① 陈培浩:《重启当代“批判现实主义”——读房伟的长篇小说〈血色莫扎特〉》,《长篇小说选刊》2020 年第 3 期。

生活，介入了现实，摒弃一般的无关痛痒的文字煽情，具有一种理性而节制，却具有振聋发聩的效果。王方晨的作品为了将现实的丑陋揭露得更彻底，往往采用极端化的叙事方式，这种震撼除了阅读官能的冲击，也会对现实介入更深更远。不过作家并不是在主题先行下进行了理念式书写，而是通过独特结构安排和空间的营造，来实现了小说的艺术升华工作。

二、非自然叙事："异空间"的营造

王方晨的写作一直都是写实与写虚相互交融的。《老大》《公敌》《芬芳录》《老实街》《背后》《花局》等作品都具有现实的底色，但同时也有超现实的一面。王方晨早期的一些童话小说则更具有写虚的意味。小说形成的风格在读者那里已经根深蒂固。《花局》并非突然转向具有寓言化性质的书写，在这部小说里，作者并没有完全颠覆了他一直以来使用的小说技法和叙事策略。王方晨善于营造独特的空间，将其作为故事发生的场所。《花局》中的花局、一个局就是这样一个空间，花局与一般的机构无异，人事编制、日常作息、领导做派、人际关系等都是司空见惯的，但是花局究竟是一个什么机构，有什么样的职能，并不知道。与之相似的还有小说中的"一个局"。这样的故事场景的设置，其实远远超越了一般的现实，而具有隐喻的形式，是一种寓言化的书写。这里的人似乎就只有一件事情，就是"没事找事"，比如每年植树节的安排，一年一度的植树节声势浩大，站位极高，准备工作十分繁琐，媒体宣传更是不计成本；又比如为了拯救一个同志而在全局开启的形势教育活动等；再比如，反反复复去处理"送信"这一件事。这种繁复的描写是日常工作的一种缩影。特别是第四部分关于宠物狗的描写更是彻头彻尾的寓言。该部分以动物的视角，将官员的日常生活全方位透视出来，这种毫无保留的展现令人触目惊心，而动物视角的设置具有极其重要的叙事功能。

《老实街》中的老实街也是一个独特的空间，虽然也有一定的历史遗迹可供寻觅，但说到底虚构的成分更多。《老实街》以城市拆迁这一现代化进程为大背景，紧抓住传统与现代转化的历史节点，意味隽永地讲述了北方一条老街的倾覆和消亡，寄寓了当代道德拆迁与重建的重大主题。老实街居民是一群凡夫俗子，但又有着各自的不同凡俗之处，每个人的故事彼此独立而又相互关联。“老实”在现如今是多么难能可贵的品质，只有虚构的空间才会存在，虚伪的人性则是现实里的常态。而这种独特空间的营造也被研究者注意到，贺仲明就将之与《果园城记》中的果园城相类比[①]。《背后》也营造了一个独特的空间。小说虚构了一个宇宙星集团，这其实是一个完整的小世界，是现实社会的微缩版。在这一世界中，各种权力的争斗、派系的划分、商业上的较量、政治上的博弈、情感上的纠缠徐徐展开。生末旦净丑轮番在这一舞台上表演人生的大戏。在这些特独的空间里，人性往往呈现出极端状态。

王方晨这样的书写明显带有一种非自然叙述的味道。现实主义书写是当代长篇小说创作的主流，现实主义的源流是对现实生活的一种关注和焦虑。但秉持现实主义精神也会有“反现实”的非自然书写，这是因为作家、艺术家可以创造出艺术层面的现实。非自然叙事是一种曲笔，说到底是为了让“真话出场”的叙述策略。对作家而言，“说真话就不仅需要勇气，还要讲究技巧。没有勇气，真话就无法出场，只能胎死腹中；没有技巧，真话就

① 贺仲明、蔡杨淇:《当代版的〈果园城记〉——论王方晨〈老实街〉》,《文艺争鸣》2018 年第 4 期。

可能撞墙，或者是自投罗网，它依然无法在现实世界存活。”[①]具体到《花局》而言，小说中故事发生的场景与现实的生活不完全一致，甚至是仅从表面看来就是迥异的。《花局》最后部分是关于动物世界的书写，具有寓言的意味。寓言化的书写，其精神指向依然是现实生活。表面来看是胡言乱语，实则是立足于现实，这种曲笔避免了很多麻烦，却不失批判的力道。《花局》既立足于现实，同时又是象征的、变形的、魔性的，在坚实的写实主义的基础之上，带上了魔幻现实主义和存在主义的多重格调，是一个独特的文本，杂糅野史的笔法，创建了一个关于现实与非现实的寓言式作品。

音乐也是一种空间氛围营造的手段。小说呈现出“音乐性”的品格，这种音乐性已经不仅仅作为外显的元素存在，而是音乐升华了小说的主题。王方晨善用音乐营造空间。《老实街》的开篇便用乡谣点题：“宽厚所里宽厚佬，老实街上老实人。”[②]《花局》中第一部分大段引用《蓝色多瑙河》的歌词：“春天来了——春天来了——刀米烧烧——刀米烧烧——春天美女郎，花冠戴头上，春天来了！春天来了！双唇，好像，玫瑰，正向着，我们，微笑，那露——水是她的眼泪，是她，的，眼泪。白云，像面网，在头，上飘扬，啊，春来了！啊，春来了！啊，春来了！这一切多美好，每到晚上，到处射出光芒，射出光芒，春来了，春来了，多么美好，多么美好！那小鸟在树林里高声唱，蜜蜂在花丛中嗡嗡叫，多，美，好！春天美，女，郎……刀米烧——烧——”这段歌词用在这里有很强的反讽效果，具有多重

① 赵勇、浦歌：《赵树理精神与说真话的勇气——赵勇教授访谈录》，《当代文坛》2020 年第 3 期。

② 丛新强、李丽：《有声的“风景”与革命叙事——论“十七年”小说的歌谣嵌入现象》，《当代文坛》2020 年第 5 期。

隐喻。一方面将“植树活动”取代了“春天来了”，可这只是一种形式上的到来，春天的万物复苏与花局中永远的萎靡氛围形成了强烈对比，而所谓的植树造林，并不能迎来真正的春天；另一方面，“春天来了”又是无限欲望滋生时刻的到来，将所有的欲望推到自然界那里去。

音乐对作家的影响不仅仅局限在音乐元素的挪用方面，而是借助音乐，丰富小说，升华主题。总的来讲，音乐的主题表达更为隐秘，有时候甚至是一种暗示和曲笔，但是不影响其深刻性。一方面，音乐凸显了一种叙事伦理，另一方面，音乐是一种曲笔，是主题推进的一种曲线。很多时候作家笔下的语言往往和想要表达的思想不同，形成强烈的艺术张力，形成一种“反讽”，而反讽，则是小说叙事的根本密码。《花局》可谓是讽刺艺术的升华，讽刺几乎贯穿全文，成为行文底色。卢卡奇在他的《小说理论》中提出现代小说的一种形式原则是“讽刺”，这既是小说的构成要素，同时也是小说主体的“自我认识及自我扬弃”，体现为两个方面：一方面是“主体在内部分裂为某种主观性（内心）——它与一系列异己的强力相对立，并致力于给异己的世界留下其渴望内容的痕迹”，另一方面是“它看清了相互异己的主客体世界的抽象性以及局限性，在其被把握为其生存之必要性和条件的界限内理解这些抽象性和局限性，并由于这种看清，虽然让世界的二元性得以持久存在，但同时也在本质相互不同的要素的相互制约性中，看到并塑造出一个统一的世界”[①]。说到底，作家的讽刺是对旧有秩序的一种反抗，并试图建构一个新的世界。《花局》丰富了官场小说的版图，沿用了官场小说一贯的讽刺笔法。詹姆斯·伍德指出，“叙事领域几乎没有什么没被讽刺

① ［匈］卢卡奇：《小说理论》，燕宏远、李怀涛译，商务印书馆 2018 年版，第 66—67 页。

碰过”[①]，可以说现代小说就是一种讽刺的文体。《花局》处处蕴藏着讽刺的味道。从细节到主题，无不如此。人事任命、文件下发、补助发放、会议召开、机构设置等似乎很严肃的事情，但在花局这里都是极其随意的。一个从未参加过单位植树活动的人，却被任命为“植树造林办公室主任”。这里揶揄式的写法具有双重性，产生了双重的效果，一方面是严肃行为轻松化的揶揄，另一种是这些事情或许本身就是轻松的，只是把它们看得太过严肃了。在一些细节方面更加凸显，古局长这样的人嘴边时刻挂着诗歌、仅有一次拒绝送礼时表现出的大义凛然等都有讽刺的味道。

叙述者的上帝视角将人物的内心世界和他们的实际行动都原原本本呈现出来，很多时候人物的内心争斗和最后的选择呈现出背道而驰的景象，这种思想的巨人和行动的矮子形成了鲜明的对比，反讽意味十分强烈。这种人物、叙述者、作家人格的主客体的对立值得深究，特别是种种人物内心想法和行动的呈现，都有一种讽刺的味道。种种举动，那么严肃认真，又那么无聊可笑，将讽刺艺术发挥到极致，而这一切的基础，都来源于独特空间的营造。

三、越熟悉越隔膜：人生如局的存在困境

现实的底色加上独特的空间营造，现实与非现实的交互混融，是因为作家要表达更多更为深远复杂的主题。作家远不止在思考表面故事中所流露出来的问题，而是有着更多形而上的思考。正如两位推荐人说的那样，“相对于《老实街》,《花局》写得有点‘花’，但依然是王方晨的局，这里的每个人都深处在巨

---

① ［英］詹姆斯·伍德:《小说机杼》，黄远帆译，河南大学出版社 2015 年版，第 17 页。

大的焦虑中，每个人都是对他人无情的围攻，每个人都在寻求着自己的仓皇之路。这正是现代人生存境遇的本质写照。”[①] “《花局》写了一个局，既是处处皆在的人生迷局、困局，又正是现代人生存境遇的本质写照。这里的每个人都深处在巨大的焦虑中，每个人都是对他人无情的围攻，每个人都在寻求着自己的仓皇之路。”[②]《花局》中每个人似乎都给他人带去了麻烦。人与人之间是有隔膜的，都不能真正走进他人的内心里去。这些书写，表现了一种人生如局的存在困境。

人与人之间永远隔着一条鸿沟，无法跨越，人物的行为也是如此。叙述者的全知全能视角能看透一个事件的原委，但从当事者，也就是小说中的人物角度而言，就陷入了困境，无法理解他人，更无法进入他者的世界。比如花局其他职工无法理解陈志生不参加植树活动，无法理解宁小虎的造假且拒不悔改的行为，闹剧一场接一场。再比如，上帝出场后，就做了一件事情，就是去“一个局”给一位姓田的人送信。不断地写他一次次送信，甚至托关系，找人，强行闯入，可谓办法用尽，但是最后还是没能将信件送到，而关于他的段落也就戛然而止了。送信件这样一个行为本来很简单，但是在工作中并不是这样，尤其是这样一个极其重要的部门更是如此。在这样重复啰嗦、繁复冗余的描写中，其实也将机关部门的行事风格淋漓尽致地展现了出来。而且透过送信这样的举动，很好地彰显了进入他人世界的艰难。

小说还有几段精彩的书写，对此也有强烈的隐喻。陈志生和记者施小婕之间的情感线十分有意味，作家对此也进行了深度诠释。记者施小婕一直惦记着做一个节目，并调侃“说不定还能拿国家新闻奖”。但施小婕接近的目的仿佛被看穿，每每不能得逞。

---

① 刘亮程语，见该书腰封推荐语。

② 邱华栋语，见该书腰封推荐语。

还有陈志生与其老婆每次同房时，都会呼叫另一个女性的名字，而女方对此却是应答。神圣的夫妻生活在这里被无情解构了，这并不是一种简单的情趣，而是一种戏谑，联系到小说后面情节的走向，这样的隐喻就更加明显，夫妻之间尚且如此，遑论其他关系之中的人了。其他人物那里似乎也是如此。比如古局长很多时候放低姿态拉拢下属却依然失算，甚至不惜搭上了自己退休前的荣光，但是仍无法扭转他下属的执拗。在家庭生活中，古局长和自己结发妻子行房事时，四周的动静全部像自己办公室下属女性的笑声，而他的子女与他也是有隔膜的。还比如上帝一直和自己的老婆关系不好，一直隐忍着，直到最后因为送信事件而提出离婚。《花局》写的只是一个有几十号人物的小集体，几乎都是身边最熟悉最亲近的人，但是他们之间却有着无比遥远的距离，越熟悉越隔膜。

小说中人物存在困境本质上还是源于人性的恶。正是无止境的贪欲，让一些人人格扭曲，失去了做人最基本的道德、尊严，甚至是羞耻感。《背后》中，赖仁平为了巴结讨好与自己有利益关系有靠山的人，愿意学狗叫，为了自己的利益可以将毒手伸向结发之妻。上司凭借自己的权力对下属大发淫威，等等。也正是这不正常的环境，让很多人被现实压抑得喘不过气来，甚至被逼疯。比如屈童，他连名字都很少有人称呼，在单位里唯唯诺诺，忍气吞声，回家后借机发泄。再比如科研工作者丌森焱最终彻底向现实屈服。再比如朱十两之子朱明友，他本想摆脱父辈的影子自己打拼获得成功，但是最终还是无果，甚至连自己的爱情也无法自主把控。在《花局》中，人们都充满着无尽的欲望，每个人都被现实压抑着。为了自己的一己私利，甚至无所不用其极。这些机关单位的工作人员，无论是领导、职工还是其家属，他们都有一套自己的生存法则和处事方式，表面看起来无懈可击，但其实每一个行为都充满着自私、狭隘，是一种精致的利己主义，与“公仆”这样的身份格格不入，更与“为人民服务”这样的宗旨相去霄壤。还有很多为人处世的潜规则，其实就是绝对的人格丧失而已。在小说中有一个情节，陈志生在获得升职后，他的妻子小罗说他不要脸，陈志生摸着自己的脸，笑了。也就在这时候，他蓦地明白了一个道理，在很多情况下，一个人十分有必要让自己变得无耻。“无耻”成为这些人的行事法则，何其无耻，何其荒谬。说到底，是人性的恶，阻隔了人与人之间的正当交流，造成了人生活的困境。由此，作者借小说提出了一个特别引人深思的话题，腐败的环境之下，个体应该如何作为？面对如此的生存困境，更需要寻觅一束生活的微光。

四、生活背后的光亮：悲情生活的另一抹色彩

现实的黑暗、人心的险恶、官场的腐败、生存的困境，是不是意味着生活的绝望？“绝望之为虚妄，正与希望相同。”鲁迅引用裴多菲的这句诗最为精妙地概括了一种“反抗绝望”的生存哲学，辩证地看待绝望与希望，才能真正打破黑暗。王方晨的书写也在努力践行一种“反抗绝望”的哲学。他在进行生活阴暗面呈现的时候，采用了很多技巧，在进行非自然书写、异空间营造的时候，其实就是将绝望虚妄化，试图寻求生活的亮色。王方晨最大的贡献就是在于将绝望虚妄化了，否定绝望，也就埋下了希望的种子。王方晨一直在寻找着生活中那束微光，以照亮在绝望中前行的人。比如《背后》中关于女性职场奋斗的书写，就是在女性职场生存史中将个体能力无限放大，以将绝望虚妄。因为内部管理运营及贪腐问题，宇宙星无诡分部经历了人事大调整，熊旎临危受命来接手工作。但是新人初来乍到，面临一系列困境，

不过，她凭借出色的能力和能量最终妥善处理了这一工作。作品以熊旎十日内的经历为主线，真实描述了在商业世界中，以主人公为代表的女性奋斗不息的职业精神，以及乐观积极的生活态度。面对棘手的工作，熊旎从容应对，以静制动，最终取得了胜利，并萌生了自己的爱情。特别是小说结尾，一向将豪放派苏轼词挂在嘴边的铁娘子却吟唱着极富柔情的《眼儿媚》，似乎宣告着女性本体的回归，事业上的成功并不妨碍女性本性的坚持。

《花局》也写了几位具有反抗型人格的人物，包括陈志生、宁小虎、上帝等，他们就是搅动官场这潭浑水的人物，也是会带来希望的人物。虽然他们都是失败者，生活失意、职场失败，但是他们还保留着一丝丝的反抗精神。陈志生一直拒不参加植树活动，虽然自始至终没有交代具体的原因。不过，植树活动在这里似乎已经是一种象征行为，不参加也有不同流合污的意味。到了宁小虎那里，就更加明显了。因为他的造假行为，整个花局为此进行了声势浩大的形势教育活动，虽然不提及他的错误，但是大家都清楚活动指向的是他。但是他从头至尾就是不承认自己的错误，甚至抛出“要杀要剐随便”的豪言壮语。这样一个人物的存在，以一种以卵击石飞蛾扑火的姿态，在挑战着整个机构的人。作家在此寄寓了一丝反抗的希冀。

作家以他特有的思维方式和谐妙的文学隐喻，探讨人与人、人与现实、人与世界的复杂关系，表达复归生命本然的极度热望。字里行间甚于温柔之乡的遐想，体现了作家对生活和时代的敏锐感受。小说情节尽显凌厉，却最终让漂泊的灵魂超然于世地尽享安慰。那比温柔还要辽阔的无限宽悯，可能就是现代人获得内心自由、人性舒展、灵魂安宁的必经之地。虽然很多时候，这种温柔之乡的找寻陷入了虚无。比如陈志生寄托于记者；上帝的人生陷入困境，他在见到一个开饭馆的异性时寻找到了温柔之乡；古局长则将寄托赋予那些年轻的女下属以及诗歌这样的艺术。

其实《背后》中的这种生活光亮的找寻就已经很明显了。《背后》塑造了职场女强人熊旎这一形象，她有能力，有魄力，有担当，来无诡之前，她曾在同样不好开展工作的仁城打开了工作局面。来无诡后，她继续施展着自己强硬的本领，以静制动，将给她设置的障碍一一清除掉，十天之后，终于在无诡站稳了脚跟。在具体工作上，对前任领导的工程秉持公正的态度对待，不搞新官上任三把火，对下属关心体恤，对紧急事件她保持一贯作风：查明真相，解决问题，等等，这些都体现出她过人的一面。这些不公如何打破或许才是作者留给我们更深的思考。通过前任总裁的倒台等描述，作者借助的或许还是反腐这一手段，在这一大的环境下，贪腐之风需要被遏制住，作品是一部新时期的官场现形记，将污浊的政商生态圈进行了彻底揭露，又通过反腐败的书写，将不法分子一个个送入了法网之中。这种期许也正是作品带给人们的希望。[①]

不过，作家并没有陷入对生活的盲目想象和热情歌颂中，而是始终保持着一种警醒。在《背后》中，虽然作者塑造的是无所不能的女强人形象，但是作品对女性职场生存有了更进一步的思考，熊旎虽然获得职场成功，但是也付出了极大的代价，这从她的外号“铁娘子”“铁处女”就可以看出，同时，她也相应地失去了感情生活和家庭生活，虽然她也有自己消遣的模式，但毕竟不是正大光明的。再往深处说，她爹爹的存在也从某种意义上揭露了即便是“铁娘子”，也无法绕开社会的关系网，这些都是对生活背后真相的一种揭示。在《花局》中作者对此有进一步的

① 刘小波：《生活的背后永远有光亮》，《中华读书报》2019 年 12 月 23 日。

思索。从本质上讲，作者的选题仍是对现实的深切关注。通览全篇，作者都是在现实主义的笔触中将社会的种种问题与人性的复杂性展现出来。尤其是《花局》的末尾，作者将人的欲望放大，并以死亡来收束全篇，正是作家对现实的绝对警觉。也正是这份警醒，让读者能够感受到生活中的一抹亮光，能够看到未来和希望。

王方晨的《花局》从官场写到人生困局，延续着他现实批判和人性反思的路子。这些人物的种种行为指向的都是沉甸甸的现实，这也是作者在作品中坚持的创作姿态，那就是深度介入的笔法，为现实发声、为生活立传、为人物塑型。但是，作家采用了娴熟的艺术手法，用种种隐喻、象征、反讽等策略，通过独特的视角、精心编织的故事及独树一帜的人物形象，将日常生活艺术化、审美化。看似极端化的描述有着坚实的生活基础。种种荒诞与丑陋在作家笔下夸张变形，由此作家将绝望否定了，努力找寻着生活的希望。通过这些作品，我们看到了社会背后的种种问题与人性的险恶面，也看到了正义的力量从来也不会缺席，生活的背后，永远会有光亮。

发表于《百家评论》2022 年第 1 期

“一地鸡毛”“巧合”“话痨”及“拧巴”

——以《一日三秋》为例谈刘震云小说的几个关键词

刘震云的小说创作周期较长，涉及不同主题和不同风格的写作。但在多年的写作中，刘震云也形成了一些较为恒定的风格，这种创作的积淀和风格的叠加形成了鲜明的辨识度，他的创作也可以提炼为几个关键词：“一地鸡毛”“巧合”“话痨”“拧巴”。“一地鸡毛”是刘震云一篇小说的题目，也是“新写实”风格的一种形象化概括，这一写作将普通人的日常琐屑事务作为小说的叙述主体。刘震云的小说具有典型的戏剧化特性，戏剧化是指向作品精心的结构布局，故事的精心讲述、巧合的安排、矛盾的设置等，戏剧化也为其作品的频频“触电”打下基础，戏剧化最终滑向文学的影视脚本化。“巧合”则是作者为达到一定目的而极端戏剧化的安排。“话痨”是刘震云小说对“说话”重视的形象表述，对话构成了刘震云小说的一大特色，人物不停地言说，尝试交流，唠唠叨叨，没完没了，但即便这样，仍无法实现真正的沟通。这种无效的交流最终形成了一种“拧巴”效果。“拧巴”就是人存在困境的隐喻，是作家哲思的独特表达，这也是其作品最大的特点之一。这些特点是刘震云多年创作的累积，而新近作品《一日三秋》[①] 则是这几个关键词的又一次集中呈现。正

① 刘震云：《一日三秋》，花城出版社 2021 年版。

如王干所言："这部小说也是刘震云多年小说创作的结晶，能读到《塔铺》《新兵连》生活的原生态，也能读到《故乡天下黄花》《温故一九四二》的苍凉和历史的痛感，还能读到《一句顶一万句》的语言峭拔。"[①] 从一部作品能窥见多部作品的影子，足见其风格的延续性和恒定性。

一、"一地鸡毛"："新写实主义"的范本

刘震云的书写向来聚焦普通个体的日常琐事，这和多年来文学注重书写典型人物、描写宏大事件、追求宏伟主题形成了对比。在刘震云的作品中，凡夫俗子、家长里短、鸡毛蒜皮成为小说叙述的主体内容，小说人物可以说并不具备典型性，而是芸芸众生中的一员，所述事件也是每位个体日常所遭遇的生活，是真正意义上的"一地鸡毛"书写。这样的写作也提供了一种"新写实主义"的范本。"新写实主义"的主要特点是"作品中所呈现的世俗生活有一种毛茸茸的原生状态的感觉"[②]。概而言之，就是聚焦日常生活琐事，反映普通人的儿女情长、家长里短，追求一种生活的"原生态"。刘震云是"新写实主义"流派的重要一员，他早期的代表作《一地鸡毛》正是这一书写的范本，作品书写普通人的日常生活，流水账一般记录了小林一家的日常生活，人物是妻子、孩子、保姆、单位同事，事件就是衣食住行、买菜做饭、单位的恩怨是非。"一地鸡毛"正是刘震云整体书写的一种写照，"小林家一斤豆腐变馊了"这样的小说开场，和那些经

---

① 朱栋霖、吴义勤、朱晓进：《中国现代文学史 1915—2016（下）》，北京大学出版社 2018 年版，第 168 页。

② 申霞艳：《刘震云长篇小说〈一日三秋〉：小说的明与暗》，《文艺报》2021 年 8 月 27 日。

典巨著的开场风格完全不同，却形成了独特的美学风格，这部作品也为作家奠定了基调，成为其后创作的主要方向。

刘震云接下来的创作虽涉及军旅、官场、乡土、历史、生活流等多个主题，但都有“新写实主义”的基调。《温故一九四二》书写历史上的大饥荒，具有较宏大的历史背景，但是落笔于“我姥娘”“我花生二舅”等个人，以此为几千万灾民的代表，记录了这场几乎已被遗忘的灾难。刘震云的“故乡系列”也是聚焦普通个体的作品，同样具有“新写实主义”的品格，《故乡天下黄花》书写几个重大的历史时期，选取的只是一个小小的村落，在村庄舞台上表演的也都是最为普通的人。《故乡面和花朵》将历史人物进行了“转世”书写，进一步凸显了这种日常生活特性。在这些“故乡”系列中，人物斗争是常态，其目的却离谱得简单，为了“头人”，为了“夜草”，为了“权力”。《一腔废话》书写一条街上住着的修鞋、搓澡、卖杂碎汤、当“三陪”、捡破烂的一群富于幻想的人，《我叫刘跃进》书写农民工刘跃进遭遇的一系列事件，《手机》通过家庭婚姻这种日常事务来书写文化阶层的冲突，等等，都具有很深的现实关切，并未完全溢出“新写实”的范畴。

刘震云后期的作品也有此特性。《我不是潘金莲》书写了遭遇失败婚姻的女性，从为自己正名到不断信访，从杀人的冲动到几十年坚持同一行为所具有的仪式感，平实而又荒诞，但基本的事件概括起来就是一位经历了一场离婚案的女性的经历，稀松平常，极为普通。《一句顶一万句》书写女性出轨而引发的婚姻悲剧。婚姻出问题之后，女主人公庞丽娜试着去接触另外的异性，结果发现两人“说得着”，由此才有了牛爱国在宾馆抓住现行的结果，之后的庞丽娜便背上了“破鞋”的骂名，这也不是什么惊动天地的大事。《吃瓜时代的儿女们》书写的人物从官员到务工人员，职业经历、社会地位各不相同，却都面临着最为现实的生活。小说与反腐有关，整部作品是现实与荒诞的统一，所触及的问题都很具体，如拐卖妇女、骗婚、官员腐败等，所有的故事最终通过腐败这一线索曝光终止。这种具有批判现实主义的深度介入书写，也是一种“新写实主义”的延续和深化。

《一日三秋》依旧是“新写实”的范本，“所有的故事无不悲欣交集，无非家长里短”[①]。与《一地鸡毛》相比，两者的很多内容十分相似，《一地鸡毛》的中心故事很大程度上是“吃饭”问题，《一日三秋》也用较多笔墨书写了“卖猪蹄、吃猪蹄”的场景。《一日三秋》虽然经过了精心构思，以画作引出人物，且文中还加入了魔幻色彩，但是最为本质的还是普通的生活事件。作家以一幅画作入手，从中挑出了几个主要人物来，围绕几位主人公身边出现的人物，依然是最最普通的个体，他们有开车的、扫大街的、开饭馆的，串联起几个家庭的人生经历和故事，把世人被忘却的情感和心事复刻出来。这些人物、职业、故事，正是刘震云在其他小说中反复出现过的。在对小人物日常生活的书写中，保留了刘震云一贯的坚持。

可以说，刘震云真正地提供了一种“新写实主义”的范本。不过，“新写实主义”创作并未放弃对小说技法的探索，对各种新形式和新技法的追求和自觉运用也是这一流派的重要特征。刘震云也一直不乏对小说形式感的追求，他的小说虽然语言朴实，思想深刻，但丝毫没有陷入一种枯燥社会文本的体例，荒诞、幽默、冷峻、絮叨等呈现效果都是得益于这种有意的技法探寻。刘震云的创作时时在尝试技法层面的创新。比如《吃瓜时代的儿女们》，前面几十万字都是序言，后面几千字才是正文，有噱头成

① 黄轶：《在“华丽”与“转身”之间——评刘震云〈我叫刘跃进〉》，《扬子江评论》2008 年第 1 期。

分，更有艺术创新的努力成分，这些都是一种形式创新的尝试。尤其是最后正文的圆场，几个素不相识的人关联起来之后，整部小说批判力度与荒诞感就越发凸显。此外，这部小说中有些章节仅有一句话，用这孤零零的句子完成了上下文的承接，意味无穷。同时，在叙述过程中有很多留白和中断的叙事也是其创新的努力，很多人物的命运没有了下文，这种留白的艺术也有实验性，诚如他自己所言，小说的空白和间隙，是他进行的新试验。空白和间隙越多，荒诞之感也就越强。

《一日三秋》依然有形式上的探索，小说尝试以画入文，并将中国的聊斋志异式的本土“魔幻”叙述融进小说中，多少有一种探索的意味。正是这种在平铺直叙中加入先锋元素的书写模式，让简单的故事在不经意间的形式创新中生发出了意想不到的效果。总的来说，刘震云的小说是一种生活流叙事，但是生活流的叙事却经过了高度提炼，也就更具戏剧化，戏剧化最为极端的表现，就是重重“巧合”的设置。

二、巧合：“看点”的设计与营造

刘震云的小说在生活流叙事之下，有着强烈的戏剧感，构思上具有很明显的戏剧化倾向。戏剧化指向作品精心的结构布局，诸如故事的精彩性、巧合的安排、矛盾的设置等。小说的故事情节经过反复的精心设计，不断制造巧合，形成“看点”。“看点”本身就有一种视觉化的意味，可以理解为一种剧场化和视觉化。“看点”既针对文字读者，也面向影视观众。戏剧化是形成“看点”的根源，戏剧化也为其作品的频频“触电”打下基础，戏剧化最终滑向影视脚本化。

“巧合”是刘震云小说最大的看点。所有的故事都高度的巧合，很明显能感觉到一种刻意的操作。比如《我叫李跃进》中，民工钱包被抢，找包的过程中，他又捡到一个包，而这个包里藏着惊天秘密，牵涉到上流社会的几条人命。于是几拨找这个包的人马，又开始找刘跃进，因为一个钱包，更是因为巧合，一位民工的命运变得跌宕起伏了起来。有论者将这部小说归为“电影小说”，指出小说整个构架情节离奇，巧合丛生，“无巧不成书”。“巧合”与戏剧化影视化有着天然的勾连。又比如《吃瓜时代的儿女们》用一件事将几个毫不相关的人关联起来，高度巧合，增强了戏剧性。四个素不相识的人，农村姑娘牛小丽、省长李安邦、县公路局局长杨开拓、市环保局副局长马忠诚，地域不同，阶层不同，却因一连串的腐败事件联系起来，通过几个毫不相干的人物的偶然关联，作者写出了命运的奇特性，故事最终编织的是命运纠葛的大网。[①] 故事虽然普通，但最后几个毫不关联的人因着特殊的机缘互相有了关联，小说一下子就有了更大的荒诞感和深意。看似荒诞，实则必然，因为这正是时代的畸形，导致命运的荒诞。小说延续了刘震云一贯的创作风格。

由巧合导致的戏剧化在《一日三秋》中体现得更加明显，小说依然有一个关键的串联点——“花二娘”，这一传说人物串联起不同家庭的人生经历和故事，把世人被忘却的情感和心事复刻出来。此外，小说还有一层复线叙事，形成了互文书写，这就是对戏剧的援引。一方面，直接用剧团这样的故事场景，让戏里戏外共同叙事。比如樱桃在戏里与李延生扮夫妻，现实中嫁给了法海扮演者陈长杰，这种巧合别有深意。另一方面，聊斋志异式的中国本土“魔幻”叙述进一步加剧了这种戏剧化。小说中穿越回到宋朝的情节首先是戏剧化的手段，其次才是寓言化的需要。

---

① 刘小波:《“吃瓜”时代的“拧巴”写作——评〈吃瓜时代的儿女们〉》,《长江文艺评论》2018 年第 6 期。

《一日三秋》中，家长里短、爱恨情仇这些俗人俗事，仍旧充满了戏剧性，经过作者巧妙的勾连，看似不经意却胜似鬼斧神工，高度巧合。《一日三秋》的很多细节指向的就是戏剧化和视觉化，以画入文、仙女“花二娘”的传说、豫剧《白蛇传》的引用等，都是如此。甚至在新书首发式上，已经有了剧场化的表达形式，这场“沉浸式”的首发式以微话剧演绎出小说中以附录存在的一段完整情节，多名演员与刘震云登台，用朗诵、舞蹈、微话剧等艺术形式将小说中的人物立体呈现在读者面前，为新书亮相提供更具代入感、观赏感的剧场体验。①

在影视化之后，小说的这种“巧合”感会更加明显。刘震云的小说戏剧化成分十分浓郁，通过其精心构思布局，制造了不少的爽点和看点。这也为其小说频频改编成影视作品提供了契机。刘震云的小说《手机》《温故一九四二》《一句顶一万句》《我不是潘金莲》等相继被拍成电影，《吃瓜时代的儿女们》刚出版就已经开始了影视化的讨论。为了影视改编的便利，会将小说高度戏剧化，强行设置巧合，故意制造矛盾冲突，凸显出卖点与看点等。在影片《我不是潘金莲》中，为了加大批判的力度，故意设置了蒋九的富人身份，而反观牛爱国，他去参加富人聚会一句话也不敢说，他跟踪老婆到酒店之后却因昂贵的住宿费而选择在门外偷听。除此之外，导演还故意设置了一个情节，那就是庞丽娜的理想是去欧洲旅行，这些似乎都指向庞丽娜的出轨是对物质欲望的无限追求所致。但事实并非如此。虽然这些都是影视化的创造性发挥，根源却是小说本身戏剧性所具有的潜在可能性。

这种追求戏剧化的努力带来了极端化书写，比如《我不是潘金莲》中的婚姻悲剧书写，就是为了追求一种戏剧效果而达到悲

① 傅小平:《刘震云长篇新作〈一日三秋〉: 把小说做成一场轰轰烈烈的世间大戏》,《文学报》2021 年 7 月 15 日。

剧性无以复加的地步。影片快结束的时候，再度怀孕的庞丽娜提出让丈夫杀了自己算了，此时，她的女儿还在医院的病房里，她对此却不知情，这样的镜头语言，将庞丽娜的悲剧推到极致。由婚姻的悲剧，导演上升到人生的悲剧。当然，戏剧化有过度的成分，这种过分戏剧化导致了一种荒诞感，对其主题的表达有一定的效用，但过分视觉化的文字或多或少会损害语言本身的魅力。《一日三秋》虽然还没有传出影视改编的消息，但是文本已经呈现出浓郁的视觉化倾向，影视化应当是必然。

“一地鸡毛”式的书写和戏剧化的追求是刘震云小说的表层特质，在更深层里，则是生活流之外的哲思。“刘震云对琐屑生活的讲述，有对‘哲理深度’更明显的追求，也就是对发生于日常生活中的，无处不在的‘荒诞’和人的异化的持续揭发。”[①] 刘震云对“说话”的近乎疯狂的迷恋，根源就是一种个体存在困境的探索与表达，是对哲理深度的追求，也是对人被话语绑架而异化的一种直观呈现。

三、“话痨”：交流困境的俗化叙述

刘震云的作品关注人的存在，这种存在涵盖从物质到精神的各个方面，他用交流困境来具象化存在的困境，而“话痨”一样的交流努力，则是用俗化的方式将其表达出来。刘震云的小说延续了对话体小说的体例，他的小说有一种强烈的“话痨”感，“话痨”本意是形容一个人的话多得没完没了，像患肺结核的人的咳嗽那么多。刘震云的小说最大的主题是“说话”，几乎每部作品都有“话痨”的特点，人物说话的方式和时机常常决定着故

---

① 洪子诚：《中国当代文学史》，北京大学出版社 2010 年版，第 381 页。

事的走向和后果。这从《一地鸡毛》就已经开始，小说中小林的入党问题，几次都被说话问题耽搁了，《官场》《官人》里，所有人的命运几乎都和言语行为有关，三部“故乡”长篇，人和事全部淹没在作家的随心所欲的唠叨中。[①]

唠叨构成了每部作品显著的特点，说话左右着人物的命运。《一句顶一万句》《我不是潘金莲》《吃瓜时代的儿女们》仍有这样的风格，全篇多以对话体呈现出来，事件依靠说话推进，阅读者一路被人物对话推着前行，《一日三秋》仍然如此。《一日三秋》在宣传推广以及很多批评者那里被看作《一句顶一万句》的续集，这就需要先回顾一下《一句顶一万句》。《一句顶一万句》主要的情节线索是被戴了“绿帽子”的牛爱国为了复仇精心酝酿的杀人计划，穿插了几段分分合合的婚姻，但很快小说的主题就切换了，变成了一种说话的渴望，小说突出说话在生活中的分量。牛爱国寻找一个“说得着”的人，为一句话正名，由此也可推导出《一日三秋》的“说话”主题，延续了小说中用是否能说得上话来谈论人与人之间的交心与隔膜。《一日三秋》的主题依然是“出走”与“寻找”，寻找一个“说得着”的人。朴素的语言却有一定的深意，叙述力道丝毫没有削弱。

然而，这种达到话痨程度的对话并没有真正缓解个体交流的焦虑，相反指向更深层面的孤独，可谓灵魂的孤独。交流困境一般是哲理层面的问题，刘震云将其矮化、俗化。每个人都在拼尽全力说话、交流，由此形成了一种奇特的小说文本。几乎是对话在推动着小说的整个进程，几乎都是在说话，话匣子打开了就关不上。天南海北、东拉西扯，看起来是畅所欲言，其实离题万里。个体面对越是匮乏和缺少的东西，越是要追逐，需求替代和

① 马俊山：《刘震云：“拧巴”世道的“拧巴”叙述》，《当代作家评论》2011年第6期。

补偿，用这种话痨书写来补偿交流的匮乏。《我不是潘金莲》中，一个戴了“绿帽子”的人想杀人，其实不过是想在人群中找到能说上话的人，从杀人到折腾人，不过是想在人群中纠正一句话。“说话”，一件极其普通的事情，却成为超越其他所有事情的唯一追求。《一句顶一万句》将语言交流的功用上升到极致，人与人之间能够相处最重要的条件是“说得着”，而“一句顶一万句”描述的正是一种“话痨”状态：说得多却不一定有用。刘震云有一部作品就叫《一腔废话》，似乎成为这种无效言说的隐喻。

《一日三秋》中，人的孤独被无限放大，“刘震云想在《一日三秋》中写一些悲凉的情绪，写一种汗出如浆的不安，写一份冰凉入骨的恐惧……刘震云也更悲伤了”[①]，正是人的孤独和悲凉，让交流的渴望愈加被放大，即便穿越千年，也要完成这一举动。而交流的失败，则更加剧了孤独与悲凉，形成了一个悖谬性的怪圈，这是作家对人的存在的一种隐喻性观察。

刘震云小说的“核心部分，是对现代人内心秘密的揭示，这个秘密，是关于孤独、隐痛、不安、焦虑、无处诉说的秘密，这就是人与人‘说话’意味着什么的秘密”[②]。由此，“说话”成为小说的主体部分，也成为一种探寻更深层次问题的跳板。刘震云小说中不光“说话”是主题，而且达到“话痨”的程度。越是对话场景多、需求大，越是体现言说的无用和交流的困难，反复的言说反而形成了一种解构的力量，消解了很多有价值的东西，具有一种解构色彩，这和“新写实主义”深受后现代思潮影响有关。刘震云很多小说的根本主题在于言说的困难，言说与聆

① 韩浩月：《看见刘震云的老练与悲伤——读长篇小说〈一日三秋〉》，《文汇报》2021 年 9 月 5 日。

② 孟繁华：《“说话”是生活的政治——评刘震云的长篇小说〈一句顶一万句〉》，《文艺争鸣》2009 年第 8 期。

听的沟壑无法跨越，不同个体之间存在交流与认同的困境。通过说话，作家在探寻一种主体的哲学问题，这是刘震云区别于一般“新写实”的地方，通过“话痨”的书写，探寻一种哲思，在浅表的生活流叙事之下，写出了“灵魂的深”。多而无用的言说困境已经显现出了一种“拧巴”之感，而这种在作品中所蕴含的土味哲思“拧巴”，几乎遍布在刘震云作品的每一个角落。

四、“拧巴”：生活与生存的辩证法

刘震云的小说具有独特的风格和强烈的标识度，而“拧巴”则是其最具个性的特点。“拧巴”是个流行于我国华北一带的口语词，它的意思很多，也很含混，除了别扭，互相抵触之外，还有纠缠、错乱、不合适、不对付等等。“拧巴”一词拿捏住了刘震云小说的魂。刘震云的创作被批评家和他本人冠以“拧巴”写作，这是对时代最好的描摹，也是对他作品较为精确的概括。无论是极简叙述中的戏剧成分，还是冷峻叙述中所蕴含的情感，抑或是那种话痨环境里的交流困境、笑中带泪的幽默、“一地鸡毛”中的生活哲学，都有“拧巴”的意味。此外，“拧巴”是一种生活的辩证法，相克相生，隐忍、反抗；“拧巴”指向的也是一种哲学观。说到底，“拧巴”指向的是一种生存状态、生活态度，是一种关于生活的辩证法。

“拧巴”蕴含着丰富的哲理，这是一种接地气的哲理。“拧巴”所蕴含的哲学是一种简单的生活辩证法，是一种相对主义，万事万物并非绝对的善恶好坏，而是存在大量的中间地带。比如“一句顶一万句”“一日三秋”这样的表达已经暗含一种“少”和“多”的辩证。将终极的生存哲理寄寓于最最普通的人事，本身就是“拧巴”的。《一日三秋》看上去是描写乡间人物的日常生活，但把戏曲、传说、梦境、算命等都联结和串通起来之后，带有了浓郁的寓言色彩。刘震云的书写是乡土文学那一大类，却不断触及形而上的哲思。这种具有乡土韵味的哲理表达导致了表述上的“拧巴”。

幽默是刘震云笔下人物的状态，这种苦难和幽默的对举，也形成了“拧巴”效果，自嘲也好，反讽也罢，是典型的笑中带泪，是一种“拧巴”的幽默。《一日三秋》很大程度上仍是在探讨延津人幽默的本质。在小说中，苦难的花二娘一直追求的，其实是一个笑话，这个笑话是为了对抗悲伤。这种反差性凸显了笑中带泪的悲剧效果。伟大的作品，往往是笑中带泪或悲中有喜，以欢笑和泣泪为线索，表达对生命的理解。既是幽默，也是讽刺；既是魔幻，也是现实。《一日三秋》延续了刘震云一贯的风格，幽默而没陷入滑稽，批判而不沉重，荒诞而不虚妄，“拧巴”之后留下无穷余味。

刘震云的小说充满了黑色幽默，世俗生活所包含的哲理，及打破日常生活壁垒的想象力。刘震云写出现实与想象中的人性、土地、命运。很明显，刘震云也十分关注底层人物的命运，也有一种国民性的考察和反思，有哀其不幸、怒其不争的意味，这本身就是一种“拧巴”状态，又爱又恨也是一种拧巴，无可奈何、只能如此，都是一种窘迫的状态描写。这种整体的幽默感是一种最大程度的“拧巴”表征。幽默不是滑稽和搞笑，而是笑料中有深深的讽刺，这次他所讲的故事本身存在着荒诞和幽默，事情背后的道理存在更大的幽默，事物和道理之间的联系也很幽默。通过含泪的笑，达到批判的效果。在某种意义上，此作可看作是《一句顶一万句》的续作，但更讲求亦真亦幻，虚实相间。符合他所要描写的那一个群体的特点。

刘震云在形式上的表达也具有“拧巴”效果，他的书写秉持着后现代艺术的极简主义策略。简单的故事，重复的絮叨，通过重复来制造一种接收的张力。这也是一种“拧巴”。刘震云的书写一个典型的特征就是絮絮叨叨，而这种絮叨正是生活无奈和不连贯的最佳隐喻。简单故事的形式化处理就是如此，作家的感情调控也有这种味道。刘震云的小说看起来是将作者的情感隐藏的模式，实则蕴含着深刻的批判思维。作者采用一种情感极度节制的白描手法，用这种手法呈现一连串的事件，几乎看不到感情的介入，这种冷酷中更显示出叙述的张力，因为随着叙述的展开，小说的情绪已经展开，所有人的情感其实被小说独特的叙述方式所营造的氛围而激发，最终，大家反而能够感到情感的冲击。不过，这种情感的节制不代表刘震云的冷血无情，相反，刘震云有着一颗慈悲的心，也可以说有一种“哀民生之多艰”的意味，他一直在用一种悲天悯人的情怀打量世上的众生。小说情感可以节制，但不可能绝对的零度风格，而是具有一定的叙事伦理，作家与作品无法摆脱现实介入的一面。对现实问题的关切实际上也显示出作家们的一种叙事伦理，批判也好、启蒙也罢，都是对生活美好一面的期许和向往。在《吃瓜时代的儿女们》中，除了几个主要人物，次要人物在小说中的出场也颇具深意，小说出场人物众多，尤其是很多人的命运最终没有下文，这种故事的断线与缺场正是底层人物蜉蝣般存在的写照。几条断了线索的故事虽然耐人寻味，但并没有人会在意，这正是吃瓜群众的处世态度，喜欢看热闹，却并不真正关心在意他人，更进一层，这些突然消失的小人物既是被观看的对象，同时也是吃瓜群众的一员。刘震云其实还是用一颗慈悲之心，关怀这些冷漠的吃瓜群众。

也正是这种“土味”的哲思，让小说具有超越性，超越书写正是刘震云小说的独特价值所在。总体来看，刘震云的小说大多有一种超越文字表面的东西，文字极为平常质朴，很多是对话体、口语化，但是思想深度丝毫不弱，比如《一句顶一万句》是一种乡村叙事，但体现的是一种乡村书写的新面向，技法上凸显说话艺术的魅力，思想上展现人性的隔膜。小说描述了一种刘震云中国式的孤独感和友情观。作者用艺术的笔触描写了底层中国人民最真实的生活，有隐忍，有反抗，有绝望，也有光明。《吃瓜时代的儿女们》也有深意，文本的深层含义很多，联系他一贯的创作可以稍做梳理。比如吃瓜群众在小说中自始至终并没有出场，可似乎又时时在场。并没有在文中出现的吃瓜群众，其实隐喻的是每个人，小说中的个体看似毫不关联，实则被命运和荒诞的现实串联在一起，同理，现实世界里每一个人也是息息相关的，这也是题目的深意之一。再比如，有些章节仅有一句话，这是节奏的需要，同时也表现了岁月流逝的迅疾，生命的无常、无奈与无聊。这种表达模式在小说中还有很多，这正是其小说超越性的一面。类似的还有《我不是潘金莲》以及《一日三秋》等。很多作品正是通过这种“拧巴”的表达，达到对故乡、对人生的多维反思，实现主题的升华，在日常琐屑中抽取了深刻的人生哲理，实现了现实的隐喻和寓言化表达。

结　语

刘震云将生活复制进文字，用白描的手法复刻每个人的生活，这种“新写实主义”却意外收获了大量读者，刘震云的作品俨然进入畅销书行列，有些单部作品首次印数近百万册，这在当前的出版环境中实属不易，不过这并不完全是他降低了纯文学的身段换来的，而是源于刘震云的小说并没有设置太多的阅读障碍，多以口语化行文，并且没有削弱其思想深度，他的作品真切描摹了我们的生存境遇，触及了每一位读者的敏感神经。小说结束后，仍留给读者些许的思索，作品如同一面镜子，照见自己的灵魂，照见自己的孤独，照见社会的荒诞和“拧巴”。刘震云的小说往往在一种平铺直叙中突然扣住读者的心弦，因为在这里能看到每个人自己的影子，有每个人的日常遭际，每个人面对的生活困顿、尘世的无奈、精神的寂寞，在生活流叙事的浅表之下是“灵魂之深”的书写。“无法即为万法”，“新写实”最终能流变为一种通俗写作模式，刘震云能转型为畅销书作家，可能从一开始就埋下了种子，也算水到渠成。

发表于《中国当代文学研究》2021 年第 6 期

以康巴书写中国："边地"如何抵达"中心"

——高旭帆小说论

高旭帆的小说聚焦巴蜀大地的乡土世界，以对四川的乡土特别是康巴山区居住的"山民"为描写的主要内容。他的小说以康巴地区为中心辐射开去，以民族志"深描"的方法对这一地区的地方性知识进行了深度开掘。通过对地方的反复书写，作家提炼出了一种民族文化精神，即康巴文化精神，这种精神具有多重内涵，直接影响了其后康巴作家群的成长壮大。高旭帆在地方书写的逐渐累积中延伸开去，以"地方"书写中国，从"边缘"抵达"中心"，即在乡土书写的同时，也始终关注地方与外界的关系，作品在书写本土的同时也融进了很多外来因素。因此，高旭帆的作品反映出一种人类所面临的共通境遇和人性的普遍性问题，早已溢出地方和区域的限制，走向更为广阔的时空。

一、从地方/知识到文化/精神

多年来，高旭帆一直扎根巴蜀大地的乡土世界，坚持在地书写，坚持从一种乡土的、民族的地方性知识中提炼出一种民族文化精神。"地方性知识"是一个民族人类学的概念，这里也指向一种采用民族志"深描"的方法所从事创作的手段，主要是对其作品所描写的各种地域风貌、人情伦理、民间文化的一种统称，

"民族文化精神"则是由这些知识所提炼出的一种价值取向。四川是乡土文学的重镇，自白话文学诞生以来，就形成了富有地方特色的文学传统。巴蜀大地上的乡土文学一直薪火相传、血脉延绵，新时期以来涌现了大批书写乡土题材的作家，从周克芹、马识途、克非、王火，到阿来、贺享雍、李一清、罗伟章，再到新生代的卢一萍、杜阳林、章泥、王棵等，都有聚焦乡土的作品。高旭帆也是巴蜀乡土作家中的重要代表，他对这种传统的延续体现在多个方面。

高旭帆在表现传统乡土的同时有自己独特的书写领域，即对"山民"形象有较为精彩的刻画，对农牧之事有详尽的描绘。山民们从事着各式各样的生产活动，畜牧、耕种、跑马帮，甚至还有盗马贼等非法营生。生活多种多样，人物性格复杂多变，文化文明也丰富多彩。高旭帆的很多作品通过一种精细化的描摹，提供了一种可资借鉴的地方知识，他的乡土书写立足巴蜀，聚焦四川的乡土世界，尤其集中在其生养之地——康巴少数民族地区。这种独特的文化孕育出独具特色的文学。高旭帆的作品多限定在一定的区域，地域文化的丰富性本身就是民族文化精神的体现之一。不少作品是对地方文化的详尽再现，涉及地方建筑、风俗禁忌、谶纬诅咒、神灵崇拜、古老文明、文化传统等具有地方特性的方方面面，且多有地方性的神秘特质。《崩岭规则》书写猎人海骡子和庄稼汉末保保之间决斗的故事。因儿媳之间的矛盾引发冲突，他们解决冲突的方式便是通过互相放铳来决斗。决斗是民间较为原始的解决矛盾的方式之一，也是一种尚武文化的延续，具有很强的地方性。《三月的阳光》也写了一场上千人参加的"血斗"，有人因此丧了命。有时候这种地方性的民间价值理念常常超出了一般人的认知范畴。比如《藤索渡》写盗马贼的故事，作家似乎有意识地凸显盗马贼的英雄主义气质。马帮捉住盗马贼后，用尽各种方式折磨他，但是盗马贼却没有屈服，他也因为坚忍的行为而被当地人称为好汉，这显然是一种具有独特地域性的民间伦理观。

地域景观对作家具有一定的影响，奇特的地理风貌和风物展示对故事走向必定有影响。康巴地区的崩岭山区是高旭帆小说中频繁出现的文学地理景观，小说中景观、风物、人情多以神秘的姿态出场。《山吼》描写了大渡河流域的崩岭山区景观，其中的“石磨钻天”“古磨”等特殊景观对整个叙事氛围有重要的影响；《古老的谋杀》里，罗老师在阴间要副重重的马掌钉在鞋上，免得一刮风身子就飘，小说中有多处关于死亡的表达；《三月的阳光》里，山间老太婆背空背篓还要放块石头；《八公》中一头老牛临死时用双角刨土坑作为它的坟墓，类似这样的书写明显有一种神秘色彩。地方风俗和地域景观是作家笔下反复出现的内容，比如具有民间信仰意味的山神崇拜在多部作品中都有体现。《崩岭规则》里，龙老爹担任海骡子和末保保决斗的中间人，他在决斗前需要双手合十对着崩岭山拜山神；《崩岭汉子》里还收录了寨子里敬山神时的“喊山调”，这些民间信仰已经融进了山民的血液里。

这些带有神秘色彩的书写既满足读者一般的新奇体验，也提供一种原生态的文化，彰显一种民族精神的内核。在人物形象建构上，作家塑造了康巴人物群像，很多人物也是一种理想化的人物，是作家的一种理想化人格的投射。这些人物大多受其生存环境的影响，普遍具有乐观向上、坚韧、尚武好斗、力量崇拜等特性。尤其是以康巴汉子为代表的人物形象，在整个中国文学人物谱系中具有一定的意义。高旭帆小说中的康巴汉子多是来自山野间的小人物，虽然他们是山野间的芸芸众生，但是他们身上有着极其强烈的英雄主义气质，甚至可以说带有某种草莽英雄的性格特征，这些人物在民间伦理映照之下身上处处洋溢着英雄主义的气质，散发出来自山野间的质朴的美感。

高旭帆小说的语言也处处展现出地域性特征。语言是文学的内核，作品中的语言也是文学性最直接和典型的表达。在高旭帆的作品中有不少方言土语俗语的使用，这种语言与白话文学提倡的一体化语言既有重叠，也有保留。小说使用大量的方言，如“央人”（请人）、“薅草”（锄草）、“洋芋”（土豆）、“日白”（开玩笑）、“劳神”（麻烦）等等，还使用了不少俚语、歇后语等，通过语言形成了一种浓郁的地方生活氛围。

高旭帆的小说以一种地方或边缘的东西，通过边地书写的路径，提供了一种地方性知识，这些知识于外界而言是一种完全陌生的体验，具有一种冲击力。无论是地方文化的展示、方言的使用，还是具有地方特性的人物形象建构，抑或是内在所蕴含的一种民族精神，通过反复的书写，康巴文化精神逐渐被建构了起来，野性思维、力量崇拜、生命向上等都是其具体化的表征，但又不仅仅局限于这些，而是有着更为丰富的内涵。

高旭帆是出身于藏族聚居区的汉族作家，他的作品大多是对这种地方文化的展示和精神的提炼，同时，他的知青身份和插队经历又让他具有一种旁观者的凝视视角。他的作品以康巴书写中国，把在政治和经济上相对处于边缘地带的康巴地区变为在文化上、文学上和精神空间上的高地。作家以文学的方式，提供了对康巴文化精神的基本界定，并表现出用康巴文化精神来审视世界、族群和国家的努力，凸显了这一文化精神在中国社会的价值。其作品融个人、民族、时代于一体，或探索民族文化传统精神内核，或试图为现代人树立理想标杆，或为多民族的和谐共存提供范例。高旭帆的创作也开启了之后的康巴写作，促进了康巴作家群的形成。康巴作家群的形成和发展经历了渐进的过程，高旭帆小说的在地性书写，为康巴作家群和康巴文学的形成、发展与活跃奠定了坚实的基础。“高旭帆是‘康定七箭’中的长者，较早为康巴文学赢得了声誉，也为以‘70后’为主的康巴作家群的成长提供了可资借鉴的文本示范和创作探索。”[①] 之后的康巴作家几乎延续了高旭帆在作品中所蕴含的这种康巴文化精神。

不过，高旭帆的小说并没有体现一种狭隘的地方观，山区始终和外界有着一定联系。比如多部作品中都出现了知青这一群体，并书写山里人与他们的具体交往。《三月的阳光》叙述的是汽车司机、剧团员工小三与插队知青之间的往事，孝顺、多情且卑微的小三早先都是以幽默的形象出现，最终却为了让美琪勇敢地活下去而丧生，整个故事多处体现了山民与外界的关联。《私奔》也书写了外界带给古老村落的影响。“川北佬”在农忙时节来到康村，康琼的母亲出于同情便收留他住下。“川北佬”为了赚回家的车票钱，参与到康琼家的农忙里，他将割麦子和插秧等农活都做得异常出色，甚至一人做的农活顶了两三个人，于是深得康琼一家人的赏识。可出乎意料的是，“川北佬”最后带着康琼私奔了。在康琼和“川北佬”被民兵追回来之后，康琼说出了自己选择跟“川北佬”私奔的理由：他“秧子栽得直”。这种简单的理由蕴含着的其实是村里人对外界的向往。康琼生长于康巴山区，对山区外的世界知之甚少，而“川北佬”给她带来了关于城里的信息，也带来了康村外面的世界的各种幻想，出走是必然的结果，出走也蕴含着一种从“边地”走向“中心”的渴望。其他不少作品也有对山区与外界相关联的书写。《山吼》中有公社武装部对磨坊里的蔡箩箩的来历进行调查，《红与黑》中出现了巡回医疗队，还有一些作品中出现的知青群体，等等，让地方和

① 周毅：《高旭帆：不该被遗忘的康巴文学探路人——重读〈山吼〉与〈古老的谋杀〉》，《阿来研究》2020年第1辑。

外界有了明显的关联。此外，作品多次写到物质利益对情感有一定的冲击，山里人重情重义的秉性在悄然发生着改变，这其实也是受外界影响的结果。

二、从康巴 / “边地”通达中国 / “中心”

高旭帆的书写在地方之外，存在一种普遍性问题的讨论。从地方文化知识到民族精神的提炼，让高旭帆的作品从康巴这样的“边地”进入“中心”，即从一个地方角落书写整个的“中国故事”。康巴文化精神既有本土的特殊性，也有很多普遍性的东西蕴含其间，是一种生存的常态。他笔下所描述的那些乡土风貌与人情伦理具有相通性，城市化进程与乡土社会的裂变也极具代表性，都是从地方一隅到整个中国的延伸与发散，他笔下的“崩岭山”可以置换为其他地方的一座山，他笔下的人物也可以生活在康巴之外。作家立足于自己所熟悉的民族地区，进行了全方位多维度的关于生活和生存常态的叙述。故事的多样性和人物性格的多重性必然让小说主题变得丰饶，自然也就溢出了某一特定区域。

高旭帆关于生活的艰辛与人的奋斗的书写笔墨较多，与特定的地域并无本质的关联，比如“狠人”系列中的麦女形象就是一例。麦女为了建造属于自己的房子，每天节衣缩食。建造房子对于麦女这样贫穷的家庭来说遥不可及，可是这个“狠人”却非要达成这一目的不可。即使每天只吃“菜糊糊”充饥，她仍然有着一股狠劲儿，一直在为建房做着各种准备，她的狠劲儿让村里人惊讶。最终怀孕的麦女死在背青瓦的山路上，肚皮上还压着一叠青瓦，这种近乎发狂的行为，是一种对苦难生活不服输的极致化表达。虽然遇难，但麦女的狠人形象却得到了崩岭山人的尊重。

《茶道》中的老拐爹也十分强悍坚韧，舍妻携子往返于险恶的茶道，最终倒在了茶道上。作家“写活了人们在艰难生存境遇中的超常坚韧与乐观洒脱，展现了人们生命的张扬和爱欲的勃发”[①]。

《分肉》通过人们对肉的期待及对分肉结果的算计来描写艰辛的生活。同时，这也是对以饥饿记忆为直接表达的苦难生活的呈现，更是对历史和人性的一种揭示。困难时期，队里为了欢送知青离开，将配种的公猪杀了分肉。但如何分肉成了一个大问题，为了拿出方案，夜里扯了半宿，直到第二天确定方案，即按不同部位平均分配的时候，有人家却在这时生了小孩，多了一口人，又需要重新计算人均斤两……所有的描写都是日常生活的复现，故事的高潮出现在结尾，一向没算错过的知青小高，偏偏这次就出了错，导致队长家没有分到肉，而队长的儿子从一开始就在期待着吃肉。队长无奈，只好去拿一开始就扔到树上的“白色细长的东西”。小说以分肉事件引出跑了老婆的队长、队长儿子老幺、知青小高及对猪肉十分渴望的村民等众多人物，呈现了苦难的生活。《红与黑》书写生产队分红的故事，也是一种苦难生活的呈现，可无论怎样艰辛，人性并未泯灭，反而充满了光辉。小说中，期待年底分红的一队人在一起开会，被告知分红无法兑现，最后解决的办法便是“红分户”与“黑分户”结对子，队里最贫困的光奎和马老汉结为一对，马老汉为女儿医治疾病的愿望落空，而在这时，双方却一改开始的吵闹而达成和解，马老汉并没有强求光奎还债，之后光奎突然消失，从人们的只言片语中能够得知他是为了还债出去闯荡了一回。马老汉急需这笔钱，却没有逼迫光奎还债；光奎是队里有名的“懒汉”，这次也硬着头皮出门去“找钱”，这些宽容与醒悟，都是一种人性光辉的闪现。

---

① 向荣、陆王光华：《“没有结果的游戏”——论高旭帆的小说创作》，《阿来研究》2020 年第 1 辑。

《山吼》书写了形形色色的农民，他们有着很多缺点，也有很多人性的闪光点，在严酷的生存环境中没有屈服，也没有丧失做人的底线。《三月的阳光》书写“刁小三”范俊华的故事，他为人热情、脾气好、勤劳，关键时刻能舍己救人。《强盗》写小人物对名声的捍卫和对他人的宽容，最终保留了人性中善的一面。这些都是一种对人性的探寻和表达。

高旭帆的小说大多反映了一种人性的普遍性问题，以一种“相对主义”的笔法书写人物和事件，没有好与坏的截然区分，而是美与丑的交织、善与恶的斗争、明与暗的较量。《野坝》中的老脚是崩岭山一带的赶马汉，他身上有着赶马汉们特有的精神气质，即勤劳勇敢、坚韧顽强、不畏艰险，但同样有着粗野狂放、放荡不羁甚至是残忍暴戾的性格。他在肉体上虐待丧父的憨娃，并霸道地独自占有年轻貌美的果果，不过后面的叙述又发生反转，老脚之前对待憨娃的种种行径，有着刻意磨砺憨娃赶马跑江湖的意味，令这个粗野的赶马汉同样闪烁着生命的光辉。《山吼》中蔡箩箩被古磨碾轧而亡，此时一句：“古磨毁了！”聚焦点的不同反映出一种对生命的态度，这是人性与时代共同造就的悲剧。在这里，人性具有温情的一面，也有冷漠的一面。山里的人们可以收留逃荒者，也能将其逼向绝路，《山吼》还进行了另外的深度思考。小说书写了一起因“流言”引发的血案，涉及尚武好斗、看重人情面子的风俗习惯，也有对蔡箩箩逃荒的现实因素的揭示。逃荒者蔡箩箩在山里站稳了脚跟，却因一些流言蜚语被迫要与寡妇成亲，无奈之下只能躲进古磨，被碾轧得血肉模糊，小说最后则通过他儿子的出场来证明这些传言纯属子虚乌有，而作家最后对其逃荒缘由的交代也有一些历史性的思考。

高旭帆在人物塑造上十分到位，几乎每篇小说都有立得起来的人物。《八公》书写了一位老农民的故事，开篇就是八公在犁地的时候缓慢倒下，就连犁地的老牛也吐出了鲜血，人与牛在那一刻形成了一种“同病相怜”的效果。同时，他的写作具有一种超越性，在对象化书写的时候进行着一种主体化的思考。在故事之外，是作家对人的精神领域的关注。《八公》中老人与老牛相依为命，分不清是“人牧牛”还是“牛牧人”，通过对农村老人性情变化的描绘，来书写一种人的孤独感和异化感。农村老年群体在基本的物质生活上仅是勉强满足，精神世界则完全是被忽视的，而八公则用自己的方式捍卫了自己的精神尊严，这种“生命的尊严”[①] 正是一种人的共性问题。

前文提到，作家使用方言体现出一种地域特性。与此同时，高旭帆更注重语言的艺术性，追求一种语言的精致与凝练，形成雅俗共赏的效果，而从方言到艺术语言的转换其实也是一种暗藏的普遍性的追求和表达。高旭帆注重小说的表达节奏，同时也注重情节的丰富性和戏剧性，不少作品都是在结尾陡然达到高潮，而另一些作品则从一开始就设置悬念。《八公》中八公的一生十分漫长，是高寿之人，而小说采用留白的艺术手法仅仅写到他在步入老年之后反复牵着老牛犁一块地的场景，寥寥数语表达一位老农民临死前的执着，以此复原其辛劳的一生。对老牛的挂念是对过往的回忆，也是对当下生活的某种警示，这样的农民形象也就具有了典型性。《栗色母马》则采用了一种复调叙事手法，将小说中叙述者与妻子的恋爱、结婚及妻子的难产与他当知青时一匹母马难产的情形巧妙结合了起来。这些都是一种技法上的超越性。

从质朴的民风、特殊的人伦，到惯常的对人的劣根性的批判性书写，再到语言、故事、人物，小说呈现了个性与共性的辩证统一。不同的水土孕育出不同的作家，地方特性也是作家创作最

---

① 高旭帆：《没有结果的游戏》，《当代文坛》1994 年第 3 期。

重要的特征。从地方性知识到文学、地理学再到“地方路径”，[①] 地域性问题已经成为一个无法绕开的问题。在交通如此发达、通信如此便捷、人口流动如此频繁的当代社会，作家也会流动，但是无论怎样流动，其地域特性几乎是蕴含在骨子里面的。中国文坛活跃着许多地方文学流派，既有“京派”“海派”的南北大地域之分，也有“荷花淀派”“山药蛋派”的形象称谓，还有“文学陕军”“文学粤军”“文学桂军”等直接以省级地域命名的作家群体。他们立足于地域书写自己的心灵原乡，丰富了中国文学的面貌。这些以地域命名的作家群既指向地方，也通达中心。我们对聚焦地方的书写从地域文化的角度进行研究，并不是设定框架将其狭隘化，而是揭示其如何通过地方抵达中心、通达中国。民族书写也不例外，中国本就是由多个民族组成的国家，每一个民族都指向中国这一中心。“民族国家是现代性的产物，它既是‘民族’的又是‘国家’的。”[②] 说到底，民族、国家、现代性，围绕的都是人和人性问题的根本来书写，这便是从少数群体走向人类，也从地方走向世界。

三、从神秘 / 民族走向现代 / 世界

在全球化浪潮下，地方被裹挟进现代化之中，地方的神秘因现代文明的介入逐步消失，神秘走向现代，民族融入世界。因而，作家写地方最终也是为了通达世界。地方和世界本就是相通的，地方性也是世界性的表达。当前学界在对地域文学和文化

① 李怡：《“地方路径”如何通达“现代中国”——代主持人语》，《当代文坛》2020 年第 1 期。

② 唐小林：《想象国族认同：以天民接通历史与现实——论马平〈塞影记〉的独特价值》，《当代文坛》2021 年第 6 期。

的探讨时提出了“地方路径”的概念，其立足点正是一种世界性的眼光，谈论“地方”也是一种“世界”的思维方式，通过地方彰显世界，这既是一种文化自信的显现，也是一种内在的逻辑表达。边缘与中心、民族与世界并不存在泾渭分明的界限，“民族的也是世界的”已经被无数文学实践所证明。威廉·福克纳一直书写自己“邮票”大小的家乡，但是其作品早已经走向了全世界；莫言长久以来一直书写自己的高密东北乡，最后也从那里走向了全世界。近年来，多种世界文学大奖连续颁给了非洲裔的作家，根本原因在于，他们作品中所蕴含的精神内核具有世界共通性。

高旭帆的大部分作品在描写一种原乡景致，具有一种民间性和质朴情怀，同时也关注人类的共通命运。前文已经提及，古老的大山和外界有了太多的关联，古老的地方遭遇外来文明，现代化的浪潮让神秘的文化与文明渐渐褪去外衣。人们普遍面临一种传统社会的转型和裂变，尤其是现代化进程所带来的现代性问题对人类的深层影响。比如，金钱对情感的腐蚀很大程度上指向的是一种现代化进程的负面影响。发达的工业、商业都是现代化所带来的结果。时代浪潮让人情变得淡薄成为一种普遍性的问题，“金钱的魔力正向民风淳朴的崩岭山扩展”[①]。在《八公》中，八公之孙庆儿一面准备着爷爷的后事，一面在焦虑着自己的生意。金钱至上、唯利是图的社会风气正是现代化进程所衍生出来的副产品，乡土社会也受到同样的影响，而且这种突变往往还会带来更为严重的后果。人情上的缺失带来一种普遍的孤独体验。小说写到人们对八公的关注点仅仅是在期待他咽气，而各自忙碌着自己的事情，“开会”成为他们首要的事。人与牛的情谊也是一种

① 郭建勋：《忠于生活的原则与艺术个性的初成——高旭帆小说创作简论》，《康定学刊》1996 年第 1 期。

反向的论证。八公迟迟不肯咽气，手上一直攥着半截“牛绳”，原来是因为还有心愿未了。当人们发现老牛用自己的双角刨了土坑躺进去了之后，八公也咽下了最后一口气，报丧的铳声才得以响起。小说刻画了人情的淡薄，反衬出老人与老牛的情谊，有了很深的象征意味，更凸显出作家的一种叙述立场，明显有一种担忧和反思隐藏在叙述的背后。

古老而神秘的文化正在经历现代化的洗礼，传统的民间伦理一步步解体，这是不可阻挡的潮流。《崩岭规则》叙述一场古老的决斗，但是因为有了警察的介入，决斗和法律成为传统与现代的两种表征。海骡子和末保保的决斗，依据的是传统的民间伦理，警察从现代法律的角度，认为海骡子和末保保之间的决斗不合法，海骡子和末保保分别被判处有期徒刑一年。海骡子自始至终都认为这场决斗充满着合理性，也足见观念的现代转型之艰难。从龙老爹所说的“照祖先规矩赌命”，到法警宣读的判决书中的“野蛮的‘赌命’”，可以体会到崩岭山的民间伦理与现代法律伦理之间正发生着激烈的较量，而很明显，后者占据上风，这是不可阻挡的大潮。《三月的阳光》中，敲了半辈子川戏锣鼓的老头们开始练习爵士鼓，甩惯了水袖的青衣花旦们在练迪斯科，从传统戏曲到世界流行音乐的转换，也是传统与现代之间的较量。高旭帆的这些小说体现出一种浓郁的现代性，现代性正是有了世界这一参照体系才出现的。现代性与民间性往往相伴相生，“现代话语在自我建构过程中不断借壳于‘民间’，因此，‘民间’实是现代性的另一副面孔”[①]。民间性是地方民族文化精神的彰显，它同样投射着作家对现代性的独特表达和深刻思考。

世界性的表达最明显的是其作品指向了文学的终极命题，表

① 陈培浩：《作为诗学话语借壳的“民间”：现代溯源及伦理反思》，《江汉学术》2021 年第 6 期。

达唯有小说才能表达的东西，探讨“生命”和“存在”等诸多更为抽象的命题，而这些从高旭帆创作一开始就已经埋下了种子。他的很多作品都有关于“人”之“存在”的思考，《八公》中主人公晚年时光的遭际从现实层面来讲是生活困顿所致，从更高的层面而言则是生命必然的孤独。《强盗》中的德昌不断对自己的名声进行捍卫，也有一种自我对主体身份的确证问题。有学者很早就关注到高旭帆小说有着强烈的现实主义的生命哲学品格以及对于“人”的“存在”的探索。陈伯君在《山吼》发表后不久就对此进行了概括：“小说勾勒出了山民们的生命力、生存条件和生存状态，并用大树拱石磨来象征生命与生存的不协调。”[①] 生命与生存的协调不光指向外界的物质条件，也指向每位个体的精神世界和存在本质。

世界性最直接的体现就是一种人类的共性，人之存在的共性。纵观高旭帆的书写，也蕴含了这种世界性的因子。以“康巴”地区为中心的人物和故事所表现出来的地方性、民间性和世界性、现代性的交融性，向我们展现着一种深度的思考，即神秘与现代、民族与世界之间的壁垒逐渐被打破。通过对高旭帆作品的深入阅读，会明显感觉到他的小说与很多西方小说名家有异曲同工之妙。比如他笔下的很多人物与《老人与海》《西西弗神话》中执着和坚韧的人物相似，比如八公反复犁一块地、老拐爹穿梭于险恶的茶道、麦女拼死修建自己的住房等举动，与西方作品中体现出的生命的坚韧和对某一事物的执着如此相似。又比如那些人物的原始生命力与杰克·伦敦作品中的生命意识也有某些共通性。处在不同的地域，表达的是如此相似的主旨，这正是一种世界性的眼光和文学关怀。

① 陈伯君：《稀疏勾勒的顽强生命——读〈山吼·三题〉致高旭帆》，《现代作家》1987 年第 11 期。

结　语

高旭帆赓续巴蜀文脉，以自己的家乡康巴地区为中心辐射开去，将地方知识进行深度发掘，并提炼出一种兼具传统与现代，融地方性与世界性为一体的民族文化精神。高旭帆的小说在乡土书写版图中具有重要的地位，作为康巴文学的奠基人物，其早年所进行的康巴文学实践直接影响了后来的康巴作家群的成长壮大。高旭帆的小说在民族和地方书写的同时，也有一定的超越性，地域书写潜在的有一种向中心靠拢的意识，这在他很多作品中都有明显的表达。归根结底，高旭帆的小说依旧是追问人和人性的写作。不管“越是民族的越是世界的”真伪性如何，民族的文化始终是世界文化的重要组成部分。在高旭帆所提炼出的民族文化精神中，蕴含着丰富的人类命运普遍性的东西，这使得他的写作可以从地方通达中国，从边缘抵达中心，从民族走向世界。

发表于《当代作家评论》2022 年第 1 期

第三辑

小说小评

毁灭我们的不是战争，是人性

——评《劳燕》

张翎长篇新作《劳燕》以大量的口述史和博物馆历史文献资料为底本，试图揭开那段尘封几十年的历史，以宏大现实主义的姿态介入战争书写，却以一种新历史主义的文本呈现出来，这不是关于战争中炮火连天正面战场的书写，而是一个女性与三个男人之间的情感纠葛，战争只是淡化为一个故事背景，战争的背后依旧是人性。在纪念抗战胜利的历史节点，她用一些不为人知的小人物的故事，书写了别样的历史。历史与现实成为了小说最重要的一组关键词，最终呈现出来的是回不去的历史与到不了的现实。虽然作家一再淡化战争结束后的各种历史背景，但战争结束之后现实生活的惊心动魄，仍让那些参加过真正战争的人感到可怕。张翎真正思索的，还是操纵着历史与现实背后的人性，毁灭我们的不是战争，而是人性。

一

张翎的故事叙说能力依旧很强，她将一个女性悲惨命运的故事讲述得荡气回肠而又引人入胜。一个有着三重身份的普通的中国浙南山村的小女孩，在她的未婚夫刘兆虎那里她是阿燕，而在美国牧师比利的眼里，她是斯塔拉，另一位美国大兵伊恩则称她为温德，三个男人的亡灵追忆这个女孩，呈现出三种不同的侧面。而每一次讲述，都能让听故事的人扼腕叹息，甚至流下眼泪。

这个普通女孩的命运是如此多舛，她被日本兵性侵，又遭同胞欺凌，未婚夫也抛弃了她，更为可悲的是，同村的人却没有对她施与同情，反而是各种风言风语，就连小孩子们都拿她寻开心。这里的小孩子们很明显是受到大人们的影响蛊惑，这种落后地区人性的缺失由此也可见一斑，这一切使她走向崩溃的边缘。牧师比利救了她，教给她医术，她在战争中重新站立起来。面对新战士鼻涕虫的劣迹，她勇敢地挺身而出为他说情，鼻涕虫战死，被日军砍下脑袋，她亲手将鼻涕虫的脑袋缝回到身体上，这种触目惊心的描写，让阿燕的过分镇定有了别样言说的空间。

这部小说中张翎故事编织技术更加精湛，思想主题更为宏大，艺术精巧也越发娴熟。从《望月》开始，张翎塑造了一个个多重身份的女性形象，这些形象有着惊人的一致。她们经历多重苦难，最终反而参透人生，最终接纳生活的一切磨难，这或许正是文学的力量所在，尤其是本来就处在弱势阶层的女性，更能激发起读者的怜悯之情，也就更具抚慰功能。《余震》中的小灯、《睡吧，芙洛，睡吧》中的刘小河、《阵痛》中三代女人惊世传奇的生命孕育、《流年物语》中那个说着蹩脚法语的中国女人等，这些女性在生存的绝境面前，保持了肉体与精神的双重挺立。《劳燕》依旧如此，在一切磨难面前，劳燕选择了坚强。她历经时代风云，顽强地生存下来，在伤害她最深的刘兆虎落难的时候，她依然选择放下怨恨，并用爱来给他新生。《劳燕》在本文中是劳累的燕子的意思，象征着女主人公一生劳累凄苦的命，与此同时，这又是一个最具中国韵味的典故，预示着故事的走向。

“劳燕”代指伯劳和燕子两种鸟类，“劳”是伯劳的简称，

“劳”和“燕”分别朝不同的方向飞去，在传统诗歌的天空下，伯劳匆匆东去，燕子急急西飞，瞬息的相遇无法改变飞行的姿态，因此，相遇总是太晚，离别总是太疾。东飞的伯劳和西飞的燕子，合在一起构成了感伤的分离，成为了不再聚首的象征。小说中阴差阳错的情感纠葛，尤其是结尾那封尘封数十年的书信，将这种劳燕分飞的意境充分描摹出来。此外，这一典故还有另外的意思，当伯劳遇见了燕子，二者就相互完成了身份的指认，这也象征着小说中人物身份的复杂性。小说中一系列人物不断地讲述他人，诉说自己，但最终究竟能不能完成身份的指认，却是一个不解之谜。

二

在主题层面，作家以新历史主义的姿态对被人忽略的小历史进行重塑，如描写战争对四十一步村的影响、描写日本投降、描写战争结束后民众的狂欢、三个男人两瓶威士忌的狂欢庆祝，以及战争结束后历史的车轮继续裹挟着人物命运前行等，都具有小历史的姿态。无论从哪个角度而言，这份历史的探询与重塑都与一般宏大的历史书写完全不同。

作品还体现出另一个大的主题：身份认同。海外华文作家不可避免有种流散者身份标识，作者和叙述者普遍存在的身份认同危机与焦虑合流，互为投射。主人公的三重身份一方面预示着人物命运的复杂性与悲剧性，同时也暗示着海外华文书写的身份认同与焦虑问题。张翎一向被看作是没有乡愁的作家，但走出国门或多或少都有这样的身份认同的思索与焦虑，《劳燕》的创作动机与“玉壶”这个地方不无关系，而这一陌生的地名，实际上串联的是自己对故乡的怀念与认可。在小说的故事框架里，每个人物也都指向了故乡，比利在归国途中死于“败血症”、伊恩回到美国家乡、阿燕和刘兆虎先后回到四十一步村。阿燕的本名姚归燕，也是用归燕来比喻对故乡的皈依。

《劳燕》的开篇“我的名字和绰号多不胜数”正是多重身份指认困境的写照，也是所有故事得以展开的前提，这不只是牧师比利身份指认的困境，而是文中所有人物命运纠缠的前提，题目中的“劳燕”也与身份指认相关。无论作品怎样虚构，都有作者的情感投射，张翎也不例外。《劳燕》对月湖那块神奇土地的书写是作者通往玉壶的一条路，那条路上有磨不灭的记忆，斩不断的乡愁。当她用老战士的口述史与博物馆的历史文献资料去还原那段尘封的历史之时，也是作者灵魂的一次归乡之旅，几十年前的玉壶因战争掀起过震荡，几十年之后，这块土地同样让这位漂泊家国之外的作家心灵为之震荡。流散漂泊之感在海外华文作家们的笔下永远是不可回避的话题，伊恩谶语般的一句“死后每年都要在这个日子里，到月湖等候其他两个人”，“死后”一词如智者一般预示了人与人之间的聚散别离。

在书写历史的同时，是作者对人性的拷问。战争带给人类的痛苦记忆罄竹难书，当牧师比利见到阿燕及其母亲遭遇日本兵暴行的时候，他蹦出了一串“畜生、畜生、畜生、畜生……”这是战争带来的苦难。而阿燕的磨难并未就此结束，相反这只是一个开始。接下来的遭遇就完全是人性所为了：瘌痢头对其的性侵一方面是文中交代的性压抑，另一方面更是落后保守迂腐的环境使然，失去贞洁的阿燕是个不洁之物，任何人都可以唾弃她。就连刘兆虎，也因此放弃了他们的感情。更具讽刺意味的是，刘兆虎从学堂带回了一套又一套的新思想、新观点，甚至梦想着要去延安，而他面对阿燕时却选择和常人一样。伊恩和比利也都因着各自的原因爱上了各自称为温德和斯塔拉的阿燕，说是爱，其实不过是战争年代各自寻找的心灵慰藉罢了。作者让每位当事者自己站出来叙述，而显而易见的是，每个人都隐去了一些真相，即便都是从死人口中说出，依旧不能正视各自的本性，不能正视自己正是人性最为荒诞的点，而且每个人都有一个借口——战争，战争是块遮羞布，“是块遮天蔽日的大黑布，在它的遮掩之下谁也看不见自己的良心”。小说中，伊恩对温德的淡忘使他想起比利的忠告，想起了“人性是怎样一件千疮百孔的东西，战争和和平是两个世界，各自有门却不通彼此”。伊恩这段回忆揭开了用战争掩盖人性的那层薄纱。内心世界人性的较量才是延续人一生的没有硝烟的战争，真正的战争已经过去多年，人类怎样反思历史正视现实仍然没有答案。

三

整篇小说真实与虚构、历史与现实、现实主义书写与浪漫主义想象交织。通过大量的文献资料副文本插入，人物被带回历史的现场，但在作者精心编织之下，读者却不知何为历史，何为想象。与历史相关所有的建筑物件包括人，早已面目全非，尽管有遗迹残留，历史的真实痕迹残存于何处却无处可寻，而这些仅存的残痕却串联成了一个完整的故事。

海外华文作家在讲述中国故事的时候想象往往大过现实。身份的特殊使得文本本身也更加含混暧昧。架空历史、想象现实，这是很多作家的惯用套路，这种比鸡肉本身还美味的鸡精仅仅是一种替代品罢了。故事读完，意义在现场也就结束了，故事能带我们回到历史中去猎奇一番，却无法对现实中的问题有什么实质性的解答。文学没有现实性可言，永远只可能是高于生活的。这种想象现实与历史的写作使得作家并不能真正进入历史与现实，实际上，我们需要的不是文学中的那份历史，而是缅怀历史的那份情愫，我们需要的也不是文学中的那份现实，而是逃离现实的那份想象。

张翎喜欢在小说中插入大量的历史资料，可历史资料并不能使小说的真实度提高，因为小说体裁已经规约了这是一部基于作家主观想象的文学作品，那这些历史资料又起什么作用？恐怕主要应该是为了增加历史的厚重感。作家创作的渐趋成熟使得小情小爱已经难以承载一起成长起来的思想性，需要较为宏大的东西来承载，历史是最佳的切入点。因着各种原因，当代作家似乎有回避现实的姿态，在历史的书写中不但不回应现实，反而有架空历史之嫌。历史的厚重感究竟给小说带来了什么？是对轻浮文坛风气的纠偏，还是创作火力的过犹不及？

如何书写历史，如何讲述女性命运，张翎在继续寻找别样的答案。她对历史和女性命运的书写有着惊人的一致性与重复性，这是丰富了女性形象的文学画卷，还是给人以刻板的形象一时难以裁决，有待时间的验证。至少我们可以聊感欣慰的是，《劳燕》让纪念碑与历史课本上没有出现的人名和地名，出现在了文学的谱系中并被记住了，无论这些名字是真实存在的还是作家虚构的，都足够让我们的灵魂顺着这些名字缅怀那段尘封的历史，看清历史与现实背后的人性。

发表于《文学报》2017 年 4 月 27 日

青春、战争、匠气、中年怀旧及其他
——评《芳华》

2017年，严歌苓出版最新长篇小说《芳华》，小说带有浓郁的自传体色彩，用自己的从军经历追忆了别样的青春年华。小说开启了战争书写、青春感怀、中年怀旧的新模式。作品用节制的煽情主义、影视脚本的视觉感、历史的旁观者姿态和丰富的创作经验捕获了读者的心。这是作者创作技巧的集中展示，也是自我创作经验的进一步重复。似曾相识的人物、主题、故事以及读者早已习惯的笔法、文风、叙事腔调、宿命感，让读者继续领略“严式”风格的魅力。

《芳华》讲述了在西南某军队文工团，一群正值芳华的青春少年，经历着成长中的情感萌发与变幻无常的人生命运。青春期的躁动、生命的本真状态、战争的背景、复杂的人性、历史的诡异、宿命的无常在这里交织碰撞。刘峰、何小曼、萧穗子、林丁丁、郝淑雯等人情感缠绕，互相交织，因为种种在后文一一揭秘的机缘巧合，每个人的命运大相径庭，却都拥有着出人意料的人生归宿。《芳华》涵盖了严歌苓的青春期与成长期，她在四十余年后回望这段经历，笔端蕴含了复杂的情感，文本也就有了多重意味。

首先，这是一部不折不扣的青春小说，小说题目原为《你触摸了我》，回应全篇最重要的“触摸事件”，这是典型的青春期躁动的表现，后改成《芳华》则更突显主旨，“芳华”就是隐喻青春岁月。作者与叙述者在作品里构成了理性与感性的对话关系，重新呈现了那个年代里青春的混沌、感性与蒙昧。暧昧、情书、从众、攻击、自卑等等都是青春躁动与青春期隐秘心理的直接表达。

作者用萧穗子的视角来叙述故事，开篇直抒胸臆，回忆“那段被糟蹋的青春，整整八年的青春”，这是当下创作的主要母题之一，大量的青春小说、青春电影、青春电视剧、青春歌曲拨动着人们的那根青春之弦，随着律动跳一支青春圆舞曲。这部作品不无迎合之意，题材的选择正是如此，过去的历史成为作家们共同的母题。唯一不同的是，无论是小说还是剧本抑或是电影，都由青春书写滑向中年怀旧。这与作家的年纪有关，中年写作或者晚年风格是客观存在的事实。当这些作家随着年龄的增长，对人生的感悟往往有不同的体会，就出现了中年写作和晚年风格。

从军经历伴随了严歌苓整个的青春年华，这段经历也被她反复书写。《一个女兵的悄悄话》《雌性的草地》《灰舞鞋》等作品都以部队生活为题材。《芳华》是一部自传性质的小说，从军经历使得作者对军旅生活充满了怀旧。“那是三十多年前了”，倒序手法拉开了怀旧的序幕。小说的时间跨度四十年，这漫长的时间既是物理的时间，更是主观的历史怀旧，加上后面的相关情节，很多的解密、释怀、患癌症、去世等等，都是逝去的历史，是值得祭奠的青春，更是值得怀念的人生。小说的后半部分，跨度飞跃了四十年。四十年过后，原谅了背叛、公开了秘密、逝去了故人，青春的爱情整体散场，婚姻也全部宣告失败。一切归于沉寂，但沉寂之后，仍然值得怀念。

除了青春怀旧，严歌苓的写作涉及很多宏大的主题，战争是其中之一。她的多部作品涉及战争书写，《金陵十三钗》《毕业歌》都与战争相关。当下战争书写整体而言是从正面战场描写转向战争中的人与情的书写。将人物的命运放置在战争的背景之下进行展现，很多时候战争只是作为影子和陪衬而存在。范稳的《吾血吾土》展现个体在历史大背景中颠沛，书写一位老兵七十年的命运流离，战争是人物命运的楔子。葛亮的《北鸢》从侧面书写战争，将人物放置在大的背景之中，展现其命运的纠葛。赵本夫的《天漏邑》中的主要线索是民间的抗日战争、解放战争，以及由此引发的爱恨情仇。张翎的《劳燕》以战争为切口书写女性命运，而范稳的《重庆之眼》则直接书写“重庆大轰炸”。战争题材可谓成熟作家寻求突破的权宜策略。

《芳华》中越南战争也像影子一样存在，无声无息中改变了许多人的命运。《芳华》从侧面写到了战争，战争书写与人性反思结合在一起。在小说中，人性是关键词之一，叙述者甚至搬出了弗洛伊德关于人性的论述，这种对人性的着力是反思性的。尤其是小说中写到何小曼的丈夫牺牲的原因是因劣质的武器，看似闲笔，却越发凸显发国难财的人性之恶。通过人性的扭曲更加凸显了历史的荒诞之感。严歌苓早几年的《金陵十三钗》也是在战争的背景中来思索人性。作品将视角聚焦在风尘女子这一特殊对象上，通过她们救人的举动来展现极端环境中人性闪光的一面。这样的人性描写有着极为重要的现实警示意义，那就是极端环境中人性善的流露与当代社会人性之不善的对比。当然，战争书写不可避免滑入一种写作策略，尤其是一些成熟的作家，比如张翎、严歌苓，在写作成熟之后，会对新的创作题材进行开掘，而战争这样的宏大题材自然成为可选项。当代社会步入后现代社会，普遍盛行一种历史虚无主义，文学创作也被削平了深度，而战争的描写则具有文学与历史的双重价值，让文学再度具有介入性，以此弥补深度不足的缺陷。此外，面对影视剧虚无化、戏谑化、娱乐化战争的现状，文学更应该显现出其独特的价值来，有深度、经得起历史检验的作品才更显珍贵。

最后来谈谈严歌苓的自我复制及其呈现出来的匠气，这是任何成熟作家都无法回避的问题。当作家创作成熟，风格定型，很难做到不去自我重复。作为好莱坞职业编剧，发表数十部长篇小说的严歌苓，已经能够驾驭任何样式的作品，并且不断复制自己的成功经验。她可谓小说创作集大成者，技巧炉火纯青，到了《芳华》中，几乎能用的技巧全用上了，元小说技巧、情感的节制、故事的编排、人物的宿命感等等。小说情节很多都似曾相识，如《芳华》的三角恋，刘峰喜欢林丁丁，而何小曼又爱着刘峰。刘峰的爱耗尽了他，而何小曼的爱，也耗尽了她，这样的情节《毕业歌》中也有。其他的复制也比比皆是，舞男的角色在《毕业歌》中也出现过，在《上海舞男》中则成为主要书写对象。小说成为互文书写，随意抽调其他作品中的人物和故事，进行重组。《芳华》与《灰舞鞋》也有相似之处，如关于人物之一的何小曼："我不止一次地写何小曼这个人物，但从来没有写好过。这一次我不知道是不是能写好她。我再给自己一次机会吧。我照例给起个新名字，叫她何小曼……"另外，怀旧体文风、绝望的结尾等等都是她的典型标签。

情感的节制也是技高一筹的表现，零度叙事风格多少让小说有些触碰人心的东西。但是正是这种冷峻的叙事，成为另一种煽情技巧，让读者不得不为之流泪，何小曼的不离不弃，刘峰去世后传来的那条短信，都是容易让人动容的情节。此外，小说还具有浓厚的历史感以及宏大主题的色彩，对历史事件的冷峻叙述中有对荒诞本身的无声反抗。作者以介入的姿态进入小说，小说中不少地方刻意对历史事件和特殊的事件节点进行回望，不露声色中完成历史评判的任务。但这也从某种程度上陷入一种道德的说教，夹叙夹议的部分冲淡了小说本身的意境。

总的来看，严歌苓相当高产，仅从近几年来看，相继出版《陆犯焉识》《霜降》《毕业歌》《补玉山居》《妈阁是座城》《老师好美》《床畔》《舞男》等小说。不过这次她试图突破自己，选择战争作为背景，以自传体的模式来进行怀旧，展现出作者老到的叙述，在行文中依旧收放自如。此外，严歌苓的小说多与影视相关，小说追求画面感与视觉效应，甚至不乏影视脚本的路子，这是当代文坛的共同面相。小说沦为影视脚本，缺乏必要的磨炼，随着稿费的提升、版权的规范、影视改编的高利诱惑，使得大量的人加入这一行业，作品喷涌爆发式出版，反而使得文学有高原无高峰，有产量没质量，很少有流传下来的作品。而那些大部头的文学巨制，一定是用生命写就、用时间积淀而成。《红楼梦》《尤利西斯》等哪一部不是耗时多年的作品呢？再看看当代的中国文坛，长篇小说家一年一部甚至是几部长篇似乎已不是什么诧事，有了资本和人脉，作品一出来，各种评论家为之造势，研讨会随即上马，而作品的价值究竟如何不得而知。作家的脚步也许到了需要放慢的时候了。

发表于《文学报》2017 年 6 月 29 日

《奔月》与中国式婚姻书写

中国式婚姻关系历来都是作家笔下书写的重要母体，钱锺书的《围城》对此关系的概括可谓精炼独到。近段时期，许多新作品聚焦到这一点上，透过书写婚姻关系来透析整个社会经济文化以及精神层面的变迁。王旭东的《复调婚姻》、张五毛的《春困》、鲁敏的《奔月》、陈庆予的《我是你的谁》、马拉的《思南》等都是这样的文本。此外，还有很多文本不是以此为主题，但也涉及对婚姻关系的思索。李佩甫的《平原客》中李德林走向歧途的根本原因就是婚姻出了问题。晓航的《游戏是不能忘记的》中的很多问题都与婚姻相关。钱锺书多年之前就提出了经典的“围城”比喻，而这样的关于问题婚姻的故事在当下不断上演、反复书写。

鲁敏的新作《奔月》也是一部探讨当下中国婚姻的作品。这部小说可谓将逃离婚姻这一牢笼的书写推向了极致。小说讲述了小六因车祸这一偶然的机会萌生了逃离婚姻束缚并最终付诸实践的故事。小说分两条线进行，一条是小六在乌鹊更换身份开始新生活后所遇到的事情；另一条线讲述小六老公贺西南以及小六情人张灯找寻与等待的故事。除了这一段婚姻，小说还穿插了小六母亲的婚姻、聚香的婚姻、绿茵的婚姻，而无一例外，这四段婚姻都是失败的。

整个故事看似极富想象性，实则有很多的现实依据。作者称，她写的这个故事，看似奇崛甚至荒诞，但实际上，灵感却来自于多则社会新闻。鲁敏说："现代人往往会对自己的身份产生一种质疑，比方说，我能不能换一种活法？比较积极的处理方式是，有的人会选择换一座城市、换一份工作等等；有的人就会采取比较极端的处理方式。"

故事从一辆旅游大巴意外坠崖展开。小六在这场事故中消失了，丈夫贺西南不愿相信她已死，开始寻找她的下落。寻找过程中出现了小六的情人张灯，两人一起寻找，却渐渐揭开了小六隐藏在温顺外表下乖张不羁的多重面目。最终两人对小六的认识都发生了逆转。与此同时，小六却以吴梅的身份来到了完全陌生的小城乌鹊，开始了新生活。虽然有很多的现实依据，但仅从这样的构思也可以看出这只能是一种臆想，同时文中也涉及许多超现实的书写。这样的反常识书写来讨论婚姻这一最为常识性的问题颇有深意。如何把握双重的现实？现实的文学书写以及文学创造的现实这两者如何统一起来？现实主义的源流，是对现实的一种关注和焦虑。秉持现实主义也会有"反常识"的书写，作家可以创造出现实。

有意思的是，当前很多关于婚姻主题的作品都是以失败的婚姻为中心展开的，婚姻成为了牢笼与枷锁。为什么当下的人们的婚姻大多如此糟糕而普遍选择逃离婚姻的枷锁呢？很大的原因可能在于中国式的婚姻夹杂着太多非婚姻的因素。在《奔月》中，聚香因为五百万大奖而在一起的婚姻就是如此。晓航的《游戏是不能忘记的》以乌托邦的形式书写了一个虚拟城市的种种故事，涉及生态环境、人工智能、人类精神世界等诸多命题。这个虚拟世界的很多景象是对现实世界的隐喻，同样包括现实世界常见的尔虞我诈、利益交换、情感纠葛，无法填平的欲望沟壑等，而这些都与婚姻挂上了钩。韦波选择有背景的妻子，孟有纪婚内出轨被发现，赵晓川选择尝试不同的人，韦波的妻子莉莉娅也有同样的婚姻困境。这些困境并不仅仅是婚姻问题，而是与诸多的社会问题交织在一起。

总体来说，对婚姻问题的关注也是作者关注现实的直接体现，婚姻问题直接关联的是人的现实处境以及社会大的变迁。通过“小家”来观照“大家”其实也是一种作家对现实关注的策略。当下小说外在的繁盛掩盖着内在的衰弱，其深层原因就在于疏离了自身的基本特性，淡化了对社会人生的全面深入的表现。目前小说创作的“低谷”期有一个内在的、重要的根源是，它逐渐疏离了自己的基本特性，不再能全面而深入地切入社会人生的“腹部”，不再能提供新的思想和审美形式。近几年的长篇小说创作对此有着清醒的认识，在文本呈现上也有所改观。

发表于《中华读书报》2017 年 12 月 6 日

人性与神性交织的生命赞歌

——评《太阳深处的火焰》

红柯的最新作品《太阳深处的火焰》，仍采用复调式叙事结构。小说的一条故事线索是吴丽梅与徐济云的爱情故事，另一条是徐济云的学术成长史及其带领研究生研究皮影艺术的故事。不同于以往作品，红柯此次创作在延续以往神性写作的同时，加入了对现实的深度描摹，从而以冷夸张的叙述表现出对现实的批判，他以自己的工作环境为切入，以现实主义的方式揭露客观真相，淋漓尽致地写出了学术界在体制化、功利化驱动下的种种丑态。

红柯的作品聚焦西域大漠。正是在那种恶劣的生态环境中，生长着生命力极旺盛的杨树、柳树，羊群、牛群、骆驼群，以及生生不息的普通人。从《西去的骑手》《大河》《乌尔禾》《生命树》《阿斗》《好人难做》《百鸟朝凤》到《喀拉布风暴》《少女萨吾尔登》以及最近出版的《太阳深处的火焰》，都具有这样的重复性叙述。

小说的阐释，一定程度上通过重复出现的现象来完成。对作家的解读，也可从重复这一角度展开。综观红柯的创作，至少有三个方面的重复，分别是非自然叙事、对自然的崇拜、音乐的合理使用。

非自然叙事

艺术符号具有规约性，创作中又须不断打破规约，完成自我更新。小说创作中，这种反规约主要通过非自然叙事等手法来实现。主流叙事理论建立在模仿叙事的基础上，即叙事受到外部世界可能或确实存在的事物的限制。而当代叙事学发展的新动向则是反模仿的极端叙事，即非自然叙事。于红柯而言，特殊的地域环境造就了其独特的想象，他的作品恣意汪洋，亦真亦幻，具有神性写作的一面。西域是多种宗教交融之地，民间想象力极为丰富，这也直接影响了红柯的创作。

红柯想象力丰富，其作品具有神性，很多诡谲的叙述打破了自然规律。《乌尔禾》中的海力布被塑造成具有神性的英雄，他懂鸟语，与蛇精和谐相处等等，都是非自然叙事。《喀拉布风暴》中关于地精以及武明生家族，作者也大胆地描写了大量民间的性故事、性传说和性知识。这些非自然叙事甚至引起读者关注与质疑。

这样的写作，某种意义上与读者好猎奇的阅读心态有关。小说须有故事，情节越离奇，读者越易走进故事甚至产生代入感。虽然许多作者强调并未猎奇，事实却并非如此。其实，这也是中国文学传统的延续。很多传统文学具有非自然叙事的特质，如志怪小说、神话等，包括《搜神记》《聊斋志异》《西游记》，就连《红楼梦》也有太多的情节超出了日常生活。再则，作家受西方文学尤其是现代派的滋养，西方大量作品采用非自然叙事，如《变形记》将人异化为甲壳虫，波伏娃的《人都是要死的》和伍尔夫的《奥兰多》等都属于非自然叙事。非自然叙事是艺术对现实的提炼、夸张和变形，能使作品更具张力，更具文学性和艺术性。

自然崇拜

在红柯的作品中，动植物与人一样成为作品的主体。大漠里的胡杨树、红柳等植物，白羊、骆驼、狼等动物以及沙漠、盆地和河流等无生命的自然物，都是作者不遗余力描写的对象，如《西去的骑手》中的马，《大河》中的熊，《乌尔禾》中的羊以及《生命树》中的树。在《太阳深处的火焰》中，比胡杨更有生命力的红柳成为"太阳深处的火焰"，这也是红柯这部新作的命名来源。西域大漠的人和事，包括飞禽走兽、草木沙石，都与主人公共存共荣。在山川、河流、大地以及动物之间，人类找到了生命的根基。

《喀拉布风暴》中的风暴，这一自然现象可谓小说的另一主人公。风暴不仅具有摧毁性和破坏性，而且具有生命力，是自然界检验生命韧性的工具。在大西北沙漠瀚海中，肆虐的黑色沙尘暴被称为喀拉布风暴，它冬带冰雪，夏带沙石，所到之处，大地成为雅丹，鸟儿折翅而亡，幸存者衔泥垒窝，胡杨和雅丹成为奔走的骆驼。而在《太阳深处的火焰》中，作者对塔里木盆地的描写已完全融进小说。红柯不止一次说过，景物也是他作品的主体。

对于离太阳最近的羊的描写，则在红柯多部作品中反复出现。包括作品中多次出现的对放生的描写，这一切，都表现了对生命的敬畏。

对自然的崇拜，也是对生命的赞歌。《大河》是生命不死的颂歌，《西去的骑手》是有关英雄和血性的史诗式长篇，《喀拉布风暴》表现生命面对苦难时的坚韧与顽强。《太阳深处的火焰》中，红柳就是火焰，照亮万物的生命，包括民间艺术皮影，作者将各色人等编进故事置于西域风沙的洗礼中。神性的背后，是对现实的书写，对历史的书写，对一代边疆开垦人的书写。

音乐元素

小说不乏音乐叙事，当代小说尤为明显。音乐可充当叙事元素，推动情节发展，与小说文本形成张力，深化主题。音乐还能彰显风格，强化情感。

红柯的小说中有大量的音乐元素。《生命树》用歌曲推进叙事，具有蒙古史诗《江格尔》的风格。小说穿插两种歌曲，一是蒙古古歌，这是关于灵魂的音乐。蒙古奶歌在文中多次出现，牛禄喜和马来新的友谊中有奶歌，马燕红在挤奶的过程中悟出了佛性，其间多次响起奶歌。另一个是时代流行曲，现代文明在大草原的印迹，也是王蓝蓝、陈辉等人生活的侧影。

《故乡》的情节同样以歌曲推动，故事极简单，情感则极浓郁。故事主要讲述回乡探母，情感主要通过歌曲来抒发。歌曲《我的母亲》在文中反复出现，浓缩了太多的情感。作者把母亲的爱和泉水相提并论，既洗涤了作者的衣裳与双手，更洗涤了作者的灵魂。文中歌声第二次响起，是大学生周健在周原老家时，《大月氏歌》与《我的母亲》接连奏响。当他默默记下这首古歌时，勾起了对家乡的无限思念。歌声第三次响起时，天空中的白云消失，仅留下孤零零的鹰。此时的情感又具有另一层色彩，《大月氏歌》是草原的历史，是人们心中最隐秘的伤痛。

红柯对民间音乐情有独钟，搜集了大量民间歌手专辑。这种音乐情怀延伸到创作中，音乐被广泛运用于小说中。除了体现作者的立场，音乐还有助于抒发满腔的情感，凸显浪漫情愫。红柯因其作品流露出浓郁情感，而被冠以浪漫主义者。

红柯游走于西域与关中，勾连起来的是对生生不息的人间万物的颂赞。红柯的根深植于大漠，大量事物、人物、传说、故事、情节、情感等已然书写、反复呈现，小说结构、叙述手法等技法层面也有诸多延续，后期创作除了笔力的进步，融进了更多的人文思考。总体而言，红柯的小说是对生命的敬畏，对生命力的讴歌，对苦难的隐忍，对人性的歌颂，对西域大漠的独特情怀。神性中有人性的呈现，是神性与人性交织的生命赞歌。

发表于《文汇读书周报》2017 年 11 月 13 日

谁才是生活的主角

——评《主角》

近期，陈彦刊发于《人民文学》2017 年第十一期头条的长篇小说《主角》出版了单行本。作为一部现实主义力作，小说仍以作者熟悉的戏剧界为题材，讲述了一代秦腔传奇人物的故事。作品延续作者一贯以小人物为中心，为小人物立传的写作模式，刻画了一代秦腔金皇后忆秦娥这一形象，并辐射一大群周边艺人，讲述了这一剧种的发展历程以及这些艺人的命运。虽然后来忆秦娥成为戏剧舞台上的主角，但一开始她是真正意义上的小人物，刚进剧院从事帮厨喂猪的最底层工作，住在灶门口。作者在创作谈中也指出，一个主角依靠的是一个团队一连串如行云流水般的协同动作才把主角天衣无缝地送上前台。这种关于幕后工作的书写在作者之前的长篇小说《装台》里已经表现得淋漓尽致了，而《主角》对此的书写仍可谓不遗余力，由此作者通过小说讨论了“谁才是生活的主角”这一严肃的问题。

《主角》从字面意思上来看就是写舞台上的主角，小说围绕着一个名叫忆秦娥的秦腔演员展开，描写她从十一岁拜师学艺到五十一岁功成名就的生命历程和舞台生涯，又从忆秦娥写到她女儿宋雨，时间跨度四十多年。作者试图通过戏剧舞台生活的一角，窥探一个时代的脉动与一个群体的生命律动。小说的叙事场景也在不断扩展拉开，既有乡村也有都市，既有国内也有国际，既有情场也有生意场，甚至还有人间天堂和地狱的对比。小说时间跨度大，从改革开放一直写到当下，对近半个世纪的时代风云变化也有较多的着墨之处，用秦腔艺人的视角串联起了整个中国近半个世纪的历史变迁，个体命运沉浮附着在时代的巨变之上。整部小说有两条大的主线，一条是忆秦娥一步步成为秦腔名伶的打拼故事；另一条线是忆秦娥被迫卷进纷争的故事。忆秦娥仿佛从一开始就被牵着鼻子走，相继被师父挖掘，被选进县委领导层，被省级剧团引进等等。她自己本身更多的还是一个悲剧性的人物，小时候险些被性侵的经历让她对爱情和异性有着天然的抵触心理，这些不幸的经历笼罩影响了她的一生。

《主角》是一部宏大之书，是用“生命灌注的人间大音”，涉及戏曲文化、历史变迁、社会变革、艺术境界、女性主义等多个领域。比如从女性主义角度来理解，《主角》也是一部探寻女性命运的作品，无论是主人公忆秦娥还是胡蔡翔、米兰，抑或是楚嘉禾、惠芳龄等年轻一代，都被时代卷进来，演绎了各自悲情的一生。再比如，小说借忆秦娥之口多次谈及关于艺术本质问题、艺术境界问题。总之，小说通过小人物的成功之旅书写以及由此带来的一系列困扰描写，将小说的主题进一步升华，在延续为小人物立传的基础上，反映了人类面临的共同困境。

聚焦小人物的书写可以说是陈彦小说最大的特点与亮点。早几年出版的《装台》描写了一群常年为专业演出团体搭建舞台布景和灯光的人，以一个装台人为视角，描写西京城里的人生百态。《西京故事》改编自同名戏剧，讲述了一群生活在西京城里的普通人的故事。作品展现了生活在城市中的农村人面对种种意想不到的困难如何自强不息、努力实现梦想的历程，于平凡中传递一种折不弯、压不垮的人性品质和人格力量。他的作品总是着力展现这些身处生活底层的普通人的生命价值与尊严，让人们在对其满怀爱与悲悯的同时，生发由衷的敬意。

而在《主角》里，不仅忆秦娥是主角，那些配角，也都是以自己生命为轴心的主角，由舞台到生活无不如此。诚如作者所言，小说涉及二三百号人物，他们都在自己的轮盘上争当着主角，即使是厨房的大厨、二厨，也不免有主次之分，纵是阴间的牛头、马面，谁走前，谁走后，谁为主，谁为辅，也都是大有讲究的。因而，主角是一种象征，生活中谁都是主角，谁又都是配角。或者说，普通人才是生活的真正主角。这也是陈彦聚焦小人物的书写一以贯之的基石。即便是主角，在作者看来，也是整个行当吃苦最多的人，这种基调夯实了作者对小人物坚韧不拔、自强不息精神的歌颂与褒奖。

陈彦的写作一直有着深远的文化根脉，这或许与他长期从事戏剧方面的工作相关，中国的戏剧和戏曲可以说是中国文化的集大成者。他的每部作品在写人的同时都兼及文化，比如《主角》的底蕴也源于传承有序、扎实又坚韧的秦腔文化根脉之上。比如小说中对“存”字辈的“忠孝仁义”四位各怀绝活的老艺人的描写就是这种书写，这并不是闲笔或者小说结构的需要，而是与文化传承有关。小说也对戏剧现状进行了深入思考。除了人物的刻画，作者还对戏剧传承与保护的问题进行了深入的反思，因为作者一直从事相关的工作，在他看来，所有地方戏曲，都是当地地理人情以及生活形态的高度凝练，戏剧需要科学保护与传承，因此小说也给出了相应的反思。

《主角》较陈彦之前几部作品更为成熟，叙述更为老到，思考的问题也更深入。作品努力寻找人性的闪光点和人类温暖的一面，为勤劳吃苦敢于拼搏的普通人立传，为小人物带去心灵的慰藉。

发表于《文汇读书周报》2018 年 2 月 5 日

默音《甲马》：一段奇特的时光巡回与灵魂探寻之旅

默音写科幻小说出道，近年来的创作多将现实与奇幻因素混合。《甲马》是她以八年时间创作出的长篇小说。《甲马》是一部具有庞大叙事野心的宏大之书，涉及了多个领域：民间巫术、历史事件、时光巡回、情感纠葛、心灵探寻，同时融入间谍活动、战争背景、社会治安、真相寻找等等，叙事线索十分繁复。这部小说还表达了一种关于历史的独特姿态。时间与历史有关，小说书写时间，多与历史有关，体现了新生代作家的历史观。历史事件被虚化，但始终不缺场。小说中有大量的情节是关于追魂的描写，这是小说对灵魂探寻的表现，这部小说也是一部心灵史。

小说时间跨度大，空间跨度广，而默音将所有的故事线索集中到一个叫谢晔的人身上，谢晔一路找寻，既找亲人，也寻自己，既找时间，也寻灵魂，构思巧妙，让人叹为观止，由此也可一窥作者的创作功力。默音曾翻译《摩登时代》《多田便利屋》《赤朽叶家的传说》《冰点》等多部日本文学作品，也已出版《月光花》《人字旁》《姨婆的春夏秋冬》等作品，她的小说作品集现实与魔幻于一身，自由穿梭于现实与想象之间。《甲马》是默音历时八年几易其稿完成的作品，被称为超级长篇，这究竟是一部怎样的作品？

关于甲马

甲马纸本是一件普通的物品，是一种刻板印色的棉纸，上有祈福神像的木刻版画，云南人在七月半和春节等节气买来烧纸祈祷平安所用。在小说中，甲马纸被赋予了特殊的力量。甲马纸是魔幻书写的道具，这一道具为小说染上了浓郁的奇幻色彩，小说描写谢家有一套秘传的甲马纸，这个家族中一部分人具有驱使甲马纸操控他人记忆与梦境，看见人的前世与今生，为人排忧解难之神力。魔幻现实的书写和非自然的叙述方式在文中处处存在。这种魔幻书写是一种创作的延续，默音的前期作品中常有天赋异禀的人物出现，如她很多小说中都出现的姨婆这一形象。《甲马》中有大量关于用甲马操控别人记忆与梦境的描写，除了甲马纸，文中还有很多极具神秘色彩的魔幻书写，比如盛瑶过人的听力、钱雨青的魅惑之术、乔家祖传的医术等，这种民间巫术，信则有，不信则无，重点是，这样的巫术描写用意何在？首先是小说艺术性可以随之陡升，作家可以创造现实，艺术的真实更具魅力。第二，这样的道具弥合了现实与想象的沟壑，能更为妥善处理历史。第三，甲马纸的安排也与叙述视角的选择有关，作者选取了限制叙述视角，而非全知视角，很多事件叙述者无法直接描述，只能借助主人公进入他人的记忆和梦境来完成转述，这种叙述手法也是一种写作实验。这些超越现实的书写营造了一个奇幻的世界，人物被披上神秘的面纱，增加了小说的传奇性和艺术性，也就更具可读性。

除了道具功能，甲马纸在文中也充当了叙事推手，一步步推动故事发展。历史事件、人物命运、真相结局等都与一张甲马纸有关。此外，甲马纸也是小说中的爱情信物，一张被分割成两半的甲马纸，是一段传奇爱情的见证，由这一信物引出了尘封多年的爱情故事。爱情是小说的着力点之一，爱情是时间的产物，也是时间的印迹，记录着诸多的往事。

关于时间

这部小说最主要的主人公可以说就是时间本身。作者在叙述上分三个时间段展开，二十世纪四十年代的昆明，二十世纪七十年代的农场以及二十世纪九十年代的上海。时间是命运的裁决者，是爱情的见证者，更是历史的印迹。主人公一路追寻的也是时间和记忆本身。作者具有庞大的叙事野心，篇幅长，人物多，人物之间也有必要的关联，梦境与记忆交叉闪回，时间在文中有一种混沌之感，这种混杂的叙事对作者而言是一种考验，好在作者驾轻就熟，很好地驾驭了这个故事，而根本原因在于她选择了时间来作为基本的书写对象。除了魔幻书写，小说有属于人间的温度，这主要是通过爱情来表现，而爱情与时间联系紧密，时间是爱情的见证，甲马纸穿越多年仍然存在，是伟大爱情的象征。

时间的流逝和历史的巡回牵出一段段爱情，可以说爱情书写是小说的着力点之一。谢晔的寻找之旅一路扯出吴若芸、盛瑶、苏怀殊等人的爱情故事与历史遭遇。祖辈、父辈和晚辈三代人的爱情在文中都有书写。老一辈的爱情在岁月的流逝中越发珍贵，父亲与母亲的感情故事随着小说的推进一步步揭晓，年轻一代又如何？小说穿插了谢晔曲折的爱情经历。爱情处处与时间相关，时间的余绪影响到后面的几代人，如谢晔与安玥曲折的情感经历就与上一代人的恩怨直接相关。

这部小说还表达了一种关于历史的独特姿态。时间与历史有关，小说书写时间，多与历史有关，体现了新生代作家的历史观。历史事件被虚化，但始终不缺场。一张“虚空过往”的甲马纸可以说是小说的文眼，这其实也暗含了一种历史的态度在里面。很多情节以及人物命运被作者一笔带过，但并不是可有可无的出场。新生代对历史较为疏远，但是处理起来却更为巧妙。作者在不动声色中完成了多样的历史叙事，比如战争时期的联大岁月，知青岁月，谢德、谢敛等个体的遭遇等，情感破裂，家庭失和，命运颠沛流离等等，无一不与之相关，作者在轻描淡写中实际上寄寓了她的历史态度。命运与时间交织在一起，关于仇恨、感情、真相、伤痕等都在时间的流逝中得以化解，最终，时间还是疗伤之药。

关于灵魂

小说中有大量的情节是关于追魂的描写，这是小说对灵魂探寻的表现，这部小说也是一部心灵史。灵魂的神秘性不言而喻，灵魂在小说中既可被他人窥见，也可窥见他人。很多隐秘的心思被看透，有着很深的隐喻。除了对物质层面的现实关注，当下有很多作品关注人的精神层面，探寻灵魂深处的秘密，很多作家对心灵世界的探寻进行了新的尝试，不少作品从形而下走上形而上，探寻个体心灵密码。默音的《甲马》也是如此，全书以“甲马”贯穿，谈的是历史和“记忆”，最终寻找的是灵魂的安宁。小说跨越时间和地域，寻旧之旅最终将他引入始料未及的境地。谢晔一心寻找目前，寻找历史的真相，结果答案比他所预想的更残酷。母亲的出场在文中可谓跌宕起伏，其牵涉的故事也极为复杂，甚至有些残酷，小说最后，谢晔终于找到事情的真相，这样的结局，既是命运的捉弄，也是漂浮灵魂得以安息的最好结局。

在交叉叙述的三段时空中，谢晔一路找寻，既是找寻逝去的时间，也是寻求当下的心灵慰藉。对母亲的寻找已经不仅仅是亲情的找寻，而是与灵魂探寻有关。

小说中不断有用甲马纸操控他人梦境与记忆的书写，正是灵魂探寻的隐喻。在窥探他人中也时时照见自己，仿佛架空的世界就在迎面而来的风里，又仿佛在梦里的镜中照见自己。作家们从事的是精神意义上的创造，可以说所有的作品最终都指向精神层面的探讨，而这些以精神为母题的书写更为明显，《甲马》深刻体现了作家探寻心灵世界新的尝试。

《甲马》是一部宏大之书、魔幻之书、想象之书，也是一部现实之书、写意之书、哲思之书，在这里，能一窥时间之过往，一探灵魂之究竟。在这里，甲马纸不操控他人，只祭奠自我。

发表于《文艺报》2018 年 2 月 26 日

刘醒龙《黄冈秘卷》：与灵魂一路返乡

《黄冈秘卷》有如一幅山水画卷，将黄冈地区的人文地理、文化基因和历史风云立体呈现。它同时也是一部关乎理想信仰的小说。刘醒龙步入文坛多年，《黄冈秘卷》有对自己创作回顾检视的意味，呈现出一种典型的晚期风格，这种风格最大的特点便是“和解”，原谅他人，也与自己达成和解，最终灵魂得以还乡。

刘醒龙新作《黄冈秘卷》是一部集大成之作，是作者多年创作积累的进一步冶炼和结晶。作品具有百科全书式的风貌，同时具有全景扫描历史的野心。小说线索繁复，主线是家族叙事，同时多条故事线并行不悖，写历史也写当下，写风物也写人情，写物质也写精神，写父辈的革命史，也写父辈的爱情。小说重心是关于父辈一生的书写，但也有“我”与少川的情感纠葛，同时还有对孩童辈的描写。小说既展现出作者的历史姿态，也有一定的现实批判。总体来说，小说是一部怀念故土故人之作，无论家族成员乃至普通人之间有多少的恩怨矛盾，最终似乎都得以化解，成为一部“和解”之书，这是一种典型的晚期风格，最终通过文字，让灵魂回归故乡。

家族叙事

中国是以家本位为传统的，家族叙事书写成为文学的大宗主题，直至《红楼梦》达到顶峰。后辈作家们一次次向《红楼梦》致敬，试图将家族书写延续并提升至新的高度。当代文学的这一主题更是司空见惯，家族叙事除了与家本位有关，与叙事空间的设置有关，也与中国的传统文化和伦理道德相关。中国历来有“皇权不过县”的传统，家族在很多时候充当了基层自治和自洽的工具，家族伦理影响了社会伦理和政治伦理。刘醒龙习惯于家族叙事，大部头的《圣天门口》便书写了鄂东地区雪家和杭家两个家族的百年遭遇。《黄冈秘卷》也是一部家族书写的典型作品，故事并非围绕某一个人展开，而是围绕一个大家族——刘家大垸展开。小说涉及的人物包括家族第一代的老祖父、老祖母，第二代的老十哥刘声志、老十一刘声智、老十八刘声明，第二代构成了家族叙事的主线，此外，“我”母亲、“我”自己、“我”的孩子、邻居们等各色人物也纷纷登场。王朤也是极为重要的一个人物，可以说是老十哥的补充和侧写。

小说一路设置悬疑，直到文末才将父亲与海棠的情感彻底揭示清楚。尤其是老十哥的叶落归根，既是对组织最后一次贡献力量，更是命运最终的必然归宿，一辈子颠沛流离不停搬家，最终还是回到刘家大垸。加之死后的王朤也回到了刘家大垸，王朤与王先生的父子关系以及最终魂归刘家大垸，都表明他与这个家族割裂不开。这个家族并不是完全依靠血缘关系，更多的还是一种文化上的认同。老十一一直无子嗣是一种隐喻，对孩子的锲而不舍正是对家本位的回应。到最后，老十一有了后人，促使他改变自己固有的价值观，冲突最终似乎都达成和解，成为一部理想化的家族书写，这里几无矛盾，也少冲突，紫貂愿意为老十一留下后代，即便是矛盾重重的老十哥与老十一最终也达成和解。

小说是一部致敬父辈的作品，无论是对父亲曲折的爱情书写，还是王朤对组织的看重，都是后人怀着一颗虔诚的心所进行的书写。作家进行家族书写的同时也进行了自我剖析，这是近期作家们的普遍行为，除了启蒙他人，更愿意解剖自己，小说中叙述者的作家身份被不断提及正是基于此。

历史书写

家族叙事的模式流行更多源于中国家与国之间的密切关联，国是由家组成，写家族风云，其实也是书写国家的历史进程。刘醒龙的小说一直有一种历史的自觉，他往往通过小说来叙述中国近一个世纪以来的历史变迁。在《圣天门口》中便是通过家族的兴衰来书写中国百年的风云。《黄冈秘卷》是致敬父辈的小说，同时也是书写历史的作品，父亲的一生正好经历了一段特殊的历史。作家有对历史全景扫描的野心，用父亲一生的经历串起近百年的历史变迁。小说的主线修组织史、修族谱，两条线索、两件事都与历史态度相关。小说体现出叙述者的历史姿态，具有新历史主义的特征和解构色彩，但更多的是在建构一种精神层面的历史观，用以观照现实。有些历史事件和大的时代背景一笔带过，如平型关战役、民间抗战书写等，作家主要通过个体记忆来描述历史。

作品书写了老十哥革命、反腐、退休的一生，展现了一位典型黄冈人一辈子的命运，通过个体命运的沉浮来反衬历史，花了大量的笔墨来书写老十哥对自己的事业和信仰矢志不渝的忠诚，对组织的绝对忠诚是对自己信仰的坚持，晚年对修组织史的重视仍是对信仰的坚守，不过，最终历史似乎形成了巨大的反讽，这些也正好展现出叙述者不动声色的历史姿态。

饶有意味的是，历史在最后也达成了和解，在小说中，作者承认一个时代有一个时代的价值观，老十哥对《组织史》和老十八对《刘氏家志》代表了两种不同的历史观和价值观。尤其是一直困难重重的续写《刘氏家志》最后变得极为轻松，这正是和解的产物。但是对老十一的价值观，作者仍然持保留态度，对投机分子的批判一直没有停歇，对作家而言，历史的忧虑一直存在。

现实批判

《黄冈秘卷》中历史和现实的反差对比十分明显，这又回到作者一贯坚持的现实批判。如王朤晚年凄凉的生活，老十哥则要接受老十一刘声智施舍的退休金，这完全与他们的历史贡献不相匹配。在历史叙写中也有批判的态度，如关于森林火灾的书写，发生火灾的辖区负责人小冯反而成为英雄，一步步成长起来，这样的情节很值得玩味。不过，作家展现出成熟写作的气度，往往微言大义，感情极度节制却不失语言的力度。

具体的现实批判主要是与老十一的事业有关，由教辅材料《黄冈秘卷》使用者的散文为阅读素材切入展现这一“魔书”的运作模式，铺陈出商业浪潮下人性的迷失。刘醒龙以现实主义冲击波立足文坛，其小说一直关注社会，关注现实，具有明显的批判色彩。他在《痛失》中以丧失良知的孔太平为中心展开对官场的批判，在《天行者》中聚焦教育问题。《黄冈秘卷》则是这些素材的再度冶炼，可谓集大成之作。《黄冈秘卷》中老十哥、王朤等对组织不计回报的付出与当下的唯利是图一正一反形成对比。

对作家而言，影响的焦虑无法避免，可以说后人都是站在前辈肩膀上进行写作，除了他人的影响，作家自我也是一道屏障。刘醒龙却完成了突破，最为明显的是从物质转向精神，从形而下转到形而上的层面。这是典型的晚年风格，在小说中，作者更关注精神、理想、信仰，历史追忆与现实批判都是为主体的精神世界建构而服务。寻找灵魂的伴侣与归属，安放自我。老年的老十哥在孩子们成家立业后摆脱了经济上的困难，却出现了精神危机，借北童之口说出的当代社会厌食病是一种精神层面的苦难，“我”与少川的高于男欢女爱的暧昧关系更多的还是一种灵魂的交流，小说中不断提及的苏轼及其佚诗也是灵魂追寻的最好证明。

《黄冈秘卷》是一部百科全书式的小说，小说中哲理、伦理、教育、爱情婚姻等都有所涉及。同时小说也是一部风物志，作者对黄冈进行了全景呈现。地域不单单是地理意义的存在，小说中的人物性格有一种狂放不羁的成分，这就与地理环境密切关联，这些都在作者对地方风情的描写中被一一揭示出来。对黄冈人身份的反复强调也在一定程度上反映出作者的地域情怀。整个家族的基因是典型的黄冈气质，从老祖母沿街乞讨却不失志气始，到父亲自始至终不为组织增添任何麻烦，到孩子们的毫不逊色，展现了一个家族独特的气质，这种气质来自特殊水土的养育。

在这部小说中，作者将地方志融入到其中，比如方言的使用、将父亲称为伯的传统、对巴河藕汤这一地域饮食的反复描写等，都具有鲜明的地域特色。小说是地方性知识的全面呈现，是一部宏大的黄冈志。《黄冈秘卷》有如一幅山水画卷，将黄冈地区的人文地理、文化基因和历史风云立体呈现，它同时也是一部关乎理想信仰的小说，父辈留下的遗产极为丰硕，有待进一步深挖。刘醒龙步入文坛多年，《黄冈秘卷》有对自己创作回顾检视的意味，呈现出一种典型的晚期风格，这种风格最大的特点便是“和解”，原谅他人，也与自己达成和解，最终灵魂得以还乡。

发表于《文艺报》2018 年 8 月 17 日

地方历史的现代诗性演绎

——评《汤汤水命》

《汤汤水命：秦蜀郡守李冰》是一部围绕历史名人李冰生平而铺陈的长篇小说。首先，小说的书写体现出一种独特的历史观，作家努力通过历史映照现实；其次，小说展现出作者对地方知识的深度挖掘，对古蜀历史、文化和文明进行了全景呈现；另外，小说也体现出了浓郁的诗性，与一般的拘泥而呆滞的历史书写区别开来。

《汤汤水命》在历史史料的基础上，以艺术的手法回归历史现场，还原真实的立体的历史人物形象。都江堰是一项伟大的民生工程，其福泽依旧惠及当下，天府之国由此而来，主导这项伟大工程的正是李冰。作家以艺术方式来对其进行纪念，善莫大焉，功德无量。《汤汤水命》选取了鱼凫王这一特殊的视角回溯李冰传奇的一生，这一视角是无所不知的全知视角，能够从多角度来展现人物形象。小说以兴修水利工程为主线，同时融合了正统历史、民间传说、百家思想、权力斗争以及普通个体的日常生活，试图尽可能还原历史，构建立体而丰满的历史人物。

在历史表达上，作者试图无限接近历史最为真实的那一面。在写作的时候翻阅大量的历史文献，进行资料的充沛收集。比如在小说开始部分介绍秦灭巴蜀的时候，就详尽叙述了秦灭巴蜀时各色人等的机关算盘，以及巴蜀人民各式各样的反抗斗争。既立足于正史的记载，也有类似秦军进军楚国时遇到李冰一家人这样的佚史情节。当然，任何历史都是一种事后追记，即便是凸凹在撰写小说时参阅的历史文献，其本身已是一种叙述了，与真实或许还有一定距离，尤其是，作者的主要书写对象是李冰，而关于李冰的准确记载实在是少之又少，历史记载少了，作家在创作的时候发挥的空间就更大一些。作者可以进行肆意的想象，将地方野史、民间谣传与神话传说融进了小说。不过，这些都不能影响到小说的真实性与历史价值，因为小说营造了文本层面的真实历史，这是文本体裁框架所约定的。作家通过细节的刻画来呈现历史最为真实的一面，尽管这些细节充满了想象的成分，但并没有脱离当时的整体环境。关于李冰的生活细节，既有他对母亲的孝顺、对助手的信赖、对儿子的歉疚，也有对王事的忠义以及对普通民众的体恤。这些生活的细节都是每一位普通个体所遭遇的生活以及所应对的方式。

更为重要的是，作家明显跳出了一般写历史的窠臼。写历史，不陷进历史的牢笼无法自拔，而是从历史深处走出来，进入现实，这或许才是写作最大的成功，《汤汤水命》是四川历史名人工程系列之一，对四川历史名人的挖掘，是为当下发展寻找精神的支撑力，这些历史名人所做出的贡献，正是先辈们所践行的治蜀兴川，巴蜀文明、川蜀精神在当下被多次提及，更需要艺术的呈现，这正是小说的魅力和文化的力量。

《汤汤水命》的写作也是一种典型的地方性知识的建构。李冰是巴蜀名人，也是巴蜀精神的重要代表。作家的地方性写作将巴蜀文明和文化充分融进小说里去，作品建构了一种可以被外乡人所认识和理解的地方生活，寻绎一个地方的文化表情与性格。在政治较量、社会治理与经济发展等多个方面，展现了极富地域特色的一面。不同的地方生态，既牵涉不同的人们的日常生活，也构筑了一个地方的政治、经济、文化的基础。对地方的严谨考证与满腔深情，使《汤汤水命》得以在“地方性写作”这一谱系中寻找到自己的位置。地方性写作需要寻找到精神空间究竟在哪里，地方性写作并不等同于封闭性、排他性与局限性。倘若仅仅从一个地方的内部来叙述地方，毫无疑问，这将会扼杀地方的生机，令其死气沉沉，由此呈现出来的地方感也会令人有虚假之感。地方与外界的互动，也是地方性写作的题中之意。《汤汤水命》所书写的人与自然斗争的不屈不挠精神，书写人们面对自然时的抗争勇气以及和谐相处的生存之道，书写心系百姓的民生关注之情，以及生动立体的人性体现，都不仅仅是一种地方产物，而是可以突破地域的限制成为整个民族的精神食粮。

小说还体现出了浓郁诗性之美，这与作者的诗人身份有关。诗性写作主要是通过小说的情感和语言来实现。情感上的体现最为明显，作家怀揣着充沛的情感进行创作，在人物身上寄寓了人格理想，投射出自我的价值追求，同时，小说的叙述似乎具有命运悲剧性的一面，这些都暗合了诗性表达程式。人物命运的打量具有很深的意味，这是任何时代都会面临的生存困惑。李冰的命运，就是那个时代最生动的注解。作为蜀人，因为秦灭巴蜀而逃离故乡，最后却又以秦郡守的身份回到故乡，为秦治蜀，实际上也是为蜀兴蜀。

作家在塑造英雄的时候，突出了其本真性的一面，李冰是伟大的，同时也是悲剧的，这是性格的悲剧，他与时代和社会格格不入，只心系百姓，却无心打理官场，因此也遭遇很多的毒害。在语言上也是如此，作家打破拘泥呆滞的历史叙述语言，用生动灵巧的文字建构了风度翩翩的篇章。浓郁的诗性还可以从很多细节看出来，比如小说采用了大量的非自然与超现实书写，这些带有传奇色彩的场景虽然在当下的生活中不复存在，但是符合英雄的传奇色彩。李冰出生时的传奇场景，开篇关于小说的由来颇具《红楼梦》的遗风，传奇色彩的叙述者为故事蒙上了传奇的基调。整个小说是在塑造英雄李冰的治水之功与治蜀之功，本身就颇具传奇色彩。《汤汤水命》是一部寄寓了作家理想人格的作品，小说穿透历史映照当下，对巴蜀文明进行了深刻探寻，对当下有着深刻的现实观照意义。

发表于《光明日报》2020年2月5日

当下为何及如何为乡土立传？

——评《川乡传》

李明春的《川乡传》是一部以川东传统乡土社会的历史、裂变、转型来反映时代进程的作品。小说以賨人谷这一地方为窗口，透视出整个乡土社会所经历的结构性转变。既是主题写作，同时也是一部个性之书。乡土社会可资书写的内容太多，选择本身就是一种风格的展现。无论是对物质形态还是文化形态的展现，作家都选择了最为恰适的一面。

“史传”传统与“野史”笔法

作家将历史笔法融进小说中，努力从历史沉淀中打捞真相。作品秉持史传传统，具体操持的则是“野史”笔法，将正史与野史交织在一起。《川乡传》为乡土立传，为时代抒怀，具有书写历史的雄心和打造经典的野心。《川乡传》之“传”的选择本身就暗含着一种历史笔法，这明显与中国史传传统结合了起来。小说的故事时间跨度大，从一笔带过的“平反摘帽”、人民公社等计划经济形态，到家庭联产承包责任制、改革开放、精准扶贫，再到后来的一些项目建设已和乡村振兴有了关联。伟大历史进程中的大事件始终伴随着人们的生活，作品多次写到普通人面对历史变迁时往往是心怀忐忑的，足见历史对个人的影响。

半个世纪的历史风云在小说中翻滚激荡，宏大的历史事件始终在场，就连主人公的知青身份也是历史的产物。但小说却并非严格意义上的正史，而是正史与野史交融的笔法，甚至野史的成分、个体化的历史书写占比更大。小说以错综复杂的人伦关系、个体的情感与欲望为核心叙事要素，不断有各种传言的插叙和补叙，颇具传奇色彩，而叙述者在书写历史时惯用的“据说”一词，虚虚实实，又将历史的丰富性呈现出来，把个体化的遭际作为历史的根本性叙事。于普通人而言，历史只是属于历史本身，而小说正是一种由稗官野史演化而来的文体，野史化的处理模式也让作品的文学性得以最大程度的展现。

民间隐形结构与传统的更迭

关于野史化的笔法，还有一点体现得十分明显，就是对乡土社会神秘性一面的书写。在民间，尤其是乡土社会，几乎所有的事情都有其特定的应对和处理方式，长期以来形成了一种较为稳定的思维理念，这些都可看作是一种民间的隐形结构。《川乡传》是一部从多个层面关注民间文化、风俗、信仰、认知结构、思维模式的小说，作品将地方乡土的民间认知和民间信仰进行了集中展示。比如开头部分花了很长的篇幅来写迁坟和葬礼，小说中还有另外几场葬礼，都是对民间生死观的直接呈现。小说还多次写到川乡人对鬼神的敬畏与虔诚，这种民间的野性思维维持着乡土的某种平衡。乡里的各种流言传说更是一种民间野性思维的直接体现。古老的传统无处不在，死者需要回到祖坟，葬礼需要“乡下的老规矩”，需要“大先生”这样的阴阳先生来决断大小事务，特别是这一人物，还有其他几位老者在小说中的去世，也隐喻着传统逻辑的解体。新的经济形式取代了传统生产模式，也带来了观念的革新，这又转向了对时代的描摹。

小说是恒常因素与变量的交织，《川乡传》深刻地写到了传统与现代的辩证。除了对神秘性事物的信仰，作品还写到了传统中的诸多东西，各种处世准则、行为规范、道义坚守等。比如曾氏家族认为纠错比吃饭重要，这是他们的处世准则；张部长为曾杨氏的丧事操心，很大程度上是因为报恩，是一种道义的坚守乃至袍哥文化的体现。当然，作品书写更多的还是传统的消亡。新的文明在崛起，个体正在遭受转型的阵痛与机遇。个体和家族的命运辗转，折射出的是整个中国农村的发展历程，突出了农村改革的不易和蜕变的艰辛。但传统走了之后会如何仍是一个值得思考的问题，个体的蜕变、传统的消亡，乡土的未来在哪里呢？既有的认知和观念解体后，有没有一种新的力量出现？这或许才是最重要的。小说有不少内容是关于人们在商品经济大潮中的浮沉的。这一地方涌现出一大批下海致富的人，商品经济的文明形态占据了绝对位置，也打破了“边缘”与“中心”的区隔。

主题书写的个性化叙述

《川乡传》在叙述层面上的个性化表达也十分明显。之所以谈如何叙述的问题，还在于这一选题本身写作者众多，限制和禁忌也比较多。主题出版物的写作常易陷入某种窘境，主题的限制难免有时会导致主题先行，使作品陷入概念化的图解困境。而《川乡传》在主题书写之外却发掘出了诸多可为其文学性加分的方面。比如作品对地方性知识的集中展现，截取了具有代表性的几个面来展开，也不断强化地理标识。地方特性是小说着力书写的内容，自然景观、袍哥文化、地方语言、禁忌与习俗等等。开篇用一场葬礼将这些东西展露无遗。但是，地方并不只是闭塞的，其实亦能够抵达“中心”，在这块土地上发生的事情和其他地方发生的事情共振，一起奏响乡村变革的乐章，甚至在作品中还出现了走向世界的书写。如戴维雅这样身上带着洋气的人物、关于俄罗斯的想象等，更是地方与中心的有力辩证。

作品在叙述的细节处理方面也有自己的特色。小说是语言的艺术，作品要在语言的锤炼上下功夫。该书中语言的艺术性主要体现在一种个性化色彩上，如方言的使用、语言的幽默风趣、贴近人物等。在人物形象塑造上，扁平人物与圆形人物共同出场，写人物，一串一串地写，人物众多，且都有名有姓，有血有肉，虽不是每一个人物都具典型性，但这正是每一位普通个体的真实写照，而所有人叠加在一起就构成了典型性。比如在女性人物形象的刻画上，作家就写出了一种野蛮中带着温柔、凶悍中带着体贴的女性形象，这正是一种乡土女性的真实写照，是在生活的细节中慢慢堆积出来的。作者还驾轻就熟地运用了各种符号修辞，象征、比喻、夸张、反讽等信手拈来，用一种微言大义的笔法，将历史和人性的纵深都呈现出来。作品采用复调叙述，多线故事花开数朵，各表一枝，叙述上倒叙、插叙、补叙诸多手法混用，没有陷入一种单一视角和单一的叙述推动，努力规避了主题书写可能会缺少艺术张力的弊端。

最后谈一下“为什么要写作”的问题。李明春几乎是突然之间走向小说创作的。为什么要叙述？这是所有的叙述学理论在开篇都会强调的一个问题。叙述被认为是一种生命的必需，是人生在世的本质特征，是人类最基本的生存方式，小说家尤其承担了替人类叙述的职能。作家李明春反复强调写作的艰辛但又非写不可，这与其个人经历密不可分，作品中出现的故事几乎都有现实来源。他曾是一名基层干部，长期在农村工作、生活，对中国农村社会非常熟悉，小说凝聚了他对农村和农民问题的观察和思考，其中也不乏自己的经历和影子。不停地思考必然就有叙述的冲动。四川这片乡土大地给作家们提供了源源不断的创作灵感，加上有关方面对这一题材创作的扶持，近年来已涌现出了大量乡土书写的作品，无论作家是有意还是无意，乡土特征在其中都十分明显，体现出了独具特色的乡土文化，而这些作品的价值亦需要进一步发掘。

发表于《文艺报》2022 年 5 月 20 日

予君一片叶　情谊万年长

——评《予君一片叶》

章泥的《予君一片叶》是一部颇有特色的乡村振兴题材小说。作品通过川北大地上的茶叶产业发展实录，来展现乡村振兴的壮美画卷，提供一个共同富裕的乡村样本。作品通过对东西部协作发展的书写展现人们对共同富裕和美好生活的热切向往，写出了人性的淳朴、坚韧与美好，写出了爱与善的接力和传承。除了物质层面的关注，作品也聚焦精神，是“扶志”主题的进一步深化。作家借助茶叶这一极具中国风味的载体，打造了一部诗性浓郁的作品，作家游走在真实与虚构之间，探索主题书写的新路径。

一、共同富裕的乡村样本

《予君一片叶》描绘了一幅新时代的乡村画卷，是改革开放、精准扶贫、乡村振兴等一系列政策在农村这片广袤土地上如何有序展开的具体呈现。作品用切身的体验和鲜活的案例揭示出这些政策的核心都是以人为本，以共同富裕为纲。小说是宏大主题与个体写作的结合，将共同富裕这一美好的愿景从国家政策、地区协同、个体意愿等角度全方位进行了呈现，着力表达共同富裕的政策深入人心，广得民心。作者将十年前的灾后援建与十年后的产业帮扶巧妙地结合起来，详尽呈现了川浙两地之间的情谊。

“5·12”大地震之后，东西部协作发展成为一种重要的帮扶模式推广开来，而十年之后，“白叶一号”又续写这段不同平常的情谊，小说写到黄杜村党员提出捐赠“白叶一号”茶苗帮助贫困地区的乡亲们脱贫致富，这一举动完全是一种自发行为，这样的描写更能体现出民心所向。东西部协作发展并不仅仅是一项简单的政策，而是包含着人与人之间的至伟至爱之情的行为，是每一位普通个体发自内心的善举。除了写提供帮扶者的无私，也写到了受帮扶群众的感恩之心。从大地震之后的援建开始，两地百姓的鱼水情也徐徐展开，援建者把这里当作浙江省第“90”个县来建设，当地人则把援建者当作亲人，正是接受馈赠的人们心怀感恩的质朴表达。

《予君一片叶》以茶叶种植专家岑子兴担任“科技特派员”为线索，串起不同地域和不同人之间的故事。“科技特派员”师徒二人赴外地提供安吉白茶技术服务，在这漫长的过程中，开启了一片小小的茶叶在奋进新时代的壮丽征程中实现乡村振兴、共同富裕的暖心之旅。在这一过程中，人与人之间的情感也慢慢培养了起来。此外，作品还涉及其他多个主题的书写，但笔力聚焦的，是一种先富带后富的“大同”观念。作品巧妙地将一家两代人的援建帮扶故事安排在一起，体现一种传承的力量，正是爱与善的接力，让共同富裕的愿景得以落地，让美好生活的向往成为现实。

二、乡村振兴“志”字当先

扶贫需要扶“志”，乡村振兴、产业发展同样需要“志”字当先。“志”是人的精气神之凝结，是攻克一切困难的信心，是一种坚定的信念。《予君一片叶》始终在挖掘乡村振兴过程中的扶“志”问题。作品极具笔力地写出了乡村精神面貌的改观，除了帮扶者的付出，本地人也都铆足了劲在干。产业发展并非一帆风顺，会遭遇“冰雹”和“冻雨”，农村的发展更不是一蹴而就，但所有的困难都没有阻挡人们的脚步，问题的不断化解就是乡村振兴的过程，这一奋斗过程中的经验凝结成了战无不胜的精气神。

小说除了对产业发展等物质层面的细致刻画，也十分注重精神力量的探寻，努力寻觅一种拼搏的志气和勇气，提炼出一种个体奋斗的精神、乡村振兴的精神，乃至国家精神。每位个体都在这一过程中得到了锤炼，精神面貌的彻底改观是这场战役得以最终胜利的核心武器。《予君一片叶》关于“志”的书写和《迎风山上的告别》一脉相承，将扶贫需先扶“志”的理念通过形象化的方式呈现出来，可谓其续篇。

在更深的层面上，作者表达了一种乡村重建与乡土文明重建的渴望，展现出一种新的乡土文学观，既关注物质文明的丰盛，也注重精神家园的重建，是对人性、人情、人格的全方位重塑。作品处处蕴藏着美好的隐喻和寄托，希望无处不在。个体的蜕变成为小说着墨较多的地方，少年的成长成为小说的重要推动因素。小说设置了一个灾区孤儿的角色，孩子的问题曾深深困扰着岑子兴一家人，到最后能够坦然面对。被收养孩子的茁壮成长正是一种重生的隐喻，这一人物既是情感的纽带，也是未来，是希望。小说尾声还安排了现实世界中走出困境的灾区少年出场，而这些，都和这股奋斗进程中所凝聚而成的“志气”有着莫大的关系。

三、主题写作的个性化表达

《予君一片叶》涉及的地方援建、乡村振兴、产业发展、共同富裕、生态建设、绿色发展等等主题都是一种主流价值观的表达，但是作品并没有浮于表面，陷入一种政策图解和概念化的泥沼，而是用艺术的表达将这些主流的价值理念渗透进具体的生活，深入每位个体的心中。小说游走在虚构与真实之间，绝大部分的故事都有其原型，小说所使用的素材几乎都是真实发生在乡村振兴过程中的故事，虽然经过了主题化的处理，但是依旧能寻觅到生活的影子，是个性与共性的统一，是局部与整体的协奏。

作家在叙述技法上也别出心裁，故事架构与情节编织都经过了细心的处理，生活的气息扑面而来，除了宏大的主题书写，茶叶专家的家庭生活也是作品关注的重点，小说将个体生活融进灾后援建、产业帮扶等大主题中去，以白茶专家夫妻和收养的灾区孩子之间的特殊关系来推动整个故事发展。也正是因此，川浙两户人家结下了关涉几代人的不解之缘。小说还穿插着徒弟的情感线，而这些故事，正是千千万万个普通家庭的缩影。

作品在浓郁的生活气息之外还具有一种超脱的品格，十分注重文学性的表达。特别是，作品充满了浓郁的诗情画意和浪漫色彩，从题目“予君一片叶”开始就已经极具诗意化的表达，文中不断题引的诗句进一步为小说奠定诗性的调子。开篇岑子兴穿梭于家和华东茶叶研究院，仿佛置身世外桃源，他的个人生活与职业理想，当然也包括其他人物的很多书写，都有一种诗意化的处理特点。作者身份时隐时现，叙述者不断切换视角。多元的视角将复杂性表达出来，从多个角度、多个切面来展现这一人类宏伟的历史进程。

小说中除了人的描写，关于物的书写不遑多让。小说多博物书写和风景描绘，作品不断展示美丽乡村风貌，对黄社村的发展之路进行了回顾，并对生态发展之路而形成的乡土风光进行了诸多描绘。尤其是，小说对茶叶的书写着墨很多，涉及茶苗的捐赠、培育、移交，茶树的种植、管护、长成，茶园的生态建设，茶叶的品牌创意等诸多产业环节。同时交织着各种典故，将茶传奇、茶知识、茶故事等与茶叶相关的文化展现出来。茶对于中国人而言是一种重要的文化符号和载体，形成了特有的茶文化，作品精准地抓住这一点，生动讲述茶之神韵，对与茶叶相关的周边进行了充分书写，就连阅读作品，也被作家比拟为邂逅一盏茶。这些都使得作品的文学性并没有因为主题的特殊而有丝毫的减弱，反而是一种主题写作的精进。一片小小的茶叶成为小说主人公之一，乡村、茶叶、诗性、生活有效统一了起来。

安吉白茶是大自然的珍贵馈赠，而青川的白茶产业，则是人心的馈赠。“一片叶子富了一方百姓”高度凝练了安吉白茶珍稀品种“白叶一号”的致富故事，而茶叶的背后，则是勇于奋斗的志气，是人心的向善向美。《予君一片叶》以一片小小的茶叶，串联起祖国大地上不同行政区划的人们在共同富裕道路上的携手并进。几度春秋，山乡巨变，茶叶是致富的手段，是情谊的见证，予君一片叶，手余白茶香，情谊万年长。

发表于《人民日报（海外版）》2022 年 6 月 8 日

第四辑

文学跨界

文学与音乐的联姻

——格非小说的音乐式分析及音乐主题探究

没有音乐，生活就是一个谬误。

——尼采

一切艺术都是音乐。

——克罗齐

格非的创作极具多样性，这与其多元的身份与文学资源的占有多元化相关，与之相关的研究也呈现出多元化。乌托邦情结、知识分子写作、启蒙主义、批判性、创伤主题等关键词十分常见。新批评、新历史主义、精神分析、解构主义、存在主义、符号学等理论都有论者尝试。本文从小说的音乐性这一角度解读格非的小说，论述小说与音乐的关系。一方面从技术层面对小说进行音乐式的分析，另一方面论述小说的音乐主题，主要从格非的音乐情怀分析他作品中蕴含的精英立场、哲学主题和悲剧意蕴。

一、文学与音乐

音乐一直都是神秘的，音乐与其他艺术门类的关系历来也是一个迷思。尼采认为音乐是所有艺术的根基，所有的艺术家都从音乐中获得灵感。苏珊·朗格认为，对于各类艺术，人们迟早要进行大量的思考，遇到大量的疑惑，而所有这些都将在与音乐的关系上找到最为明确的表现，所以它们最明确的形式存在于与音乐的关系上。米兰·昆德拉在《小说的艺术》中也指出，任何文本都有未完成的一面，这未完成的一面可以让我们理解种种必要性，例如一种小说对位法的新艺术，可以将哲学叙述和梦幻联成同一种音乐。种种言论表明，文学与音乐的联姻是艺术的内在逻辑，从其诞生之日便已开始。

（一）"出位"的文学

在艺术分类中，文学和音乐属于一类，都是时间的艺术，都诉诸于人们的想象力，两者有相通的地方。文学作品与音乐的关系一直很密切，"音乐的要素在任何艺术中无不存在……音乐艺术的审美原则、艺术成分、技巧和效果，可以存在于文学当中，文学可以模仿和表现音乐的节奏、旋律、曲式结构等，而内在的音乐式的体验、想象和象征，则更是文学所擅长表现的。"

文学与音乐若即若离的关系在中华文明中更为明显，几乎从艺术诞生之时就已开始。"中国古代文化以礼乐为主，但在甲骨文中只有乐而没有礼说明乐的起源更早……'乐'所起的效用也要早很多，原始宗教仪式以及情感的表达都必须借助音乐这一形式，同时音乐也含有和礼一样重要的规范意义。"原始的艺术诗（文学）乐（音乐）舞（舞蹈）三位一体，随着时代的发展，三者的界限似乎明显了许多，但是相互之间还是分不了家，割裂不断。

小说的音乐性虽没有诗歌、散文那样明显，但也是一种无法忽视的存在。"小说与音乐在相逢的那一瞬间，给予了读者试听状态的完美融合。""小说一旦同音乐结合，……赋予小说无穷变化的韵味。”小说的音乐性指显现的、表层的与音乐相关的元素，具体包括音乐在小说中的安排与使用、小说的音乐式结构、小说的韵律与节奏等。小说的音乐主题则是指深层的、透过音乐表象挖掘出的与音乐相关的主题，包括音乐悲剧主题、音乐与欲望、音乐与社会区隔等。这便是内在的音乐式的体验、想象和象征，文学也常有表现。

“无论如何，应该考虑这样一个历史事实：不管成功与否，作家们确实曾经努力将音乐作为一种形塑性因素融入小说的意义之中。”既然作家刻意安排，在小说的阐释过程中就不得不注意这一点，“音乐话语的在场，或使小说的叙事结构本身充满强烈的‘音乐性’，或成为指涉小说人物性别身份、阶级身份，或深层性格的‘主题动机’‘固定乐思’，对小说文本的建构、生成、阐释具有不可忽视的重要意义。从纯粹的‘文学性’阅读走向‘音乐性阅读’，便能从另一个维度解读这些文本。”由此，从音乐层面对小说的解读开启了小说阅读与阐释的一个新维度。

（二）作家身份与小说音乐化

小说中音乐的使用与安排同作家本身的音乐体验有直接的关系。人是使用符号的动物，符号的发送传播与接受都需要一个身份。一个人可以有多重身份，多重身份可以并存，在不同的场合和时间，身份相互转变交替。身份不同，发送的符号意指也不一样，个人身份与作家的创作有很大的关系。“文本体裁中的作者与文本的关系有两种，一种是‘结合式’，一种是‘疏离式’。‘疏离式’符号文本的作者与文本脱节，而结合式则是和作者的身份密不可分。”很多作家与作品的关系结合很深，因着音乐发烧友的身份，在作品中追求音乐化，如沈从文、张洁、余华等。格非与其作品的关系也是结合式的，很多作品从自身的经历体验出发。格非的创作深受音乐的影响，在他看来，很多小说家的创作或多或少都受到音乐这一艺术的影响，也即是说大家都能与音乐扯上点关系。如陀思妥耶夫斯基、卡夫卡、托尔斯泰、昆德拉等，他自己当然也不例外。“听从音乐化文本的召唤，从音乐艺术的角度去聆听和感受，可以增加和丰富文学的美感层次和效应，使文学的组织构成更为奇妙丰富，文学的文体和风格得以创新和发展。”格非用自己的创作实践为此作了最好的注脚。他在小说创作中吸收音乐艺术的特质，将文学与音乐进行联姻，在作品中将哲学叙述和梦幻联成同一种音乐，使得作品逼近音乐的风格，具有浓郁的音乐性。

格非小说中的音乐与他成长期间所接触到的音乐资源有关。小说的音乐主题与其自身对音乐的兴趣有直接的关系，同时与他自己的经历相关。格非在随笔中提到，影响到他未来的是一个犯了政治错误的大学生班主任，而这个人懂音乐，给了格非音乐启蒙。毕业分配时认识的中学女教师也给他了音乐启蒙。同时，他自己本身就是一个古典音乐发烧友，这种兴趣持续了几十年，在《隐身衣》发表后接受采访时他说：“这部作品是对我听音乐做发烧友的一个交代。”正是这种对音乐独有的体悟以及几十年形成的音乐情怀使得他的作品具有浓郁的音乐性，他的作品带有强烈的个人经历与体验，而我们对其作品的解读也需要从这种个人体验出发，从音乐和文学的互文这一角度出发。

二、格非小说音乐性分析

格非小说中充盈着大量的音乐元素，音乐的影子在小说中经常出现。而格非是音乐的杂食者，对多种音乐门类都有所接触，这些音乐包括中国流行歌曲、民间音乐、西方流行音乐等。《洪湖水浪打浪》《杜鹃山》《东方红》等在中国历史上有特殊记忆的音乐也深深刻在他的记忆中。当然，对他影响最大的还是西方古典音乐。莫扎特、门德尔松、贝多芬、马勒、斯特拉夫斯基、维瓦尔第等古典乐大师时时出现在他的散文随笔、学术文章及小说中。虽然他一再强调他自己“听音乐不过是在走神……无法进入真正的音乐圣殿”，但是对音乐的痴迷无疑深深影响了他的小说创作，随着时间的累积，他对音乐也有了特殊的感悟。无论是显性的音乐元素，还是潜意识里对音乐技法的借鉴，在他的作品中都有明显的体现。

“小说的音乐性，特指小说借鉴或模仿音乐技术，以及由于契合了生命节奏使作品具有的音乐性质……音乐性包含了有意识地模仿或借鉴音乐，和无意识的由于契合了生命节奏而具有的音乐特征。”前文已经提到，小说的音乐性，既包括显性的音乐元素的植入、技术层面上模仿音乐的技法，也包括隐性的音乐结构、主题的借鉴与使用。格非小说的音乐性也无外乎这两个层面。

（一）显性的音乐元素

在格非的小说中，音乐元素信手拈来，随处可见。《打秋千》中出现了《闪亮的日子》,《夜郎之行》中出现了威猛乐队的《走前唤醒我》。《沉默》中朱旌哼的是舒伯特的《摇篮曲》，同时再次出现《闪亮的日子》。《戒指花》中出现几次童声稚拙演唱的歌曲《戒指花》，小说以歌声结尾。《月亮花》中歹徒抓起吉他弹起舒伯特的《小夜曲》，而主人公程文联喜欢的是月亮花和巴赫的音乐。《让他去》的灵感是来自列侬的一首歌《让他去》，文末引了这首歌的歌词。《雨季的感觉》描绘了无趣的、百无聊赖的、阴雨绵绵的生活，一切都是湿漉漉的。文中反复出现的《二月里来》十分有意思，几乎成为文眼。《风琴》将风琴这一音乐意象融进小说，在战火纷飞的年代，残破的风琴、凄凉的琴声别有一番况味。

《春尽江南》中主人公是一个音乐发烧友，并且与家玉相关的情节也多次出现音乐。如鲍罗丁的《第二弦乐四重奏》深深地感动了家玉。哀婉的提琴声深深触动了她，使她陷入回忆之中。但之后这样的音乐再次出现的时候，家玉的心境和体验则完全不同了。同时，莫扎特的《竖琴协奏曲》也和家玉的欲望世界形成对位。《欲望的旗帜》中，贾教授对音乐有着独特的体悟，张末也沉浸在古典音乐中，这甚至成为她生存下去的理由。格非也在文中借钢琴教师之口，提出自己对音乐的看法："只要音乐还在继续，我们就永远不能说，没有希望。"到《隐身衣》的发表，作品已然成了音乐大联展，KT88、《彼尔·金特》、妈妈碟、短波收音机、《天路》、AUTOGRAPH、莲 12、萨蒂、玄秘曲、红色黎明、莱恩·哈特、300B 等等小标题都与音乐相关。

此外，其他的音乐元素也贯穿在格非的作品中。有些作品有着音乐的旋律、节奏，有的作品是受音乐的启发而作。如《背景》和《边缘》是受古典音乐启发而作，"许多年前的一天黄昏，我在听肖邦的《即兴幻想曲》时，突然感到一种莫名其妙的激动，我隐约记起了幼年时代的一段往事……我在《背景》和《边缘》两部作品中试图解释这种感觉，但仅仅是一种解释而已"。早在先锋创作时期，格非就已经显现出音乐的端倪。作品的意义很大一部分由音乐衍生出来。格非早期的小说带有很强的实验性，这与先锋音乐不无关系，先锋音乐作为一种音乐潮流对古典音乐带来很大冲击。吊诡的是，作者后来以古典音乐发烧友自居，这也为作者的转型埋下了伏笔（虽然这种转型是部分人为了研究方便而硬生生给予作者的）。因此在早期创作的先锋小说受到先锋音乐的影响以及隐藏在其中的音乐性是十分隐晦的，或许作者并没有意识到。艺术趋向音乐是追寻艺术的自主性，先锋小说作为一种纯文学实验，本身就极具自主性，因此先锋小说追求的是一种音乐性，也即追求一种文学的自主性。例如在《欲望的旗帜》中，出现了大量的与音乐相关的场景，蕴藏在其背后的是音乐对社会的反抗。

而在《春尽江南》三部曲中，文本特征虽然发生了改变，由先锋归为平静——在平淡的叙事中书写世事的变迁、人生的悲欢离合，但其中的音乐性表现得更强了。由于身份的转变让格非对古典音乐产生了浓厚的兴趣，甚至成为其保持一个知识分子情操的唯一砝码。这种音乐情怀一直延续到《隐身衣》中，古典音乐已成为拯救时代的一剂良药。作者直言，这是一部为古典音乐发烧友而写的作品。

（二）隐性的音乐技法

除了直接融入音乐元素，小说创作还在隐性层面模仿音乐的结构、节奏、速度、旋律、曲式、调式等表现手法。小说结构是小说作品的形式要素，是指小说各部分之间的内部组织构造和外在表现形态。“一部好的长篇必须有一个好的有机结构，以求在相对精小的空间中贮藏起较大的思想容量和艺术容量。”对结构的探寻成为许多小说家不懈的追求，而从其他艺术门类尤其是音乐中借用结构模式也是常见的手法。小说的音乐化很大程度上是指结构方面的。文学作品中最为经典的三部曲成为小说的惯用结构。

小说的三部曲结构来自古典音乐中的奏鸣曲式，古典音乐的奏鸣曲式十分复杂，一般而言分三个部分：呈示部、展开部和再现部。小说三部曲虽然没有严格遵循这三个部分之间的逻辑关系，但是基本上比较吻合。“江南三部曲”之间的内在线索就是如此，“江南三部曲”主要描摹了中国近百年的历史变迁，表现了大小人物在历史夹缝中的生存境遇。《人面桃花》的时间点是民国，革命刚刚发生，是呈示部；《山河入梦》中革命如火如荼展开，作者截取了一个县的革命风暴来呈现整个时代的风云，是展开部；在《春尽江南》中，革命已经结束，人们走进新的世界，但在新的世界里面依然矛盾重重，危机四伏，这便是再现部。三部曲往往还有一个尾声部，《隐身衣》从某种程度上便是尾声。由此构成了一个完整的曲式，对历史暂时画上了一个休止符。格非在中期创作的三部作品《敌人》、《边缘》和《欲望的旗帜》其实也暗含着类似的呈示、展开、再现三部曲曲式。

除了三部曲的结构，音乐的调式、曲式、旋律、节奏、和声、复调等技法都对格非的作品有或隐或现的影响。在单部作品中，《春尽江南》以诗歌开始，又以诗歌结束，在形式上形成了一个完整的调式。从主旨上来讲，诗歌与音乐的交融是中国文学的传统模式，这样做也凸显了作品的音乐性。

音乐的对位法则在小说中也常用。最大的对位法则在于古典音乐的圣洁性与世俗社会的肮脏不堪。整个世界陷入一种盲目混沌的状态，除了无限膨胀的欲望，这个世界似乎什么也不存在。在《欲望的旗帜》中，贾教授和纺织女工不安分地约会时，听到贝多芬的《英雄交响曲》却流下了眼泪，这既是人性复杂的刻画，也是小说结构上的对位。在《春尽江南》中，鲍罗丁的《第二弦乐四重奏》和莫扎特的《竖琴协奏曲》都和家玉的欲望世界形成对位。在《隐身衣》中，人们对音乐的态度也出现了明显的对位，有人喜欢贝多芬，有人则喜欢刘德华，“耳朵时尚的变迁史与心灵史密谋般合一。由此，对位叙事在小说语境中如‘玉生烟’般持续发散出串味的胆味，大片的器材专业术语和音乐发烧名词，在现实生活的动词移位轴上，犹疑、挪动、沉浮，构成倒影交错的现象史。”对位往往形成复调。格非所推崇的《红楼梦》即是一部典型的复调小说。格非自己的创作也是如此，“江南三部曲”是个人命运与宏大历史进程的双线模式；《隐身衣》是音乐发烧友的生活和无头悬疑案的交织；《边缘》更是多线主题的行进。

小说的节奏和韵律感也和结构相关。昆德拉在《小说的艺术》中论述了小说结构和音乐之间的关系，特别强调小说节奏感和通过结构的重复而产生的旋律感。格非的小说呈现出一种节奏之美。早期的实验性作品节奏急促，而后来的长篇小说节奏慢了下来，十分舒缓，在舒缓中营造了紧张。其他的音乐技法在格非的小说中也多有尝试，如速度、曲式、主导动机、变奏等。除了上述音乐技法的借鉴，在小说主题方面，小说也和音乐相仿，有着固定的主题，在稳固中又有变奏。

三、格非小说音乐主题探寻

音乐除了带给文学作品技术层面的结构优化、审美提升之外，更多的还在于透过音乐更生动、更完整凸显作品主题。格非的小说中充盈着大量的音乐元素，包括作者赞赏的古典音乐及其批判的流行音乐。这种音乐主题的凸显是作者刻意为之的，音乐的出现升华了小说的整个主题。在格非的小说中，音乐元素除了上文提到的技巧层面的对应，音乐式的体验、想象和象征是格非小说擅长表现的。昆德拉直言：“小说首先是建立在几个根本性的词语上的。就像勋伯格的‘音列’一样。”格非的小说正建立在几个如同音列一样的词语之上，这些词语构成了小说的主导动机。这些关键词分别为先锋、记忆、欲望、启蒙、批判、精英、哲学、悲剧等，而这些词语都是围绕音乐而展开的。

（一）精英主义

为什么古典音乐在作者那里有这么高的地位？这就是作者精英立场的体现——古典是和精英画等号的，精英又是启蒙者救世主的代名词。格非在小说中处处以音乐的品位来进行身份指认，在《欲望的旗帜》中，多次出现古典音乐，成为一种特殊的意象。《春尽江南》中描写古典音乐的笔墨更多，对待古典音乐的态度直接决定了人的品格。对于端午而言，这是最低限度的声色之娱，是难得的静谧享受。到了《隐身衣》，音乐元素的使用更多。他采用音乐欣赏品位的差异来进行人与人身份地位的区隔，“一种文化资本或趣味充当着阶级区隔的功能……古典音乐成为‘我’的‘隐身衣’或唯一的身份认同”。个体究竟属于哪一个群体通过选择何种音乐来决定。音乐成为身份认同的工具，个体根据音乐的趣味将自己与一般人分割开来，“他们在把自己塑造成社会主体的同时在排斥另外一些社会主体”。几乎每种音乐类型都有此功能，民谣音乐人一方面关注社会现实，特别是底层人民，许多的歌词直指现实的矛盾，尖锐而犀利；但另一方面又将自己与普通人划清界限，通过歌曲将社会阶层分得更细、更具体。民族之间的分割也和歌曲有关，不同的民族信仰着不同的神灵，吟唱着不一样的民族歌曲。

群体归属这一功能在古代音乐发展史上不是很明显，但也不容忽视，“曲高和寡”也从一个侧面印证着歌曲划分阶层的功能。在中国，孔子最早提出了音乐划分群体的功能，孔子要求“放郑声”，颇有区分“精英艺术”与“大众艺术”的意味。这是音乐的身份归属在古代的体现。当下，音乐功能更为复杂繁多，但最为主要的是身份认同，群体归属。音乐甚至充当了分化社会阶层、社会圈子的角色。现代社会的孤独感让人们不得不通过娱乐明星的认同寻找自己的圈子，戴上耳机，彼此擦肩而过，听着的却是截然不同的歌曲，寻找属于自己的“粉丝群”。社会的分化从表面看是经济的驱使，实质是文化品位问题，每个人都在潜移默化中向某个圈子靠拢。

古典音乐的爱好者愈来愈少已成客观现实，大众文化的崛起冲击着人们的生活。虽然作者在《隐身衣》中不断追问为什么大家的听力都坏掉了，为什么会有那么多人听流行歌曲，为什么古典音乐的听众越来越少，最终作者并没有给出答案。大众文化时代已经到来，这样的作品注定只能是为少数人而作。大量的专业术语、品牌意识，处处体现着一个精英的立场。这个时代的听力坏了既是对时代变迁（堕落）的隐喻，也是作者精英立场的体现。当然，格非小说也对精英自身进行了批判，在知识分子的命运书写中，作品流露的是一种知识分子的悲歌，“曲折呈现了时下知识分子犬儒虚脱的心灵症候”。知识分子由高位滑向犬儒主义，这其实也可以看作对精英本身的反思与质疑。

（二）哲学主题

音乐是最具哲学意味的艺术形式。大凡一流的哲学家，无不对音乐研究有独到见解。柏拉图、黑格尔、尼采，无一不是。音乐是哲人孤独旅程的第一推动力，关于音乐的哲理性思考，源于音乐的奇特与神秘。很少有人能够完全指出为什么一大堆的音符排列能够形成旋律，并能左右我们的情感。心理学、社会学甚至生物医学的方法都运用过，还是没能讲清楚，或许可以从哲学层面、形而上的层面来进行分析。

哲学家思索意义每每以音乐切入。在《悲剧的诞生》中，尼采讲道：“他（苏格拉底）在狱中告诉他的朋友，他时常梦见同一个人，向他说同一句话：‘苏格拉底，从事音乐吧！’他直到临终时刻一直如此安慰自己：他的哲学思索乃是最高级的音乐艺术。”“做音乐家吧，苏格拉底！轻似耳语的话，是苏格拉底的美学本能给他的启示。尼采借此要提出什么启示呢？也许是：哲学家、科学家本来就是艺术家，本来就有美学本能。我们对生命神秘的种种感受，并非逻辑所获得的因果可概括。白日里站在雅典街头滔滔不绝的苏格拉底对他的辩证逻辑信心百倍，在梦中却察觉了逻辑思维的局限。”哲学究竟能给我们什么，文学又能给我们什么？或许这种终极追问本身就没有答案，也不可能用科学的、逻辑的方法论证，正如音乐一样，无法说清楚，但是的确能触及人的灵魂，而这不正是人的美学本能吗？

叔本华指出了音乐的意志表象，尼采延续了他的观点。作为哲学家的尼采早期思索的问题主要有两个，一是生命意义的解释，二是现代文化的批判。两个问题有内在的联系，根本问题只有一个，就是如何为本无意义的世界和人生创造出一种最有说服力的意义来。尼采选择的方式便是音乐。他对希腊艺术的解释建立在日神和酒神这一对概念的基础上。尼采推崇的是酒神，音乐便是酒神的艺术。其他艺术是现象的摹本，而音乐却是意志本身的写照，所以它体现的不是任何物理性质，而是其形而上的性质，不是任何现象而是自在之物。

格非深受尼采的影响，很多作品对此也进行了思考。格非的小说富含哲学的意味，小说中往往出现一些谶语、格言，解读空间极大。如《边缘》《背景》这两部作品，蕴含着深厚的哲理意味，并且深受音乐的启发，前文已经谈到。“回忆就是力量。”“回忆是一杯毒酒。”格非对记忆情有独钟，且记忆往往呈灰色。这和他童年的不快记忆有关，而音乐在某种程度上缓解了这种记忆带来的不安与焦虑。《边缘》这部小说是记忆堆积的，一开始便是回忆的口吻："现在，我依旧清晰记得那条通往麦村的道路。"这种对过往的反复回忆在一定意义上消解了作者的不快记忆。这篇小说是受了音乐的启发而作，有点即兴的成分。往大处说，是在探讨人的边缘生存境遇；往小处说，这是作者的排解之作。整部作品小标题不断复现，人物的命运也被反复地书写，如同音乐中的重复。再者，音乐与记忆本身就是割裂不开的。时间、记忆、音乐，乃至意志，这些因素交织在一起，构成复杂的世界、复杂的文本。

虽然很多音乐携带大量的伴随文本如作曲家的创作动机、创作目的、创作心态和生存环境等可以给我们解读音乐作为参照，使得抽象的音乐有了实质内容，变得具象，但是音乐毕竟不同于有具体内容的歌曲。黑格尔在《美学》一书中早就指明了这一点。音乐是一种抽象的表情艺术，具有哲学意味，很多时候已经超出艺术的范畴。从这一层面来讲，音乐和物质世界实际是分离的。因此谈及音乐，更多的是形而上学的思考。

音乐的主题使格非的小说具有浓郁的哲学色彩，格非小说的哲学意味与他涉猎的西方哲学资源相关，同时也与自身对生命的终极思索有关。他的很多小说已经是纯粹的哲学作品，很多作品直接探讨哲学问题，如《傻瓜的诗篇》讲述的是精神病人的故事，讨论的主题类似"疯癫与文明"；《欲望的旗帜》围绕哲学院与哲学教授展开，探讨着"先有鸡还是先有蛋"的哲学问题。而这种思量，从总体上与对音乐的迷恋有关。《陷阱》的先锋意味很浓，带有哲学色彩。文中明显引用了许多富有哲理的话语，"要想认识村子，必须试图找到一条从中走出的路并且充满仇恨""美的东西并不光和善结伴同行，它常常是一种下流的外衣""……只要你诉求，他总会来的"。同样，小说的哲理性也和音乐有关，文中夹杂了很多亦诗亦歌的句子，使得小说如同音乐一般行进。“琴声如诉”，吉他少年的歌声也为小说蒙上了一层哲理的外衣。

现实主义的回归让很多人欢欣鼓舞，但也有少部分人选择了沉默，格非是少数之一。在他看来，小说不应该丧失个人对存在本身的思考，文学应该具有两种视野，一是关注现实，格里耶、卡夫卡无一不是关注现实的。但同时，小说必须思考自身的存在。格非对自身存在的思考使得他的小说充满了哲学意味。而音乐正是哲学的具体体现，透过音乐，思索人性，思考人的存在。

（三）悲剧意蕴

音乐主题的凸显也是作者悲剧情怀的体现。尼采的《悲剧的诞生》探究的其实是音乐的主题。尼采的哲学形成与其自幼形成的对人生的忧思和对音乐的热爱相关，同时也与叔本华的哲学和瓦格纳的音乐有关。《悲剧的诞生》其全称为《悲剧从音乐精神中的诞生》，尼采将音乐在形象和概念中的表现界定为叔本华最终所要关注的一个概念——意志，即音乐表现为意志。悲剧如何从音乐中诞生？在尼采那里，悲剧性的力量正是来自音乐。“音乐具有产生神话即最意味深长的例证的能力，尤其是产生悲剧神话的能力。只有从音乐精神出发，我们才能理解对于个体毁灭所产生的快感。”悲剧性的力量来自音乐，首先是因为悲剧关联到原始的痛苦，这种原初的痛苦即是世界意志的表象。其次源于非形象的纯粹艺术营造了个体毁灭的悲剧氛围。个体每时每刻都在走向毁灭，而音乐一直在旁边唱着哀歌。

对格非而言，社会的堕落、人性的泯灭、时代听力坏掉等都是时代悲剧的具体呈现。这种悲剧是中国文学悲剧意蕴和悲剧主题的延续。而这种呈现无不与音乐相关，与个人、时代的听力相关。格非的骨子里有着深厚的古典情怀与情结，体现在作品中就是鲜明的古典音乐情怀。对乌托邦的向往，试图建构音乐乌托邦。从处女作《追忆乌有先生》便奠定了此基调，之后的作品大多没有逃出这一范畴。

首先，音乐性和悲剧性是中国文学的传统。对前者而言，中国是礼乐文明之邦，传统的文学样式以音乐性较强的诗歌为主。这种传统影响了小说的发展，小说就是从与音乐相关的艺术中演化而来，文学作品中一直不乏声音的存在，"诉诸听觉的声音向提供观看的书面文字的转移，乃是文学成立和演进的基本脉络，然而字里行间从来不乏声音的回响。"音乐与文学的关系历来就十分密切，"而就中国的音乐与文学而言，两者从各自萌生之初就是一对不可分离的混生体，可以说，很少有一个国家的音乐与文学的关系能如中国的诗、乐这般关系密切。""众所周知，西方小说最早是从叙事长诗中分离出来的，而中国小说，我指的主要是唐宋以来的白话小说，则和话本、弹词、鼓词等说唱艺术关系密切。"格非对古典音乐的推崇，对流行音乐的批判延续了中国传统的音乐观。孔子之所以对"郑卫之声"深感不满，主张"放郑声"，原因就在于郑、卫两地的民间音乐轻浮淫靡，越出了理想中的伦理规范。格非对流行音乐的批判和孔子对"郑卫之声"的批判如出一辙。对后者而言，格非是一个骨子里很重视传统的作家，其作品也是浸淫于传统文化与文学的结果。面对传统在很多人那里的缺失，他表示出极大的忧虑。他所推崇的传统经典小说《红楼梦》实际上是一部音乐小说，文中安排了大量的音乐唱词，充盈着音乐的旋律、节奏、调式等。格非关注的另一部古典作品《金瓶梅》本质上也是一大悲剧。

悲剧意识在格非的作品中十分明显。悲剧源于欲望的无限膨胀和满足的有限性。欲望需求与满足之间无法填补的空缺造成了悲剧的诞生。"吾有大患，为吾有身"，有了肉身就有诸多欲望。

而悲剧正好也与音乐相关，所有的写作指向悲剧从音乐中诞生这一主题。当代社会是一个对欲望无限的刺激、称颂、制造、生产并消费的时代。当代经济是欲望的经济。橱窗里精致的商品、广告中对欲望的煽动……欲望处处闪现。欲望是格非着力书写的主题，这一主题直接指向悲剧。悲剧是把美好的东西撕毁给人看。《不过是垃圾》中曾经的精神支柱苏眉出卖肉体换取金钱，如果说第一次有被动的成分，那第二次主动提出就是赤裸裸的交易了。苏眉曾经是多少人心目中的女神，最终却被金钱腐蚀，这种悲剧意味不言而喻。在格非的小说中，欲望被反复书写，悲剧意蕴也反复凸显。在《欲望的旗帜》中，导师自杀之后，其学生曾山有一种快意，而这快意仅仅是肉体的潜在期待。《窗前》中妻子因流产住院，而丈夫回家后与别的女性发生关系；他知道妻子会报复，实际上妻子的报复比他预想的要强烈得多，因为所选对象是自己最好的朋友。《大年》中革命爆发的动力是二姨太的性欲。《蒙娜丽莎的微笑》描绘的是人处于欲望漩流中的不可救药。

在描写欲望的时候，音乐往往在一旁唱着哀歌，烘托悲剧的氛围。《陷阱》中引用《圣经》里的话指出当代人欲望的膨胀，爱情已无迹可寻，似乎人与人是凑合着过，随时准备出轨，而从窗外飘进的音乐却是《初恋的感觉》。《不过是垃圾》直接戳穿了当代知识分子隐蔽的欲望；小说中引用的歌曲《垃圾场》是这个堕落世界最精辟的概括：我们的世界，就是一个垃圾场，一堆臭虫在里面，你争我抢。这是对堕落时代最佳的描绘，最能代表作者的基本观点。而在前文提到的《欲望的旗帜》《春尽江南》《隐身衣》中反复出现的古典音乐也是欲望时代的挽歌。格非的作品具有强烈的批判意味，但批判来批判去，一切失效，陷入一种混沌状态，无法自拔。所有人物的命运无法逃离宿命的安排，冥冥中早有定数。这正是中国自古以来的悲剧观念之体现。

结　语

音乐在小说中重复出现一定是有着特殊的意味，对重复意象的理解直接决定了我们对小说整体的把握。在小说中，“无论什么样的读者，他们对小说那样的大部头作品的解释，在一定程度上得通过这一途径来实现：识别作品中那些重复出现的现象，并进而理解由这些现象衍生的意义。一部小说的阐释，在一定程度上要通过注意诸如此类重复出现的现象来完成。”“重复是意义世界得以建立的基石，没有重复，人不可能形成对世界的经验。重复是意义的符号存在方式，变异也必须靠重复才能辨认：重复与以它为基础产生的变异，使意义能延续与拓展，成为意义世界的基本构成方式。”格非作为一个音乐爱好者，在小说中不断重复音乐元素，作品因此深深刻上了音乐的印记。从音乐的角度分析其小说不失为一种全新的方法与视角。由重复的音乐延伸至精英主义、哲学意味和悲剧主题，这和西方的哲学与中国的传统文学精神一脉相承。当然，无论是在尼采那里还是在格非的作品中，精英并不意味着与大众的彻底决裂，悲剧也并不意味着彻底的绝望。音乐也并非狭隘地单指音乐这一艺术门类，而是整个艺术的代名词。艺术正是人类面对虚无、没有任何目的的世界的最后慰藉。即使是在格非的小说中，虽然作者展现了种种社会的堕落、人性的泯灭、欲望的膨胀等，但是写作和阅读这样的艺术行为本身，仍旧是反抗虚无、自我救赎的一种有效方式。

发表于《当代文坛》2015 年第 5 期

民谣与诗性：鲍勃·迪伦带给中国同行的启示

2016年的诺贝尔文学奖最终花落民谣诗人鲍勃·迪伦身上，不少媒体用“爆冷门”“出人意料”“不可思议”等词汇来形容一位歌手获得诺贝尔文学奖引起的震荡。特别是在中国，出版界似乎还没有做好出版他著作的准备，文学界也还没有列好研究他的大纲，甚至在音乐圈，各大音乐平台也仅仅是将他的歌曲顶在了首页。不过，鲍勃·迪伦的成就完全匹配如此高规格的荣誉，他的获奖实至名归。

鲍勃·迪伦的艺术生涯长达五十年之久，发行唱片数十张，销量数以亿计，在全世界范围内都有着极大的受众群体。在文学方面，迪伦的诗歌（歌词）被翻译成多种文字出版，被编入多种教科书。牛津大学现代诗研究专家克里斯朵夫·里克斯，撰写了一本厚厚的《迪伦的原罪观》，他也因此获得“牛津大学诗歌教授”这一地位极高的职位。著名诗人肯尼思·雷克思洛斯曾说，“是迪伦首先将诗歌从常春藤名校的垄断中解放出来”。如今，在西方的一些大学已经出现了一个名为“迪伦学”的学科，而迪伦的歌词也被作为诗歌入选许多美国大学的文科教材。在2016年的哥廷根大学，有教授一学期的比较文学课程就是讲鲍勃·迪伦一人。所以，迪伦早已进入文学研究领域，成为文学研究的重要对象，获得诺奖的殊荣在情理之中。

当然，鲍勃·迪伦能够获此殊荣，是多种原因所致，并不仅仅因为他的歌，他是民谣诗人，同时也是先锋艺术家、政治家、社会活动家，频频出现在公众视线内。迪伦也不是孤军奋战，在此之前有小理查德、伍迪·格里斯、罗伯特·约翰逊和汉克·威廉斯等创作型歌手开创了传统，在此之后也涌现了大量的民谣诗人继续奋斗，如吉米·莫里森、伦纳德·科恩，这是一段源远流长的“音乐+诗歌”历史。另外，更不能排除组委会对获奖者地域以及作品体裁的综合考量。但是既然已经颁给了一位民谣歌手，就不得不引发思考。

民谣为何能承载这一切？首先，民谣歌曲是真实情感的流露。民谣歌词言之有物，唱之有情。音乐是表情艺术，情感本是音乐最为核心的要素，而一般的流行歌曲是流水线生产的商业产品，并非歌手的真实情感表达，歌手只是歌曲的代言人而已，而民谣歌曲都是词、曲、唱由民谣歌者一人完成。大量的流行音乐几乎不携带任何感情，是一种空洞的、苍白的呼号。民谣音乐遵循真实的美学原则，强调歌声表达了自己的真实内心，“我是为了自己而弹”是民谣歌手共同的心声。且因为大部分的民谣歌手来自底层，生活穷困潦倒，依靠自己打拼，付出重重艰辛，这样的努力自然也就被认为是饱含真情的（这在中国尤为明显）。这些音乐人起步的作品都是有感而发、有血有肉的作品，与一般流水线产出的商业情歌不同，这种商业疏离被误以为会富含真情。

但民谣具有极高的商业价值，音乐的分类本就是唱片公司为推销音乐而贴上的标签。民谣一般会被看作独立音乐，与商业无关，可正是这份“无关”，让民谣更加商业化。实际情形是民谣的独立式创作与商业化生产并蓄生热。民谣这一特殊风格因为“独立”的标签而被商业大肆利用，“小众热”“民谣热”持续升温，获取了巨大的商业利益。民谣具有“去商业化”“去娱乐化”“去大众化”等特质，但正是这些特质反而成为民谣的卖点，获得极大的商业价值。很多民谣歌曲强烈地表达了介入现实的意图，让音乐承载了过多的幻想，这不是对商业的疏离，而是利用这种对现实的关注而获得现实关注，进而创造商业价值。

民谣是一种精英文化，呈现出一种反抗姿态，鲍勃·迪伦的歌曲也涉及反战、争取和平、反抗压迫等诸多人类共同的主题。迪伦的作品自然也贴上了反抗民谣的标签，被广泛认为是当时美国新兴的反叛文化的代言人。他的部分早期作品成为了当时美国民权反战运动的圣歌。与此同时，民谣音乐也承载了许多宏大主题，比一般音乐的格调高出很多。

民谣与纯文学也是互文的，民谣是一种被歌词推动的音乐，民谣歌词就是诗歌，而且是比一般诗歌传播范围更广、影响力更大的诗歌。民谣在全世界范围内都有着极大的受众群体。中国就是其中的代表，近几年中国的民谣发展也出现了井喷之势，想必这也是对整个世界潮流的呼应。中国最近几年民谣的持续火爆与鲍勃·迪伦的获奖或许有着内在的一致性。

民谣的火爆与歌诗传统的复兴有关，也是一种媚雅文化的体现。民间谣曲是中国音乐的大宗，在历史上是主要的音乐种类，在现代化的进程中，西方音乐的引进使得古典音乐成为音乐大宗，而如今，这种民谣再度兴起，是符号翻转的结果。艺术发展呈现一种历史演进的规律，每一种体裁都会走向尽头，被另外的艺术样式取代，符合整个历史的演进规律。当代民谣是以精英主义出场的，最初是一种反抗文化，逐渐演化为一种亚文化，进而演化成主流文化。

对文学而言，民谣诗人的获奖对中国文学的发展也不无启示，或许由此可以找到音乐与文学，尤其是与诗歌同步复兴的密码。这就是歌与诗的结合而形成的“歌诗传统”的复兴。陆正兰教授提出，当代的“歌诗”是诗与歌词相互靠拢的一种体裁，它是一种诗，也是一种歌词，兼有“诗性”与“歌性”。“歌诗”是中国文学史几千年的传统，它的断裂，表明“诗教”和“乐教”的传统衰微，这是中国文化的重大损失。近年来，随着传媒技术的发展，新的文化语境促成“歌诗”复苏重生。当代“歌诗”作为文学新体裁，应成为当今学界关注的课题。

民谣歌词大多含蓄隽永，主题暧昧不明，延长了审美距离，具有多重解读的可能性，而这正是借用了诗歌的“含混”特性。如盛极一时的“西北风”歌曲正是加入了诗的元素，表达民族命运之类的宏大主题。二十世纪九十年代的摇滚乐更是如此，唐朝乐队的古风式重金属、魔岩三杰的含混多义的摇滚歌词，后来的舌头乐队、痛仰乐队、苍蝇乐队的歌大多具有讽喻诗的特点。窦唯离开乐队之后的一些先锋作品最终将音乐的诗化推到极致，如《雨吁》《山河水》《箫乐冬炉》等作品。由此观之，中国音乐人一直在探索诗歌表达歌曲的模式。

用诗歌形式表达歌曲，用歌曲的模式吟唱诗歌，正是诗与歌的跨界，诗与歌的融合，将受众越来越少的纯诗歌拉回人们的视线，也正是诗歌的艺术性，可以将品质饱受质疑的流行歌曲水准进行提升。一个人获奖，可以同时带给两种艺术门类以新的希望，更能引发对“歌诗”这一体裁的新思考，这正是民谣歌手获得诺贝尔文学奖带给中国同行最大的启示。

发表于《文学报》2016 年 10 月 27 日

国产电影的卖点制造与产业逻辑

——以《一句顶一万句》和《我不是潘金莲》为例

2016 年 11 月，根据刘震云小说改编的同名电影《一句顶一万句》和《我不是潘金莲》先后上映。两部电影在年度国产影片中都有一定的影响力，前者是刘震云携手拿过奥斯卡大奖的女儿的处女作，后者则是搭档多年的伙伴再度合作。两部电影分别找到一个卖点，前者号称“一顶绿帽子下的史诗”，后者则打着“潘金莲”的旗号。而实际上，无论是小说还是电影，都不仅仅是在讲述绿帽子和潘金莲所指代的情感伦理问题，这仅仅是为迎合消费趣味而做出的投机选择，是商业运作的结果，是典型的标题党营销，由此也凸显出当代大众审美口味的向下还原。影片上映之后，丝毫没有体现出这两部作品的与众不同，陷入的是毫无差异的中国电影生态圈，在这一圈子里，寻找卖点并以此制造话题，最终获取最大的商业价值成为惯常手段。本文从娱乐至死还是严肃主题、商业产品还是艺术作品、受众眼中的精品还是烂片三个角度对这两部影片进行分析，探索与之同类的整个国产电影背后的生产逻辑。将严肃主题娱乐化、将艺术商业化、将评价炒作化，进而实现票房最大化，这是当代国产片的基本逻辑。

一、娱乐至死还是严肃主题

当代社会进入一个娱乐时代，一个“轻”时代，大型笨重的机械生产逐渐被信息技术等轻技术取代。文化也发展为一种“轻文化”[①]。审美由重变轻，从严肃变为娱乐。所有严肃的主题不复存在，一切都可以用来娱乐。轻文化、纯娱乐将社会带入娱乐至死的时代。《一句顶一万句》是将男女之间的感情危机拿来娱乐，尤其是将“绿帽子”这种在中国最具话题性的主题拿来娱乐。《我不是潘金莲》是将女性悲剧与信访等严肃主题拿来娱乐。

《一句顶一万句》因为导演与即将在同月上映的两部作品的导演李安（《比利·林恩的中场战事》）和冯小刚都有一定的关系。因此该片是作为几个导演生造的“11月档”的暖场电影上映。这部影片是一部将婚姻的悲剧性一面过度放大的作品。导演急切想表达出困扰现代人情感的诸多问题，却操之过急，用过多的主观臆断代替了真实的生活体验，将婚姻的悲剧与人生的悲剧都放大了。之所以将之放大，是为了最大程度满足受众的“窥私”欲望。《我不是潘金莲》则将很多严肃主题置于喜剧的背景之中，将严肃的主题轻谑化。通过喜剧的形式来表达底层卑微的生活，使受众在观看他人热闹的同时忘记了自身所处的困境。

先谈《一句顶一万句》。影片讲述的是因女主角庞丽娜出轨婚纱店老板蒋九而引发的婚姻悲剧。但是细细考量却发现，并不是因为出轨引发了婚姻悲剧，而是婚姻出了问题之后，庞丽娜才试着去接触了蒋九，结果发现两人“说得着”，由此才有了牛爱国在宾馆抓住现行的结果。之后的庞丽娜便背上了“破鞋”的骂名，甚至连自己的亲生女儿也不敢见，小女儿在学校跟人打架被人抓伤这一细节更是凸显了一个婚姻有过污点的女性面临着怎样的尴尬境地。导演为了加大批判的力度，故意设置了蒋九的富人身份，他有能力带着庞丽娜去高档的餐厅吃饭，去高档的酒店

---

① 余安安：《“轻文化”现象的社会语境探析与美学反思》，《中州学刊》2016年第9期。

住宿，而反观牛爱国，他去参加富人聚会一句话也不敢说，他跟踪老婆到酒店之后却因昂贵的住宿费而选择在门外偷听。除此之外，导演还故意设置了一个情节，那就是庞丽娜的理想是去欧洲旅行，这些似乎都指向庞丽娜的出轨是对物质欲望的无限追求所致。但事实并非如此。

庞丽娜与牛爱国的婚姻危机源于两人没话，这不过是婚姻爱情中常有的情感疲惫现象。即便是选择放弃一段婚姻，选择为爱情冲动一回也没有什么大不了，通过影片来看，庞丽娜和蒋九之间真的擦出了爱情的火花也不是没有可能。现代社会离婚率居高不下，很多重组家庭证明离婚并不是宣判了死刑。可问题在于，本片中出轨的是女性，而不是一般的男性，难道女性出轨就犯了不可饶恕的错误？尤其是影片快结束的时候，再度怀孕的庞丽娜提出让丈夫杀了自己算了，此时，她的女儿还在医院的病房里，她对此却不知情，这样的镜头语言，将庞丽娜的悲剧推到极致。女性的悲剧性命运被不同形式的艺术作品演绎过，在中国，女性的悲剧性更为明显，在传统的道德文化中，三纲五常、忠贞不渝是其必须恪守的。现代文明的进程并没有改变这一现状。所以庞丽娜的错误不可原谅，悲剧不可避免。除了庞丽娜，片中的女性无一不是悲剧性的。

为了强调婚姻的悲剧性一面，导演精心设计了两条线索，一条是离婚，另一条是结婚。离婚当然是婚姻的悲剧性收场，牛爱国与庞丽娜闹得沸沸扬扬，甚至起了杀人之心。闹来闹去庞丽娜选择了私奔，并且在自己女儿生病的时候和丈夫偶遇。而影片一开始的时候，两人高高兴兴地告诉登记人员他们说得着。婚姻悲剧性的一面在他们这里体现得淋漓尽致。而姐姐牛爱香的婚姻也同样是悲剧，婚前婚后完全不一样，这不应当是真实生活的全部。尤其是章楚红以离异身份出现的时候，这种夸张化的手法走到了极端，生活是会遇到各种各样的问题，但是这些就是生活的全部？导演仅仅用自己的阅历来把握复杂的人性，这对年轻导演具有很大的难度，毕竟生活不是臆想出来的，而是活生生的存在。

由婚姻的悲剧，导演上升到人生的悲剧。影片用一种冷色调来展现芸芸众生的生活。片中牛爱国的台词一直都是以卑微的语气讲出来的，就连在大庭广众之下被告知老婆跟人跑了他也仅仅是骂了一句脏话。他的朋友杜青海说话的语调更是卑微到如蚊子的嗡嗡之语，这或许是理想失落之后导致的必然结果，因为两人年轻时候的理想都不是做现在的工作。与此同时，导演使用了大量的俯拍镜头，比如用佛像的庞大对比牛爱国的卑微，将人物的渺小进一步深化。由此，影片才提出了“忍，还是不忍，这是一个问题”。这种卑微的活着不同于余华式的源于生命蓬勃的向生性本能，而是一种残喘苟活。

除了主题层面将悲剧主观放大，影片的技术性也并没有取得完全成功。在片中，主要的情节线索是，被戴了绿帽子的牛爱国为了复仇精心酝酿的杀人计划，穿插了几段分分合合的婚姻，突出说话在生活中的分量。延续了小说中用是否能说得上话来谈论人与人之间的交心与隔膜。从细节上来看，很多情节都经不起推敲，生活并不只是巧合，而电影中多次出现巧合，尤其是片尾车站的碰面更显生硬。电影强调“绿帽子”问题，似乎是对当下开放的男女问题的回应，却存在不少生硬的说教嫌疑。原著中的孤独并非是夫妻间特有的，而是涉及亲情、友情、爱情等多种情感的，影片只择取一种大做文章，难免以偏概全，最终由“夫妻”置换了“人类”，用“出轨”置换了“夫妻”。用假性的老成来把握复杂的人性具有很大的难度。人物思维、行为有点脱离时代节拍，如同穿越剧，每个段落似乎都是无源之水、无本之木，是架在空中的。用网络短评的话来说，“导演拍的比国产电视剧更像国产电视剧”。直到片尾，才用一种电影的手法为这部电视剧突然画上了句号。片尾用列车员的声音隐喻了人物的出走，出走之后的情况不得而知，这个开放式的结尾让一直略显拖沓的影片戛然而止。影片结束了，但是留给观众的思考并没有结束。生活该怎样过每个人心中都有一杆秤。对艺术而言，对人性的批判、对悲剧的描述或许可以诗意一点，至少不那么突兀，毕竟艺术是我们寻求心灵慰藉的重要渠道，如果连艺术都如此绝望了，生活还能指望什么？《一句顶一万句》被一个关键词“绿帽子”所掩盖，一顶绿帽子何以胜过千言万语，这不是对生活的真实关切，而是窥视欲的替代满足。

《我不是潘金莲》则使用了彻底的娱乐化策略。在备案及前期宣传的时候，影片都是定位为喜剧片的，最终也收到预期效果，在某高校点映时全场共有几十次笑声，而在电影院，观众也确实从头笑到尾。这种笑，很大程度上已经抽空了任何感情，是一种当代社会典型的傻乐。当代社会最大的特点是娱乐，最终趋势是由娱乐走向傻乐。傻乐主义是陶东风教授对中国当代大众文化最精妙的概括。[①] 傻乐主义的基本逻辑是：不再用喜剧讽刺和告别陈腐事物而对社会进行批判，而是用搞笑来埋葬喜剧本身，用傻乐来掩饰自身生活处境的困顿不安。当代大众文化已经完全剥离了主题、思想、意义，仅仅剩下空洞的娱乐外壳，流行音乐如此，电视节目如此，影视剧也如此。大家在消费文化的时候一笑而过，不留下只言片语的思考，大家都这么傻乎乎、乐呵呵地接受着娱乐企业为受众量身打造的文化工业产品。《我不是潘金莲》正是这样一部傻乐电影。参加了《欢乐喜剧人》的冯导，更

① 陶东风：《无聊、傻乐、山寨——理解当下精神文化的关键词》，《当代文坛》2009 年第 4 期。

加喜剧化了。幽默、喜剧并非一无所长，很多艺术正是以“含泪的笑”被人铭记。关键是，笑要有限度，但该片很多笑点都很勉强，特别是通过使用一些段子句式来制造笑料。

再者，导演以打擦边球的方式与原著的批判性相结合，处处显示出导演的刻意影射，例如故事地点叫光明县、永安市，可与人物的命运对比，一点也不光明，也不安宁。片中还有很多替人民代言的台词，如中央首长敲着桌子说的话“他们不是人民公仆，是拿着人民的俸禄、不为人民办事、骑在人民头上作威作福的人”，市长马文彬跟县长说的话“我们是为了帮助李雪莲呢，还是为了保住我们头上的帽子？我看是后者居多吧”，等等。都具有一定的批判色彩，但力度明显不够，而且很快被笑声淹没了。最主要的是，这些台词是对主流的契合，还是一种反讽表达？

如果要深挖，事件本身所涉及的严肃主题信手拈来，女性命运、官场争斗、看客心理、国民劣根性等等都有体现。最为明显的是，影片中的所有官员似乎都没有恶意，但最终并没有帮助李雪莲解决问题，最终事情的解决是出于一场意外，这其中的原委难道不值得深思？历史永远是充满反讽的，尤其是在全面放开二孩政策的今天，再来看整个李雪莲事件的起因，越发会感觉到历史的反讽与悲凉。

这两部影片都有文学蓝本，但对文学作品的改编是失去了限度的。这种改编是典型的将沉重主题轻谑化的表现。《一句顶一万句》原小说也描绘了一种人性的隔膜与孤独，但那是几百个鲜活人物所组成的真实人生，人与人之间、事与事之间有着来龙去脉，有着各种原委，因此人物的悲剧性命运并不显得生硬。电影因为容量的限制以及迎合卖点的要求，只能截取最富戏剧冲突的部分来进行演绎，为了刻意制造冲突，不得不进行夸张的表述，将生活的种种艰辛与残酷集聚到某一角色身上，由此造成了悲剧的过分夸大化。或许是怀着一种急功近利的心态，抑或是为了贴近大银幕的表达，影片没有完全呈现原著，只是截取了最具卖点的关于婚姻破裂和男女出轨的故事。电影主题十分简单，是一个由出轨引出的杀人复仇的故事，这是老百姓喜闻乐见的题材，牛爱国怀疑老婆劈腿，他开始跟踪她。掌握证据后，他拿起了刀子。左思右想，他又放下刀，试图借刀杀人，最终杀人未果。因为与老同学的见面，或者是女儿的病，牛爱国放下了一切。影片在一直舒缓的节奏中戛然而止。保险题材是为了确保有人愿意为之买单。但是结合小说来看，小说留给电影的只是大作家刘震云或者茅盾文学奖之类的光环，二者已经相去甚远。

影片标榜根据刘震云小说改编只是一个幌子，只是对小说 IP 的征用，因为从一开始，影片就偏离了小说的主旨。小说原有的丰富性和深邃性不复存在，电影只是对小说部分段落的截取。影片定位为“一顶绿帽子下的史诗”，将史诗这一称谓贱用了。老百姓的平常日子并非不能成为史诗，但是这种刻意对两性隐私的描摹与夸大，与史诗相去甚远。小说《一句顶一万句》是刘震云斩获多个奖项的作品，小说的标题来自特殊历史时期的话语。小说是一种乡村叙事的新面向，技法上凸显说话艺术的魅力，思想上展现人性的隔膜。小说描述了一种刘震云中国式的孤独感和友情观。文中数来数去，人在世上居然没有交心的朋友，哪怕是同床共枕多年的夫妻，仍然没有交心的。号称中国版的《百年孤独》太过浮夸，但是作者用艺术的笔触描写了底层中国人民最真实的生活，有隐忍，有反抗，有绝望，也有光明。

从主题角度讲，小说讲述了一种人类共有的孤独感，“他人即是地狱”，这是一种存在主义式的思考，是全人类共同的体验。寻找和孤独伴随人的一生，在小说中，老杨和老马不交心，一辈子没有交到真正的朋友，杨百顺和老裴的关系也是利用与被利用。尤其是杨家父子之间的关系是瞒和骗，除此而外，各种攻心算计都被描绘出来，人物之间仿佛只有争斗和利用。老汪讲《论语》，无人理解，将这份孤独推到极致，《长门赋》云“日黄昏而望绝兮，怅独托于空堂”，从古至今，孤独如影随形。而在影片中，这些底色似乎都消失了。

再来看《我不是潘金莲》。原书出版的时候，责任编辑想必已经删去了大量的不合时宜的内容，而在改编为电影的时候，更是大刀阔斧地删改，仅仅留下了一些笑料包袱。剧情讲述了李雪莲的前夫骂李雪莲是“潘金莲”，为还自己一个清白，李雪莲开始状告他，但一件事很快变成了另一件事，为了纠正一句话，李雪莲一告就是二十年。原著是关于信访的严肃主题，小说还涉及计划生育、家庭暴力、法制建设、官僚体制等多个主题。历史永远是充满反讽的，尤其是在全面放开二孩政策的今天，再来看整个李雪莲事件的起因，越发会感觉到历史的反讽与悲凉。所有这些，导演通通演变成无厘头的搞笑桥段，而关于百姓有苦难言、有冤难伸、信访无门的主题，以及政府部门种种不作为的现象反思却完全不在了。原著是深刻的现实主义题材，作者用冷峻的笔法描摹了中国底层社会最为真实的一面。刘震云完全是零度风格叙述，通篇没有主观臆断，没有感情流露，没有愤怒，没有悲伤，客观冷峻地将事情一一道出来。而读者在这种极度的冷静中，却时时迎来感情的跌宕起伏。故事并没有以李雪莲的欲死无门而结束，而是继续书写了另一段关于上访的事情。

在李雪莲的事件上，鲜见有关部门的作为，即便是处理一长串的不作为下属，也是为了自己的仕途，纯属一己之私，而不是为百姓服务。十年之后，李雪莲决定不再上访，可相关人员的步步紧逼，使得她无法放下，这是当代版的逼良为娼。这里丝毫没有国民劣根性的体现，而是一种刚正不阿的性格，一种烈妇的形象。凡事较真，正是有所为的体现，也正好与不作为相对。

当作家以编剧的身份操刀电影的时候，完全以迎合观众为主了。在影片定位上，定位为喜剧片和剧情片，刘震云以新现实主义立足文坛，其严肃的创作似乎因为触电变得畅销起来，《我不是潘金莲》的小说重印了十多次，上架标签也贴上了畅销。小说与影视互为宣传媒介，变得流行，《手机》《温故一九四二》相继被拍成电影，刘震云似乎已经成为畅销书作家，纯文学的高雅味与精英味渐渐淡化。

为了使人们忘却痛苦，《我不是潘金莲》延续了惯常续上光明尾巴的做法，李雪莲不再告状，也没有回老家，而是跟表弟在北京开了个餐馆，遇到了当年那个只见过一面却受李雪莲事件牵连并因此被免职的县长，相逢一笑。这个结局，已经和原著相差甚远，完全缺失了那种批判的力道。小说中，在两部分序言之后，才迎来作者所谓的正文，而正文更是一部闹剧，因未能处理好李雪莲事件的史学东，为了一场麻将假装上访，最后被安全遣送回家赶上了麻将之约，这是何等的讽刺，何等的黑色幽默，而被讽刺的对象，大家都明白。

两部电影主题都不只是出轨、绿帽子、潘金莲等代表的情色伦理，但两部电影都选此为卖点，印证了当代审美的向下还原。对身体的消费是一种典型的自我向下还原，通过对身体的幻想，满足意识里面的色情欲望。当代文化中身体尤其是女性身体被重新发现，身体的重新发现，依据并不是主体的自我意识，而是一种娱乐及享乐主义效益的标准化原则，它直接关系到生产及指导性消费的社会编码规则。[①]“潘金莲”之所以作为一个符号无限放大，是一种典型的身体消费、“屁股”美学。尼尔森在讨论当代

① 陆扬、王毅：《文化研究导论》（修订版），复旦大学出版社2015年版，第271页。

流行音乐的时候指出，二十一世纪的今天，聚焦于“屁股”的人比原来更多了。[①] 只有迎合观众口味才能赢得票房，但聚焦于低端的欲望书写和消费引导，最终会使艺术彻底沦丧。

当代艺术最大的症结在于疼痛感的消失。涂尔干说：“应当在疼痛的地方，也就是某些集体的规范与个人的利益发生冲突的地方去认识社会，而社会正是存在这里，而不是在任何其他地方。”[②] 无论是文学、美术、影视，还是音乐，都应当具有基本的责任伦理。而可悲的是，当代艺术几乎没有疼痛感可言，只有小情小爱，小打小闹，即便是宏大主题，也是粉饰太平，或者对问题避而不谈，偶有触及痛点的作品，则会因种种原因传播不开。哪怕是相当疼痛的题材，也可以喜剧化。小说《我不是潘金莲》结尾的时候老董说：“一件严肃的事，可不能让它变成笑话。”影片的结尾，李雪莲的故事被当成笑话来流传，甚至她自己也认可了。这就是当代社会所有人，不只是某一部电影的导演或者其中的角色，所从事的工作，把每一件严肃的事情都变成笑话。

二、商业产品还是艺术作品

毫无疑问，电影是艺术，但同时，它也是一件商品，无论导演们怎么标榜自己的艺术理想，电影最终是要用票房来回报投资。即便是真正的艺术电影，在缺乏基本资助体系的时候，也不得不在商业的漩涡中苦苦挣扎。何况这两部影片都是专业投资集团的产品。

---

① ［美］尼尔森·乔治：《嘻哈美国》，李宏杰等译，江苏人民出版社 2013 年版，第 269 页。

② 赵勇：《艺术的二律背反：在可能与不可能之间——阿多诺“奥斯威辛之后”命题的一种解读》，《外国文学评论》2015 年第 3 期。

两部影片的导演都进行了所谓的艺术探索。用文学作品这样的 IP 来开发电影旨在提升电影的艺术性，但这只不过是自欺欺人。从最终呈现的效果来看，所谓的艺术探索是失败的。学院派出身的她将技巧的生搬硬套使用发挥到极致，匠意浓浓，有时候无技巧才是真正的技巧，而并非将书本的导演理论全部照搬到银幕。例如一遇到煽情段落，就大量使用音乐，很多配乐段落基本都是硬性植入的。声音对改编自文字作品的电影叙事具有一定的“缝合”作用，但必须让声音的叙事促进文字与图像的互动与缝合，而不是生硬植入，反而造成出戏之感。再比如，对时代的强调更是用足的匠心，却将第一代身份证和第二代身份证并置，将二十世纪的电器与二十一世纪才有的电器并置，如此种种，不一而足。

《我不是潘金莲》的导演多次在多个场合强调，这部电影是自己的一次艺术探索，是一部艺术片。为此他也朝此努力。最明显的例证就是使用了中国传统电影拍摄没有用过的构图，圆形构图就是朝艺术探索迈出的最大步伐，虽然这样的手法国外导演早就试过了，他不过是再度模仿[①]。严肃文学作品的根基也可看作是艺术性之一，虽然这一点很勉强。

艺术性的探索还来自导演自身一直以来所努力进行的转型。导演自己也在多个场合表明自己对此片的重视，对艺术性的重视和对观众的重视，但是目标实现得并不好。冯小刚并不把电影当成一种娱乐、一种消费、一种傻乐。从《手机》开始，他就开始“变脸”[②]，主动向高雅与精英意识形态靠拢。他后来的行为也

① 宋宇：《范冰冰：我不是李雪莲，我是“想得开小姐”》，《南方周末》2016 年 11 月 18 日。

② 陈旭光：《悖论及出走：冯小刚的“变脸”与电影中的媒体——〈手机〉略谈》，《当代电影》2004 年第 2 期。

证实了这一点，《一九四二》首先表达的是一种精英的担当意识，对苦难的叙述是一种悲天悯人的担当主义。《老炮儿》更是一种理想情怀的表达，而不仅仅是迎合观众口味，所以上映后引起很大争议。这一次，他走得更急，表现得也更为极端。

为了能在大片云集的档期杀出重围，电影剧组在营销方面做足了功课。标题党营销、宣传预告片、电影歌曲、国外影展、高校点映……凡是能用到的宣传营销手段都用上了。《我不是潘金莲》涉及多方的商业利益，与多项对赌协议相关，是这些协议的“押注”票房和投资公司商业目标完成的重要筹码，在目前中国的电影生态中，商业利益的保证必将以牺牲艺术性为代价。电影的公映日期一拖再拖，经过删减，最终上映了。原定档期被拖到11月份，导演自己的解释是“哪个档冷我们就去哪个档”，不知是不是刻意的饥饿营销。同时调档本身也是营销话题之一，档期的不断更改会引发种种猜测。当然，这个月是国外大片扎堆上映的时节，这种形势甚至可为万一失败的票房找到借口。从另一个角度而言，选择如此敏感的主题也是一种商业投机。

为了商业利润的完成，不得不使出浑身解数来进行营销，歌曲营销成为一种滥用的方式。当代中国的电影几乎无片不歌，很多电影的歌曲在电影还没有上映之前就已经很红很火了，电影歌曲成为电影营销最重要的手段，尤其是一些中小成本电影，完全靠着歌曲支撑着一部电影。除了一般的主题曲、片尾曲、插曲、背景歌曲之外，也诞生了电影宣传曲、推广曲等新型电影歌曲。很多歌曲出于营销目的，并未考虑歌曲与电影是否合拍，仅仅考虑能否最大限度吸引听众，进而为电影增加票房。

电影歌曲就脱离了电影文本而成为独立的广告歌曲。仔细考察歌曲与影视的关联度，几乎都不高，甚至可以说是一个噱头而已。[1] 如《匆匆那年》对观众而言只剩下王菲演唱的那首歌曲《匆匆那年》。歌声与影片在很多时候与影片无关，每每不能入戏。《我不是潘金莲》的主题曲《来日方长》选取了具有号召力的歌手薛之谦与黄龄，薛之谦的另一身份是网络段子手，粉丝无数。制作人常石磊也在圈内小有名气。歌曲在网络上线后，仅网易云音乐这一平台就有上万条评论，而一般的歌曲则是几十条几百条而已。10月底，又推出了由小S、大鹏携手演唱的影片同名推广曲《我不是潘金莲》。歌曲神曲风十足，幽默诙谐，为影片的“喜剧”定位造势。

另一种营销模式采用惯常的“国内开花国外香”模式，通过参加国际电影节为影片造势。《一句顶一万句》刚开始处于静默之中，没有大肆的宣传，后来，电影通过参加各种电影节，发酵出了一定口碑，收到了未映先“奖”的效果。电影入围第三十八届开罗国际电影节主竞赛单元，在此之前，还分别参加“丝绸之路”国际电影节，提名金马奖最佳女配角，入围釜山国际电影节主竞赛单元、香港亚洲电影节以及斯德哥尔摩电影节“最瞩目观众大奖”，种种评奖之旅为电影营造了一定声势。《我不是潘金莲》也收获了不少奖项，先是参加多伦多国际电影节，获得国际影评人费比西奖（特别展映单元）。组委会称赞冯小刚塑造了一个充满野心的卡夫卡式女性角色，将圆形画幅这一形式和电影内容巧妙融合。继费比西奖后，又在圣塞巴斯蒂安国际电影节斩获电影节最高荣誉——最佳影片“金贝壳奖”，范冰冰摘得“影后”桂冠，获得最佳女主角“银贝壳奖”，如此等等，都是为了电影营销的需要。

在当前的电影市场格局中，试图同时玩转艺术性和商业性，

---

① 刘小波：《电影歌曲也应“入戏”》，《音乐周报》2016年11月9日。

难度着实有点大。电影首先是一件商品，有投资，需要回报，最终，电影是要发行卖钱的，因为电影不是导演一个人的，是一个团队的作品，牵扯了诸多的利益集团，《我不是潘金莲》上映后，上演的导演与发行院线方的口水战正说明了电影的商业属性。但电影产业的逻辑却是，将电影的艺术性作为一种情怀进行兜售，以此吸引观众为之买单。

三、究竟是精品还是烂片？

两部影片上映之后，围绕精品还是烂片产生了讨论。尤其是《我不是潘金莲》在中国大陆刚一上映，传统媒体和新媒体都炸开了锅，褒贬不一，评论出现了最大程度的两极分化。无论是纸质报纸还是网络评价平台，都发出了截然不同的声音。这种争论首先来自这部影片早期宣传的效力，使之成为年度最受关注国产影片。与此同时，评价本身也被炒作，并拿来当作宣传推广的软广告，最终发酵成一个现象级事件。

评价分化首先与文本自携的元语言有关。电影本身的含混性是观众两极化的重要原因。贾樟柯曾对《我不是潘金莲》采用了一种含混的评价，认为“电影诗意十足”，而“诗意”一词意指无限。《我不是潘金莲》争论的另一个主要原因来自这部作品的确是多重属性之作。对艺术作品的理解因人而异，影视作品所蕴含的意义也不是单一化的。无论从哪一个角度看，该片都具有两面性，是一个典型的双重文本，既是一部娱乐至死的傻乐主义电影，也是一部含泪的笑的严肃喜剧；既是一部艺术作品，也是一件商业产品；到了接受者那里，囿于观众元语言能力差异，影片既被评价为一部好电影，也被看作是一部烂片。这些都是元语言冲突。而《一句顶一万句》已经是IP的二次开发。在此之前曾被拍成电视连续剧《为了一句话》，在中央电视台电视剧频道播出，电视剧因为对原著把握较好，并且有几个戏骨级的演员参演，观众的口碑较高，但同期有《芈月传》之类更为火爆的电视剧，《为了一句话》并没有获得良好的收视率和社会影响力。

评论两极化与电影本身并无绝对关系，而更多的是和观众元语言能力相关。毫无疑问，个体对艺术的感知能力有区别。个体的自身元语言直接导致了对电影的不同理解。观众各自不同的元语言阐释能力也是问题症结之一。在艺术理解与意义二次构建中，读者自身极为关键，这是一种阐释的能力元语言，它令读者具有更多的元语言选择自由。对中国电影来讲，观众如何能成为一个合格观众与导演如何成为合格导演同样重要，似乎没有任何理由让关于一部影片的讨论成为一个闹剧。首先是粉丝们的元语言能力，他们处于一种膜拜迷狂的状态中，失去了必要的理性判断，所以对电影一味褒扬。很多观众是抱着支持的态度进影院的，例如范冰冰迷、大鹏迷，甚至是主题曲演唱者薛之谦的歌迷。他们所具备的元语言能力不能妄加推断为高或者低，但是这些人无一例外都是因为自己的元语言选择与判断而为影片贡献票房、评分、写影评等等。

观众的两极分化还和导演庞大的野心有关。比如《我不是潘金莲》最大的败笔在于试图满足所有人的需求，用“轻电影”来表现沉重的主题，可最终适得其反，这样做两头都不讨好，一般观众觉得搞笑力度还不够，另一类希冀从中获取点什么的观众则会觉得电影是在隔靴搔痒，没有真正抵达痒处。两极分化自然不可避免。导演在电影中采取了一种犬儒主义式的处理方式，轻轻触碰然后又迅速离开。比如，影片强调，官员受罚并不是最重要的事情，李雪莲是不是潘金莲才是案子的重点，讨巧地将对官场的批判转移到夫妻之间的矛盾上。自然而言，观众的观影感受也出现了两个极端。

当然，评价两极化并最终得以呈现出来仍然是技术进步和时代进步的结果。观众自认为观影水平已提高很多，对任何电影都有评头论足的权利，加之互联网平台的便利，任何意见都可以表达，于是很多不经思索、不负责任的言论也直接抛了出来。加上一些黑白水军、职业五毛党的搅和，电影的讨论越发激烈。

媒体对影片的态度也是两极化，以《中国艺术报》为代表的一派从弘扬主旋律的角度出发，对两部电影都持肯定的态度[①]。而《南方都市报》公众号为了制造话题效应，则对《我不是潘金莲》持彻底否定的态度[②]，一经发布，在网络上引起轩然大波。这是营销的需要，也是资本之间的较量。《当代电影》在《我不是潘金莲》还未在国内公映的时候已经刊出了几篇评论[③]，《南方周末》在两部电影上映前都发表了相关评论，但文笔完全是营销软文风，很难说这是严肃的学术讨论而不是营销。

进入后现代社会，大的环境为我们提供了一块竞技场，允许不同的理论、声音在这里角逐，最终能达成一致的，只是一个协商式的结论。元语言冲突无可非议，允许多种声音存在，前提是要围绕艺术本身进行，绕开电影本身，就成为恶意炒作了。尤其是口水战，更多表明电影所涉及的经济利益。总之，评价的客观性与公正性是缺失的，各种评价不过是一种变相的营销，与艺术本身无关。将评价炒作化，通过评价冲突来制造话题，扩大影响力成为行业惯例。将负面评价进行恶性炒作也是营销手段之一。

---

① 李青:《生命的底色消融在戏剧性的伦理中——评电影〈一句顶一万句〉》,《中国艺术报》2016 年 11 月 18 日；齐伟、陈清洋:《〈我不是潘金莲〉:“圆”的故事周长与现实半径》,《中国艺术报》2016 年 11 月 23 日。

② 二岩:《对不起，冯导！这次你真的要挨骂了》, http ://club.kdnet.net/dispbbs.asp?boardid=26&id=11968845。

③ 胡克等:《〈我不是潘金莲〉四人谈》,《当代电影》2016 年第 11 期。

对艺术的鉴赏与评价在商业时代沦为营销的奴隶。

仅从中国最近的电影创作来看，中国的原创力基本是缺场的。优秀剧本的缺失使得一些IP被炒到火爆。盗墓、青春感怀、小时代、段子拼贴的傻乐喜剧、鸡汤微博文等成为中国电影界的畅销品，尤其是后者的代表小说《从你的全世界路过》，号称是改编为电影最多的小说集，几百字的微博鸡汤文是如何撑起一部电影的，这样的IP怎么满足观众日益增长的观影需求？到了《一句顶一万句》，女性出轨被用来把玩，而《我不是潘金莲》的预告片直接将情与色作为卖点。中国近几年的国产大银幕每每制造着卖点与话题引爆点，电影似乎能用几个简单的词语就可以总结概括，这不是艺术应有的状态。

发表于《四川戏剧》2017年第2期

音乐如何影响了文学？

——以中国当代小说书写为中心的考察

艺术一直具有不可遏制的体裁钦羡冲动，渴望与其他体裁靠拢，呈现出普遍的“出位之思”。“出位之思是任何艺术体裁中都可能有的对另一种体裁的仰慕，是在一种体裁内模仿另一种体裁效果的努力。”[①] 音乐与文学有着天然的联系，双方互相影响。从文学的角度看，音乐在潜移默化中影响着文学的创作。在传统的几大文学体裁中，诗歌明显与音乐的关系最为紧密，诗歌一直偏向于音乐，普遍追求“音乐美”，并且很多诗歌通过歌曲这一形式变成了完全的“音乐”；戏剧与音乐的关系也较为密切，比如西方的戏剧代表歌剧就是采用音乐的形式。中国的传统戏剧本身也是音乐的一种形式，所谓“戏曲”，绝大部分是唱出来的，虽然现代戏剧经过了改良，但是从体裁上来看，它仍是一种舞台艺术，与音乐的关系依然难舍难分。另外，当下各种地方剧的主要演绎形式也多与音乐挂钩；散文与音乐的关系表现在多个方面，一方面，很多歌唱者、音乐创作者、乐评人等本身就是散文书写者，出版了不少音乐类散文作品，另一方面，散文作为一种与叙事作品相对的抒情作品（虽然也有所谓的叙事散文，但是散文毕竟还是以抒情为主），与“音乐是表情的艺术”这样的品格具有

---

① 赵毅衡：《符号学原理与推演》，南京大学出版社 2011 年版，第 141 页。

内在的统一性。

即便是文学界普遍认同的以叙事为主的小说，依然与音乐有着不解之缘。很多小说家的创作与音乐关系密切，彼此之间的内在关联也被一步步揭示出来。比如国外作家中莎士比亚、狄更斯、康拉德、村上春树、米兰·昆德拉、石黑一雄等等，都被研究者注意到他们的书写与音乐内在的关系。中国现代作家与音乐的关系也被部分研究者注意到。[①] 音乐更是深深影响了当代作家的小说书写。大体上来说，音乐和小说的关联，文本即是音乐对小说创作的影响呈现出以下三个方面的特性：一是音乐从根本上影响了作家的创作，音乐思维频频出现在小说书写中；二是小说文本中蕴含着诸多的音乐元素，文本呈现出“多媒介”的特点；三是小说呈现出“音乐性”的品格，这种音乐性已经不仅仅是作为外显的元素存在，而是音乐升华了小说的主题。

一、“音乐影响了我的写作”

作家们的文学书写与其所受文化熏陶不无关系，特定的文化滋养了作家特殊的品格。不少作家接受了大量的音乐滋养，自然也会将音乐投射到文学作品中去。余华多次提及“音乐影响了我的写作”[②]，格非小说最大的主题就是“这个时代的听力坏了”[③]，阿来在创作《云中记》的时候，“心中总回响着《安魂

① 曾锋：《文学“音乐化”的合理性论证——以几位现代中国音乐家的著作为例》，《文艺争鸣》2010 年第 2 期；李雪梅：《中国现代小说的音乐性研究》，华东师范大学 2011 年博士论文。

② 余华：《音乐影响了我的写作》，作家出版社 2008 年版。

③ 石剑峰：《古典发烧友经历揭示“这个时代听力坏了”》，《东方早报》2012 年 7 月 4 日。

曲》庄重而悲悯的吟唱"[①]……其他的还有莫言、贾平凹、红柯、李洱、房伟等诸多作家，其小说书写都受到了音乐的影响。

余华的小说与音乐关系密切。在写作和阅读之余，余华还是个资深古典音乐发烧友，他的创作深受音乐的影响，他自己在多个场合表达了这样的一种观点，并且撰写了很多与此相关的随笔来阐释这样一层关系，并结集出版，包括《音乐影响了我的写作》[②]《文学或者音乐》[③] 等，在这些有关音乐的随笔中，我们能看到音乐对小说书写的影响，也能更加清晰地看到作家的创作脉络。余华回忆了从小开始的音乐兴趣，有过创作音乐的冲动，直到后来发现，"音乐开始影响我的写作了，确切说法是我注意到了音乐的叙述，我开始思考巴托克和梅西安的方法，在他们的作品里，我可以更为直接地去理解艺术的民间性和现代性，接着一路向前，抵达时间的深处，路过贝多芬和莫扎特，路过亨德尔和蒙特威尔第，来到了巴赫的门口……"[④] 从中我们能看到余华受到音乐影响之深之广。

格非是文坛极负盛名的"音乐发烧友"，自然也会影响其小说创作。在格非看来，很多小说家的创作或多或少都受到音乐这一艺术的影响，也即是说大家都能与音乐扯上点关系。如陀思妥耶夫斯基、卡夫卡、托尔斯泰、昆德拉等[⑤]，他自己当然也不例外。格非用自己的创作实践为这一理论做了很好的注脚。他在小说创作中吸收音乐艺术的特质，将文学与音乐进行联姻，在作品中将哲学叙述和梦幻联成同一种音乐，使得作品逼近音乐的

---

① 阿来：《云中记 · 题记》，《十月》2019 年第 1 期。

② 余华：《音乐影响了我的写作》，作家出版社 2008 年版。

③ 余华：《文学或者音乐》，译林出版社 2017 年版。

④ 余华：《音乐影响了我的写作》，作家出版社 2008 年版，第 6 页。

⑤ 格非：《尼采与音乐》，《博尔赫斯的面孔》，译林出版社 2014 年版，第 10 页。

风格，具有浓郁的音乐性。作家的成长经历及所接受的文化滋养对其作品有很深的影响。格非小说中的音乐与他成长期间所接触到的音乐资源有关。小说的音乐主题与其自身对音乐的兴趣有直接的关系，同时与他自己的经历相关。格非在随笔中提到，影响到他未来的是一个犯了政治错误的大学生班主任，而这个人懂音乐，给了他音乐启蒙。毕业分配时认识的中学女教师也给了他音乐启蒙。[①] 同时，他自己本身就是一个古典音乐发烧友，这种兴趣持续了几十年，在《隐身衣》发表后接受采访时他说："这部作品是对我听音乐做发烧友的一个交代。"[②] 正是这种对音乐的独有的体悟以及几十年形成的音乐情怀，使得他的作品具有浓郁的音乐性，格非与其作品的关系是结合式的，很多作品中的人物有他自己的影子。他的作品带有强烈的个人经历与体验，而我们对其作品的解读也需要从这种个人体验出发，从音乐和文学的互文这一角度出发。

还有一些作家虽然没有经过系统的音乐学习或者也不具有浓厚的音乐兴趣，但是无处不在的已经融进生活的各种音乐，多多少少都会对他们产生一定的影响。比如莫言认为自己对音乐没有系统研究，但音乐也会影响到他的创作。[③] 高密东北乡是莫言文学的出发点和归宿地，而这其中的地方音乐"猫腔"，对其影响很大。莫言提出过"用耳朵阅读"的观点，他指出："在我用耳朵阅读的漫长生涯中，民间戏曲尤其是我的故乡那个名叫'猫腔'的小剧种给了我深刻的影响。……长篇小说《檀香

---

① 格非:《我与音乐》,《朝云欲寄——格非文学作品精选》，华东师范大学出版社2009年版，第181页。

② 石剑峰:《古典发烧友经历揭示"这个时代听力坏了"》,《东方早报》2012年7月4日。

③ 莫言:《我与音乐》，载莫言,《月光如水，马身如漆》，浙江文艺出版社2021年版，第11页。

刑》就是借助于‘猫腔’的戏文对小说语言的一次变革尝试。当然，除了聆听从人的嘴巴里发出的声音，我还聆听了大自然的声音，譬如洪水泛滥的声音，植物生长的声音，动物鸣叫的声音……”[①] 此外，还有很多音乐都影响了莫言的写作。除了作家提及的《檀香刑》，莫言后来的作品《蛙》，就与这种听觉体验有关。正是这样独特的音乐体验与音乐记忆，深深影响了莫言的创作。

到了贾平凹那里，影响他的音乐便是“秦腔”了，程光炜曾考证了琴棋书画对贾平凹创作的影响[②]，对此命题也是一种学理确证。“秦腔”几乎对秦地作家都有影响，路遥的不少作品有“秦腔”的影子，陈忠实、陈彦的不少小说也与秦腔有关，正是“秦腔”特有的音乐风格，使得介入文学之后让秦地文学普遍具有一种苍凉的底色。其他地域性凸显的作家方面，李饵的《花腔》是一部有关知识分子命运的小说，音乐是小说的主角之一。从标题开始就与音乐相关，《二月里来》《东方红》等歌曲与知识分子的命运和记忆关联在一起，小说还多次涉及剧团的书写。特别是，小说对民歌《鲜花调》进行了详尽的考察，叙述者甚至说：“我常常忍不住想，如果杨凤良没有遇到过那个‘小媳妇’，如果那个‘小媳妇’唱的不是《鲜花调》，而是别的什么曲子，这本书可能就得另写一遍了。”[③] 以此也暗示出音乐对作家写作影响之深。同样是河南作家，到了李佩甫那里，音乐又是另一番光景，《河洛图》中的音乐是一种极具地方风味的豫剧了。在四川作家那里，“高腔”对马平《高腔》的影响、藏族音乐对阿来的影响等等，都是如此。

---

① 莫言：《用耳朵阅读》，作家出版社 2012 年版。

② 程光炜：《贾平凹与琴棋书画》，《当代文坛》2013 年第 2 期。

③ 李饵：《花腔》，花城出版社 2018 年版，第 271 页。

作家具有明显的代际特征，不同的代际作家形成不同的风格，音乐在作品中的呈现也是如此。以作家音乐记忆与作品中音乐使用为中心进行考察，通过对作品中音乐的不同安排论述文学的代际特征与风格可以发现，早期风格中音乐使用多以先锋和具有国际化趋势的流行音乐为主；晚期风格中多以地域性歌谣和传统音乐为主；中间状态的写作中音乐构成较为复杂，多种体裁音乐都有涉及，但多以西方古典音乐为中心。这其中也投射出不同代际作家的文化品位和其创作所受到文化的滋养。年轻一点的作家也会有其特有的音乐记忆，流行音乐进入到年轻一代作家的视野，自然也呈现出不一样的音乐风景。辛夷坞的《致我们终将逝去的青春》中出现了很多年轻人偏爱的流行音乐，音乐风格与青春文学十分搭调。小说被改编成电影后影响进一步扩大，在音乐的处理上虽然提炼出三首不同的歌曲，但是总体上也是小说本身音乐性的延展。在路内的《雾行者》中，几次出现了音乐的场景，包括《孤独的人是可耻的》《我去 2000 年》等具体的流行曲目、去摇滚音乐现场的情节，以及以歌手为职业理想的人物形象等。这部有关时代记忆与个体青春的小说，在音乐方面的提示已经昭然若揭了。房伟也是受音乐影响较大的作家，从《血色莫扎特》中大量的音乐出场可以看出来，从开场《五环之歌》，到《G 小调第四十交响曲》《你们可知道什么是爱情——凯鲁比诺的咏叹调》等古典音乐，再到钢琴教师这样的人物形象，甚至包括小说题目，无不展现出了作者的音乐思维。在小说创作的时候，他一直听着莫扎特《G 小调第四十交响曲》和老黑人的布鲁斯音乐，[①] 这样的写作经历自然会把音乐带进作品。

---

① 房伟:《时代记忆的“雪花”或“忧伤”》,《长篇小说选刊》2020 年第 3 期。

二、“用耳朵阅读”

音乐对作家们的影响如此之深，小说文本自然也就呈现出浓郁的音乐性，文学文本就不单单是文字构成的。“阅读文字时读到的是作品，有时是一组作品，有时是作品的一部分，很少单纯是语言。文学秩序并不主要存在于语言之中，话语秩序形成于语言，文学秩序则形成于作品。”[①] 除开文字媒介，音乐也是作品中重要的“秩序”元素。大量的音乐构成了小说的重要组成部分，小说也可以“用耳朵阅读”。具体而言，小说中的音乐可细分为音乐元素的直接使用和音乐结构的借鉴等间接使用。

音乐元素构成了小说极为重要的风景，大量的音乐元素充盈在文本之中。有论者仅仅从获得过茅盾文学奖的作家作品切入，就发现了这样的规律。[②] 在莫言的作品中，红色革命歌曲、“猫腔”随处可见。有论者系统考察，发现在莫言的小说创作中存在着大量的音乐元素，有民间音乐、说唱音乐、戏曲、现代流行音乐、外来音乐、器乐、舞蹈音乐等类型。[③] 格非小说中充盈了大量的音乐元素，音乐的影子在小说中经常出现。格非是音乐的杂食者，对多种音乐门类都有所接触，这些音乐包括中国流行歌曲、民间音乐，西方流行音乐等。虽然他一再强调他自己“听音乐不过是在走神……无法进入真正的音乐圣殿”[④] 等，但是对音

① ［英］阿拉斯泰尔·福勒：《文学的类别：文类和模态理论导论》，杨建国译，南京大学出版社 2018 年版，第 6 页。

② 颜水生：《史诗时代的抒情话语——历届茅盾文学奖获奖作品中的诗词、歌曲与风景》，《文学评论》2020 年第 4 期。

③ 王万顺：《莫言小说中的“红歌”书写及其叙事功能》，《中国政法大学学报》2020 年第 3 期。

④ 格非：《我与音乐》，《朝云欲寄——格非文学作品精选》，华东师范大学出版社 2009 年版，第 181 页。

乐的痴迷无疑深深影响了他的小说创作，而且随着时间的累积，他对音乐也有了特殊的感悟。无论是显性的音乐元素，还是潜意识里对音乐技法的借鉴，在他的作品中都有明显的体现。

红柯的小说中有大量的音乐元素。《生命树》主要用歌曲推进叙事。整部小说具有蒙古史诗《江格尔》的风格。小说穿插着两种歌曲，一是蒙古古歌，二是都市流行歌曲。《故乡》的情节主要也是歌曲推动。歌曲《我的母亲》《大月氏歌》在文中反复出现。作者对民间音乐情有独钟，他搜集大量的民间歌手专辑，这种音乐情怀延伸到创作中，音乐被广泛用在小说中。《黑眼睛》成为《乌尔禾》的主题歌。《喀拉布风暴》中的插曲《燕子》反复出现。除此之外，这篇小说还有大量的古典音乐、民间音乐以及流行音乐出现，音乐也体现出作者的立场。房伟的《血色莫扎特》也多次安排音乐元素。从题目开始，到文章中钢琴老师的角色，再到随处可见的音乐曲目。小说中的音乐安排并不仅仅是个案，而是一种普遍的现象。除了这些具体的音乐挪用，音乐结构也影响到小说的书写。

近年来的小说中音乐性更加明显。这很明显是一种“多媒介”思维，艺术的多媒介特性自古有之，多媒介、多渠道的联合表意是人类文化的惯常做法，戏剧、电影、中国画、摇滚音乐会、当代电子—数字文化等等文化形式，都是如此[①]，小说自然也不例外。尤其是步入二十一世纪以来，科技的日新月异，媒介技术的不断翻新，文学这一古老的语言艺术也更加热切地拥抱其他媒介。随着时代进程步伐的加快，这种多媒介联合表意越发凸显。电影电视、互联网艺术等依托现代科技的艺术新样式的兴盛，也进一步加剧了小说的“多媒介化”，不少小说的作者甚至

① 赵毅衡：《广义叙述学》，四川大学出版社 2013 年版，第 220 页。

尝试小说“脚本化”，一种听觉文学渐渐成型。

一直以来，音乐对作家的影响至深。鲁迅、沈从文等中国文学大师都受到过音乐的影响。新时期以来的作家中，徐迟、王蒙等也是这样的作家。如果将视野再放宽一点，对此会有更加明显的体验。比如苏格兰作家戈登·莱格的小说《鞋》是一部描写流行音乐迷的小说。小说写道：“人们手里有了唱片谁还会在乎亲戚和汽车呢？”唱片与歌曲成了小说的关键部分，而在作者看来，这也是人生的关键部分。帕斯捷尔纳克的《日瓦戈医生》用歌曲作为叙事的补充，开篇是送葬歌曲《永志不忘》和《义人之魂》。文中还有民间小调、壮士歌、下流小曲、库巴里哈的歌声。乔伊斯的小说《一个青年艺术家的画像》以歌声开始；罗曼·罗兰的小说《约翰·克利斯朵夫》在德国民歌中结束。以色列作家阿·奥兹的短篇小说《歌唱》中，达莉娅靠着举办各种晚会，复印歌本，指导大家唱歌来缓解失去孩子的痛苦。这些歌曲是这个民族表达自己真挚情感的武器，在歌声中，我们理解这个民族的生老病死、爱恨忧乐。托马斯·品钦的《万有引力之虹》就深受音乐的影响，特别是大量的流行音乐进入了文本。尤其是中文翻译版将与音乐相关的段落用楷体排版，全书的音乐感也就更加强烈了，也正是在流行音乐盛行的那种多元文化混杂的特殊语境中，才有如此繁复的文本。村上春树的作品广受欢迎，也与其音乐思维有一定关系。他曾多次表示音乐对他写作影响深远。研究者经过系统梳理，发现他作品中涉及的重要音乐，就超过百种。[①] 也正是这种音乐性的凸显所蕴含的“多媒介”特性，让他在全球范围内都有着庞大的受众群体，因为影响他的音乐很多时候是无国

---

① ［日］栗原裕一郎等：《村上春树·音乐》，丁冬译，陕西师范大学出版总社 2019 年版。

界的。再看看康拉德小说的音乐性[①]、石黑一雄与音乐[②]、布鲁斯音乐与黑人文学的关联[③]……还有很多文学批评家，也深受音乐的影响，国外典型的萨义德，国内的李欧梵，等等。总之，音乐对文学家们的影响深远，有的是创作技法层面，有的是文学灵感的来源，有的是文学理想的驱动，等等。这种影响投射到作品中去，就让小说文本的音乐元素丰富，音乐感十足。

这些音乐元素的使用，既是技法上的，更是主题上的。“音乐性包含了有意识地模仿或借鉴音乐，和无意识的由于契合了生命节奏而具有的音乐特征。”[④] 小说的音乐性，既包括显性的音乐元素的植入、技术层面上模仿音乐的技法，也包括隐性的音乐结构、主题的借鉴与使用。音乐进入小说，并不简单是一种叙事元素的角色，很多时候起到了主题上的作用。特别是音乐因其隐秘性或者说神秘性，会对主题有很好的彰显作用，这种作用隐秘且深刻。歌谣之于历史记忆，流行音乐之于社会转型，古典音乐之于现代性批判等，都是如此。

三、“这个时代的听力坏了”

在上文中已经看到大量的小说中安排了诸多的音乐元素，使用了音乐的技法、结构等，这些都可谓是表层的。在更深的层

---

① 姜礼福、石云龙:《康拉德小说的音乐性》,《外国文学研究》2007 年第 3 期。

② 梅丽:《现代小说的“音乐化”——以石黑一雄作品为例》,《外国文学研究》2016 年第 4 期。

③ 谭惠娟:《布鲁斯音乐与黑人文学的水乳交融——论布鲁斯音乐与拉尔夫·埃利森的文学创作》,《文艺研究》2007 年第 5 期。

④ 李雪梅:《中国现代小说的音乐性研究》，华东师范大学 2011 年博士论文，第 18 页。

次，可以理解为小说的内在音乐性，这种音乐性不仅仅是一种音乐结构，而是一种“音乐对位法”[①]，是与小说的主题相关的。作家们对现实的关注与担忧很多时候仅仅是隐藏在文字的背后。音乐除了带给文学作品技术层面的结构优化、审美提升之外，更多的还在于透过音乐更生动、更完整凸显作品主题。

音乐在小说的主题表达上十分重要。格非的小说中充盈着大量的音乐元素，包括作者赞赏的古典音乐及其批判的流行音乐。这种音乐主题的凸显是作者刻意为之，音乐的出现升华了小说的整个主题。《隐身衣》是较为有代表性的。“这个时代的听力坏了”是一种时代主题的概括。而这些音乐的使用与安排，都体现了作家深深的批判意识，在他看来，社会的堕落与音乐趣味的变化也有关。尤其是古典音乐的失落与流行音乐的铺天盖地有关。《月落荒寺》的音乐主题既明显，又隐秘。音乐是格非小说中另一层意义上的主人翁。在《月落荒寺》中，也处处留有古典音乐的痕迹，无论是器材、职业，还是聚在一起讨论的话题，都与古典音乐相关，就连小说的题目《月落荒寺》，也是来自德彪西一首曲目的中文翻译，并且小说中还直接对这一翻译进行了讨论，这一曲目本身深受东方文明的影响，现在又被格非启用，算是文明的汇融合流。古典音乐的反复出现意味着什么？在这里主要涉及三个层面的用意：情感寄托、现实批判、思想启蒙。启蒙并未奏效，作者很清楚这一点。民众并不会因为某部小说而喜欢上古典音乐，更不会因为听古典音乐而改变本性。作者怀着失望之情对这个时代展开了批判。这是精英主义者们自愿肩负的使命。相较于之前的创作，这次作家并没有把古典音乐看作救世良方，而是成了一种摆设，一种附庸风雅的工具，古典音乐仅仅是一种物

① ［捷］米兰·昆德拉：《关于小说解构艺术的谈话》，《小说的艺术》，董强译，上海译文出版社 2004 年版。

欲的象征了。这个小说与《隐身衣》有着很多的互文书写。古典音乐的融入，将东西方最具代表性的两种文化元素融合起来，小说不能承受之轻，表达出一种现实性、生活性。从《迷舟》等被冠以先锋之作的短篇小说，到“江南三部曲”，再到后期作品《隐身衣》《望春风》等，表面看来风格迥异，实际上作品深处都呈现出先锋品格、启蒙理想和批判意识。到了《月落荒寺》中，这种指向更为明显。先锋性、启蒙性和批判性都是以精英主义为旨归的。几乎所有的作品，都会有此主题。

黎紫书的《流俗地》讲述一个盲女和一座城市的故事，思索马来西亚华人的命运。《流俗地》以作家特有的温情关注马来西亚华人，特别是女性群体。小说明显具有一种多重身份的纠缠之感，而小说中多次出现的各种音乐，也体现了这种多元文化局面。特别是引用的歌词“蜜糖在你的右手，毒药在你的左手，我不知道你将要给我的是哪一个”[①] 成为小说的点睛之笔，因为小说正是在思考命运的不确定性这样一个根本问题，主题也因为这样的音乐的使用得到进一步升华。钟求是的《等待呼吸》是一部书写逝去的爱情给生活带来影响的小说，小说中的《孤独的手风琴》《贝加尔湖畔》是女主人公对青年时期爱情回忆的配乐，而成年生活中的情感遭遇，则一直伴随着《氧气》。前者是一种较为纯情的歌曲，符合青年时期感情的基调，后者则与成年的情感复杂相契合。

迟子建的《额尔古纳河右岸》是对“绿色宝库”消逝的追忆。文中的神歌是这个民族的精神寄托与食粮，也是小说的情感基调。石一枫的创作主要面对重建道德这一难题，音乐是他小说的重要因素。《世间已无陈金芳》中陈金芳十分喜欢音乐，柴可

---

① 黎紫书：《流俗地》，《山花》2020 年第 5 期，第 89 页。

夫斯基的《D 大调弦乐四重奏》在文中反复出现。《合奏》是一篇专门写音乐的小说。古典音乐反复出现，音乐主题的凸显正是一种道德救赎，是一种自我重构。古典音乐在小说中不断出现，有何动因？又能产生怎样的效果？情感消失的年代，音乐还能留存一丝的感情。无情艺术喧嚣尘上，音乐的介入，似乎能有所扭转。将情感的艺术注入文学，是一种有“情”文学的企盼。

红柯《故乡》的故事极为简单，而情感极其浓郁。情感发展历程构成了小说的主要情节。故事主要讲述回故乡之路、看望母亲之路，小说的情感主要通过歌曲来抒发。歌曲《我的母亲》在文中反复出现，浓缩了太多的情感在其中，作者把母亲的爱和泉水相提并论，既洗涤了作者的衣裳、双手，更洗涤了作者的灵魂。歌声第二次响起是大学生周健在周原老家的时候，《大月氏歌》之后就是《我的母亲》。当他默默记下这首古歌的时候，也勾起了他对家乡的无限思念。第三次响起的时候，天空中的白云消失，留下了孤零零的鹰。这时的情感又具有了另一层色彩。《大月氏歌》是草原的历史，是人们心中最隐秘的伤痛。音乐的在场有助于作者抒发满腔的情感，凸显浪漫情愫。红柯被冠以浪漫主义者，其作品也流露出一种浓郁的情感，音乐起到重要的氛围营造作用。作者对秦腔也有独特的情感，悲凉的音乐更能抒发红柯作品中悲凉的底色与悲天悯人的情怀。总体而言，红柯的小说是对生命的敬畏，对生命力的讴歌，对苦难的隐忍，对人性的歌颂，对西域大漠的独特情怀。神性中也有人性的呈现，是神性与人性交织的生命赞歌。

音乐对作家的影响不仅仅局限在音乐元素的挪用方面，而是借助音乐，丰富小说，升华主题。总的来讲，音乐的主题表达更为隐秘，有时候甚至是一种暗示和曲笔，但是不影响其深刻性。

一方面，音乐凸显了一种叙事伦理[①]，另一方面，音乐是一种曲笔，是主题推进的一种曲线。很多时候作家笔下的语言往往和想要表达的思想不同，形成强烈的艺术张力，形成一种“反讽”，而反讽，则是小说叙事的根本密码[②]。比如马原的小说《牛鬼蛇神》开始便用歌曲定下了行文基调，《牛鬼蛇神》歌是“文化大革命”流行歌曲中最为荒唐的一首，是专供“牛鬼蛇神”们唱的《嚎歌》。这首歌曲的作者之一是《中国人民志愿军战歌》的作者。他来创作这样的歌曲历史讽喻意味有多么浓厚！曹禺、新凤霞、马思聪等人都被迫唱过这样的歌曲。[③] 历史过去多年，当小说中再次引用这首《嚎歌》，除了再现历史，难道不该有些许的反思？这也是作者的高明之处。韩东的小说《小城好汉之英特迈往》开始便用唱歌的游戏奠定了整个小说的基调。游戏所唱歌曲是一首老区革命歌曲《苏区干部好作风》，这首歌曲之所以在作者描述的那一代人中十分熟悉，并且会当成一种游戏，一方面是因为所有革命歌曲至高无上的地位，具有极其广大的受众群体，另一方面也与当时生活的单调乏味有关。革命歌曲作为游戏性的笑料，颇具讽刺性，也和整个小说的揶揄风格相匹配。

有了音乐，小说就可以多音齐鸣，艺术张力也显露出来。不同的音乐使用，表达的主题很不一样。须一瓜的《致新年快乐》

---

① 从新强、李丽：《有声的“风景”与革命叙事——论“十七年”小说的歌谣嵌入现象》，《当代文坛》2020 年第 5 期。

② 卢卡奇在他的《小说理论》中提出现代小说的一种形式原则是反讽（Ironie），这既是小说的构成要素，同时也是小说主体的自我认识及自我扬弃。[匈] 卢卡奇：《小说理论》，燕宏远、李怀涛译，商务印书馆 2018 年版，第 66 页；詹姆斯·伍德也指出，“叙事领域几乎……没被讽刺碰过”。[英] 詹姆斯·伍德：《小说机杼》，黄远帆译，河南大学出版社 2015 年版，第 17 页。

③ 李皖：《多少次散场，忘记了忧伤——六十年三地歌》，生活·读书·新知三联书店 2012 年版，第 53 页。

书写了一个钢琴少年，小说里有一个引用音乐的场景，不知道是作者刻意为之还是笔误，音乐出现了误用：小说里提到阿四蒸包子时听到的音乐是拉赫玛尼诺夫的《帕格尼尼主题变奏曲》，但实际上拉赫玛尼诺夫只写过《帕格尼尼主题狂想曲》（*Rhapsody on a Theme of Paganini*，Op.43），而《帕格尼尼主题变奏曲》（*Variations on a Theme of Paganini*，Op.35）应该是勃拉姆斯的作品。作者把两个作品搞混了，最主要的原因应该是它们的主题都来自帕格尼尼著名的二十四首无伴奏小提琴随想曲之二十四（Caprice No. 24）。[①] 这样的音乐使用有一种喜剧效果，尤其是用这样的音乐来给蒸包子这一事件配乐。但是联系到整部小说的基调，音乐所起到的反讽作用不言而喻。在乡土小说中，很多传统的音乐被搬进作品，但流露出的是另一层隐忧。比如葛水平的《活水》中有大量的段落涉及了地方传统音乐“八音会”，这样的一种地方音乐如同那个破败落后的地方一样，终会消失的，虽然小说最后强行安排了美好的结局，但是从对“八音会”的命运的思索来看，作家本身并不乐观。房伟的《血色莫扎特》书写一起刑事案件，却不断引用古典音乐，题目也是“血色”和“莫扎特”的对举，所蕴含的张力不言而喻。王钧的《交响乐》是一部描写朝鲜战争的战争小说，残酷的主题与这样一个音乐化的题目，也显现出艺术张力来。上述这些，都是音乐在小说主题表达上的特殊功效。很多时候，音乐比文字更为畅快地履行了这样的功能。音乐的介入从某种程度上改变了文本的属性，文本的“冗余性”[②] 大大增加，延长了读者与小说的审美距离，也更加丰富了小说的主题。

---

① 此处细节是《长篇小说选刊》宋嵩首先发现，在此引用，特此致谢。

② 赵毅衡：《艺术与冗余》，《文艺研究》2019 年第 10 期。

余 论

小说的音乐性叙事是艺术演进的一种规律，在当前听觉文化转向的语境中，这样的研究显得更加重要。艺术本身就是多媒介的，在近年来的艺术史撰写中，跨媒介艺术史是普遍的提法，而这些都是看到了媒介间的相似性和艺术间的共同性。也正是这种媒介间性，使得跨媒介叙事得以实现，也让小说和音乐的联姻水到渠成。小说一直不乏音乐叙事，处在多媒介语境中的当代小说尤为明显。音乐在小说中作为一种伴随文本存在，与小说互文，帮助小说完成叙事。音乐在小说中使用一是能奠定叙事基调，标识时间印记，作为叙事时间的补充。音乐能充当叙事元素，作为叙事元素，推动情节发展，与小说文本形成张力，深化主题。音乐还能彰显风格，强化情感。最终，小说借助音乐更好地言说我们的世界。在黑格尔关于艺术的论述中，艺术的门类地位有所差异，但最高级别的艺术最趋近哲学[①]，音乐因为极为抽象，普遍被认为是最接近哲学的艺术，更具哲理性，地位也就相对较高，诚如歌德所言："也许就是在音乐中，艺术的崇高是最为明显的。"[②] 音乐是一项偏向哲学的艺术体裁，在艺术大家族中具有核心位置，特别是在艺术的音乐本体论者那里，"所有的艺术都追求音乐的效果"[③] 的观点影响较深。因此被其他体裁广泛借鉴。作家们的音乐习惯深深影响了他们的写作，他们所有的音乐记忆最终都会投射到文本中去，呈现出不同的音乐风景。从更大的方

---

① 朱立元：《内在提升·辩证综合·自由艺术——对黑格尔"艺术终结"论的再思考之二》，《当代文坛》2020 年第 1、2 期。

② ［美］克雷格·莱特：《聆听音乐》（第五版），余志刚、李秀军译，生活·读书·新知三联书店 2012 年版，第 2 页。

③ 赵毅衡：《符号学》，南京大学出版社 2012 年版，第 137 页。

面说，文本的音乐性让小说文本体现出一种时代的抒情话语，某种意义上承接了中国的抒情传统。

叙事作品通常是类型的混合，小说本身具有“杂交性质”[①]，伴随着文学场域的调整和文学生态的变迁，文学逐渐演变为一个文化学意义上的课题。对音乐对作家影响的考察，指向的是文学的媒介性这一根本问题，文学并不仅仅是文字这一媒介构成，而是一个包含音乐、图像等其他媒介的多媒介文本，文学并不是孤立存在，而是与其他的艺术门类和文化现象共存，并相互影响的。文学文本因此具有跨学科、跨媒介、跨文化的特点。对文学的研究也从单纯的文学角度扩展至文化学领域。跨学科逐渐成为一种惯常的方式，本文正是沿着此种路径对中国当代的部分小说进行一次跨学科解读。音乐是看出世界意义的一种媒介，成为小说中一种极为重要的叙事手段。通过对小说中出现的音乐进行解读，分析小说如何与音乐结合形成新的文本、构成新的表意模式，将小说和音乐如何进行互释，可探究音乐和小说文本结合后产生的独特而奇妙的意义和韵味。

发表于《南方文坛》2021年第1期

---

① ［美］华莱士·马丁：《当代叙事学》，伍晓明译，中国人民大学出版社2018年版，第47页。

电视剧《装台》：真正的“标签”与“套路”是潜心做好品质

前段时间，电视剧《装台》随着开播持续走红，引发众多话题关注和讨论，完结播放时豆瓣评分高达8.4分，微博话题阅读量近五亿人次，成为观众高度认可的年度现实主义题材剧作，这在国产剧中可以说是很难见到的情景了。

电视剧《装台》改编自茅盾文学奖获得者陈彦的同名小说，该剧将镜头对准以刁大顺为代表的装台者，讲述了一群普通人日常生活的酸甜苦辣。主要人物是张嘉益在剧中饰演的祖祖辈辈生活在“西京城”的刁大顺。顺子勤劳，肯吃苦出力，性格厚道又兼具一点处世必要的圆滑，逐渐组建起了自己的装台班子。故事围绕刁大顺的家事与养家糊口的装台工作展开，在绵密的生活琐事中书写着大时代下普通人的日常生活史。顺子正处中年，肩上的担子其实不轻，家庭琐事和装台班子的各种事务常常让他身心俱疲，但是他始终怀揣着上进、善良、坚韧的初心，将生活的烦恼一一攻克掉。他们装的台既有本地秦腔剧团，也有各色歌舞演出、婚丧嫁娶的表演，因此也遭遇了五行八作的人和千奇百怪的事。透过这样一群人、这一些事，电视剧以小见大，窥见了整个时代的进程。

《装台》中展现的演出舞台装台工作

在电视剧《装台》播出之前，很少有人知道“装台”两字是什么意思。而随着电视剧的播出，《装台》成为一个话题，收视与口碑赢得了双丰收。偶有差评，也集中在刁菊花这一人设、旁白这些观众不太认可的细微处。这在近年来的电视剧行业中实属难得。最近几年的电视剧行业着实堪忧，各种批评、诟病、吐槽不断，诞生了“倍速播放”“注水剧”“烂尾剧”等新名词与新现象。《装台》作为近年来现象级的电视剧，如何突出重围值得深入探讨。

首先，《装台》的成功是因为电视剧有了文学的底蕴。《装台》改编自陈彦的同名小说。陈彦有着相当丰厚的生活基础，常年工作在剧团，对这一领域极为熟悉，《西京故事》《主角》等作品都是以此为题。陈彦还凭借作品《主角》获得上一届的茅盾文学奖。小说《装台》是一部较为经典的纯文学作品，经过了时间的积淀。虽然电视剧较之原著有很多差异，但是主要的人物和故事构成了电视剧的底色。电视剧因为有了文学的基础，艺术性有了极大的保证。以文学为蓝本的影视剧有过不少的成功案例，文学作品从创作到发表再到改编，经历了精雕细琢和慢慢发酵的过程，也正是如此，影视行业近年来越来越注重文学作品 IP 的开发，影视版权成为作品重要的一环。不过，很多影视改编都是源于通俗性的作品，纯文学作品的影视化相对较少，且不易成功，《装台》经过较长时间的筹备、拍摄、制作，将文学性最大程度地保留了下来。

其次，《装台》的成功是地方文化的突围。《装台》以陕西为背景，以秦腔团的生活为主要内容，具有浓郁的地域特性。此外，演员是陕西籍，大多在陕西生活过多年。《装台》的真实源自整个团队的努力，无论小说原著作者陈彦，还是这部剧的编剧、导演、摄影、演员等主创团队，都在尽自己所能打造一部精品之作。

《装台》涉及地方文化的方方面面，秦腔文化、饮食文化、旅游文化、建筑文化等等包含其中。在方言使用上，普通话版的陕西方言在兼顾本地观众和全国其他地域观众的听觉上做了融合处理，保留了语言作为地方文化极具辨识度的内核。随着“地方路径”等观点的提出，文学与文化的地域特性也被重视起来，实际上，文学和文化从内部创作规律上是永远在朝着自己的路径前行，文学艺术的创作在更长的周期里都是从地方出发并回到地方的。在文学实践中，一直有此传统，如区域文学的提法，在实践中也一直保持着这样的地域性坚守。地方文化亦是如此，偏安一隅的坚守一旦突出重围，就会迎来累累硕果。

此外，《装台》的成功也在于注重细节的雕琢。这里的细节，包括多个方面，但其实也是最基本的要求。比如演技，演技是演员最基本的素养，但是随着“流量”现象大行其道，演员的演技变得无关紧要，近两年业界对此已经有了一定的反思，对演技的重视重新回归人们的视线，各种展示“演技类”的综艺节目也因此流行开来。而《装台》选择的两位主角饰演者以及特别出演者，都是邀请了长期活跃在荧屏上，口碑良好的“中生代”演员。

又如真实问题，如今很多现实题材的影视剧情节天马行空，违背简单的生活常识，背离了真实的原则。电视剧《装台》全景呈现生活百态与众生万象，无论是故事场景的设置、情节的推动，还是感情的走向，都经得住生活的检验。再如音乐的使用，音乐也是本剧的一大亮点，主题曲、插曲、秦腔共计数十首，音乐与剧情相得益彰，音乐也在为《装台》“装”了一回台。种种细节的注重，让电视剧《装台》成为精品剧，赢得了大众认可。

最后，还有一些深度原因可以进一步思索。比如反议题化。近年很多电视剧都会贴上一些标签，自我类型化，可谓主题先行，对一些社会热点问题过度挖掘。这种议题化的模式有一种“剧透”的意味，加之很多议题剧质量不高，议题仅仅成了一个噱头，会让观众的期待度降低。而《装台》则反其道行之，这部剧可以说没有中心主题，说是底层关注，主人公刁顺子并不完全是底层人物，这从剧中一次装台时顺子手底下的人与附近村民的互动情节就可以看出来。刁顺子也不完全是逆来顺受的一个人，他聪明、勤劳，也不乏圆滑世故，不时还抖抖小聪明。说是都市情感剧，他们却并不生活在城中心，而是在“城中村”，情感也并非浮夸的“言情”，而是烟火漫卷的家长里短。电视剧有着明显的喜剧风格，全剧几乎没有大冲突、大矛盾，没有正邪的对立，没有过多的悬疑。

也正是无主题，导致该剧涉及的面更广，符合更多人的审美趣味。总之，《装台》就是从生活中走出来的作品，是日常生活的审美化。装台是一种特殊的职业，作品通过对舞台幕后细致入微的观察呈现，也为观众带来了全新的理解认知。《装台》人物众多且都拥有着丰富鲜明的个性形象，有性格迥异的两位女儿，有因投机而发迹的刁大军，有一心向往舞台的青年，有做白酒生意的外来者……形形色色，五彩斑斓，他们既是剧中的角色，也是每个人生活中的角色。

纵观当前国产电视剧，依然处于粗放型过多、精品化过少的发展阶段。在商业逻辑下，电视剧以经济效益为中心，具体而言就是为收视服务、为广告服务，为了最大限度吸引观众，电视剧不得不采用大投入来换取大产出。但很多所谓的大制作不过是热门 IP 加上天价片酬的产物，基本的剧情编织、表演艺术、思想价值并不在主要考虑范围之内，忽略了基本的艺术品格与市场规律。

粗放型的制作需要以量来抢占份额，而非以质取胜。在量的驱使下一般的电视剧从拍摄到播出间隔时间缩短，无论是拍摄关还是制作关都没有把严，人物设定随意草率，广告植入生硬，对白浮夸牵强，故事情节与人物性格极端化。仔细分析就会发现，某些国产剧的剧情安排、角色设置、思想主旨套路满满，而且都是低端的套路，生活缺什么，创作团队就用艺术符号称颂什么、迎合什么。而《装台》，对此有相当程度的警觉，规避了诸多的套路。有了文学的底蕴、演技的加持，以及细节的注重，制作了这样一部较为成功的现实题材电视剧。而这样一个成功的案例，也足以给进入 2021 年的电视剧行业以启示：潜心做品质才是收获观众唯一的“套路”。

发表于《文学报》2021 年 1 月 24 日

为什么我们对过去的时光如此怀念？

——评电视剧《人世间》

近期，大型电视连续剧《人世间》播出。这部超过五十集体量的电视剧作为开年大戏，为2022年的影视剧开启了品质之门，也引发了较为热烈的讨论。《人世间》的故事时间横跨五十年之久，从1960年代末期开始一直到当下。电视剧以一个普通家庭的日常生活为中心铺陈开去，父亲参加“大三线”建设，长子响应国家号召成为第一批下乡知青，长女追随诗人丈夫远赴贵州乡村，家里只留下小弟与母相依为命。在岁月的变迁中，个体的命运也在悄然改变着。长子大学毕业后从政，经历仕途沉浮；长女获得博士学位后留校任教，旅居法国；次子通过自己的努力从一名工人成长为文艺工作者，也曾经历下岗的阵痛和下海的诱惑……《人世间》透过一个家庭书写当代中国百姓的生活史诗。简单的生活场景，每个人都似曾相识的历史记忆，如何在精心布局中重放了魅力？联系起近几年来的几部话题剧或多或少都与历史有关，这就更值得深思了，为什么我们都对过去的时光如此怀念？年代剧具有怎样的精神内涵和现实价值？

文学改编的加法与减法

《人世间》该剧改编自梁晓声的同名小说，该小说曾获得茅盾文学奖。从文学 IP 到影视剧的转换已成为当下流行的手段。有了文学的加持，影视剧的品质也有了基本保证。毫无疑问，电视剧《人世间》的持续影响力首先也是源于文学作品本身的品质和号召力。文学作品一般有着繁复的主题、多元的隐喻、深邃的思想和精心打磨的细节，这些都是影视剧需要仰仗和继承的东西，但是到了真正改编之时，这些额外的东西则容易成为累赘，需要不断做减法。因为影视在某种程度上无法承载这些需要沉浸式阅读才能体会到的具有一定深度的内容。而在文学的影视改编环节，无一例外是做减法，将文学本身的厚重、深邃、深刻等逐一减下来，只留下故事，重新编织矛盾冲突，集中感官刺激，减少了深度的思考。因为电视剧进行了这一系列的减法，由此也经常被指出与原著差距较大，《人世间》也未能逃过此种命运。

影视剧改编的减法与原著本身的增色加分彼此博弈着。影视剧的改编有加法吗？当然也有，那就是这一艺术体裁本身所具有的优势所带来的加分项。首先就是那种扑面而来的视觉性冲击，《人世间》的取景被观众交口称赞，就连很多空镜头都极富意境，这是文字所不能比的。还有与电视剧相关的各种伴随文本的加持也是一种加法。电视剧《人世间》可以说还未开播就已经走红，引发不小的关注和讨论。在还未进入正文之前，周边文本已经为该片攒足了话题和期待。无论是作为茅盾文学奖作品的文学原著，还是编剧、导演，以及参演了多部爆款电视剧的熟脸和老戏骨，是经过了市场验证的可信赖的对象。

《人世间》注重品质的打磨，无论小说原著作者，还是这部剧的编剧、导演、摄影、演员等主创团队，都在尽自己所能打造一部精品之作。作为一部年代剧，刷新了我们对年代剧的固有认知。比如为了真实还原时代，剧组曾辗转多个城市取景，搭建了数万平方米的内景，还征集了不少老物件，可谓追求极致的细节品质。五十年岁月，五十多集篇幅，让所有的时光能够得以充分展开，缺少那种压缩后的紧迫感。在前期更是进行了大量的宣发。不过，更多的还是集中表象品质的打磨，仍有很多地方是值得讨论的。

生活在别处的艺术本质

影视剧看似有生活的影子，实则生活在别处，这正是艺术替代满足的本质。《人世间》其实也拉远了与当下生活的距离，抽空了生活的真相。《人世间》立足的基本仍是一种家庭情感伦理的书写。而在这部剧里，情感处处显现出一种亲和性，亲情变得十分温馨，无论是父辈与子辈还是子辈之间，抑或父辈们之间、朋友间的感情，都十分纯粹和质朴，有时还很伟大，这和当下商业化浪潮下的冷漠人情形成了强烈对比。虽有各种危机和矛盾，但都完全不是什么根本性的问题，也都能随着时代的发展而化解。

此外，电视剧描写的几乎都是他人的生活，无论是知青生活体验，还是对文艺痴迷的刻画，抑或是高学历的旅居生活，都是一般人很少能体验到的，只能寄希望于影视，获得一种猎奇的体验。《人世间》的主要家庭在某种意义上是一个小康之家，也正是在这样的家庭，才会有追逐文学的随性之举，也才能每每谈及理想和信仰。电视剧的开篇，周家长子远赴兵团，临行前将一大箱子书留给家里的弟弟妹妹保管，而这箱书正是代表知识与阶级的信物。

在故事主线之外，电视剧《人世间》注重支线的表达，几乎涵盖了五十年间所有行当的生活。但总体上来说是城市书写，甚至部分情节还具有小资情调，具有中产书写的意味，与《山海情》《乔家的儿女》《装台》等爆款剧相比，少了很多底层苦难的书写，明显是走差异化的路线。整部剧几乎没有较为底层和苦难的生活描写，说到底只是部分人的生活，而大部分观众自己真实的生活依然在别处。尤其是这些人的成长，几乎都有一种外界力量的推动，最终都获得了属于自己期望的人生。由此，电视剧依然只是描述他人的生活，无法真正获得代入感，只能满足一种对他人生活窥视的原始欲望。如果要标榜大型年代剧，过分局限讲述对象并非最佳选择。当然，这涉及不同的电视剧为不同的中心主题服务的问题，而且也用周家次子周秉昆等人的遭遇在为此补课。而历史主题，则与当下有着更远的距离，可观众为何对此津津乐道?

年代剧该有的内涵与价值

《人世间》是一部广义的历史题材剧，从“三线建设”到“上山下乡”，再到“改革开放”，历史的洪流渗透进每个人的日常生活，为他们的生活打上烙印，扭转普通个体的人生乾坤。该剧虽然有当下的生活介入，但这部剧明显和当下生活有一定距离，受众为什么怀念过去?年代剧具有怎样的精神内涵和现实价值?

近年来不断有年代剧上演，对过去的生活不断重现。历史会不会变了味?比如对历史上的某一种生活的过分渲染和煽情，会不会掩盖历史的真相，迷惑普通人的认知?历史难道只是任人打扮的小姑娘，我们接收到的又是怎样的历史讯息?电视剧作为一种轻盈的娱乐艺术，往往制造一些虚假的、不痛不痒的矛盾冲突，但是常常对真正的矛盾回避了，甚至形成对历史的美化。年代剧应当对历史有所揭示，有所反思，这些在小说中是蕴含较多的，小说《人世间》是一部关于知青、改革开放等多个历史事件的作品，而到了电视剧中，则多被家长里短、儿女情长所掩盖。在导演一方，观众似乎不需要额外深度的东西，年代剧之年代被抽空。

年代指向的是历史，而在剧中历史往往是被架空的，并不落脚于年代，似乎除了一些具有年代感的场景布置，再无其他，历史被硬生生挤走了。近年来，很多影视剧明显有一种去议题化的尝试，收到不错的效果。《人世间》的历史剧主题还是一种自我类型化，可谓主题先行，这种议题化的模式为其设定了不少限制。在描摹家庭生活的时候，需要处处围绕着时代来展开，而这种揭示，往往留下生硬的痕迹。虽然该剧已经在细节上花费了足够多的心思，但是仍被细心的观众吐槽年代感的“拉胯”，足以说明问题。

同时，该剧仍不能免俗，依然还是将矛盾集中呈现，进行了艺术的夸张。说到底，电视剧仍然没有摆脱自己的既有定位和认知，即便是文学改编，有不少也属于粗放型的发展模式。在商业逻辑下，电视剧以经济效益为中心，虽然有些影视剧投资巨大，IP 宏大，演员阵容强大，但是忽略了基本的艺术品格与市场规律，仍是创作者对老套路的延续、对热门 IP 的粗放型开发。即便有些剧注意到了制作本身的细节问题，在深度上又不得不做一些减法，最终仍然无法体现出一种导引性和开创性。《人世间》的改编对此有相当程度的警觉，收获了不少好评，但是往深了看，值得反思的地方依然不少。

发表于《川观》2022 年 3 月 3 日

图书在版编目（CIP）数据

穿越云层的光亮 / 刘小波著 . -- 北京：作家出版社，2023.5

（21 世纪文学之星丛书 · 2021 年卷）

ISBN 978 - 7 - 5212 - 2216 - 6

Ⅰ. ①穿…　Ⅱ. ①刘…　Ⅲ. ①中国文学 - 当代文学 - 文学评论 - 文集　Ⅳ. ①I206.7 - 53

中国国家版本馆 CIP 数据核字（2023）第 041520 号

穿越云层的光亮

作　　者：刘小波
责任编辑：李亚梓
特约编辑：赵　蓉
装帧设计：守义盛创 · 段领君
出版发行：作家出版社有限公司
社　　址：北京农展馆南里 10 号　　　**邮　　编：**100125
电话传真：86 - 10 - 65067186（发行中心及邮购部）
86 - 10 - 65004079（总编室）
E - mail: zuojia@zuojia. net. cn
http: // www. zuojiachubanshe.com
印　　刷：唐山玺诚印务有限公司
成品尺寸：142 × 210
字　　数：230 千
印　　张：9.625
版　　次：2023 年 5 月第 1 版
印　　次：2023 年 5 月第 1 次印刷
ISBN　978 - 7 - 5212 - 2216 - 6
定　　价：49.00 元
